Dänen lügen nicht

PIPER

Zu diesem Buch

In Finnland ist es zu lange hell und zu lange dunkel. Natürlich übersteht das niemand ohne ernsthafte Schäden. Vielleicht sind die Finnen deshalb so melancholisch und manchmal sogar etwas langsam. Die Norweger dagegen ringen mit Nebel und Regen, sollen aber in ihrer tollen Landschaft ausreichend Trost finden. Und dann natürlich die Isländer: Man sagt, es gebe dort sechzig Sorten von Elfen und die Kirchen dort sähen aus wie Fischfabriken. – Alles nur Klischees? Keineswegs. Denn so kann man es lesen in den Geschichten, die Kristof Magnusson versammelt: Die besten deutschen Autoren erzählen, was es auf sich hat mit all den Mythen aus dem hohen Norden, an die wir so gerne glauben. Was davon wahr ist und was erlogen, davon schreiben unter anderem Sibylle Berg, Alex Capus, Jakob Hein, Ingo Schulze, Saša Stanišić, Roger Willemsen und so erfahrene Skandinavienfahrer wie Annette Pehnt und Herbert Feuerstein.

Kristof Magnusson, geboren 1976 in Hamburg, ist Sohn eines isländischen Vaters und einer deutschen Mutter. Folgerichtig hat er in Reykjavík und Leipzig studiert und verbringt jedes Jahr einige Monate auf Island. Als freier Schriftsteller und Übersetzer lebt er heute in Berlin und Hamburg. 2002 erschien sein Theaterstück »Männerhort«, 2005 sein erster Roman »Zuhause« und zuletzt 2010 »Das war ich nicht«.

Dänen lügen nicht

Kuriose Geschichten aus Skandinavien

Herausgegeben von
Kristof Magnusson

Piper München Zürich

Mehr über unsere Autoren und Bücher:
www.piper.de

Ungekürzte Taschenbuchausgabe
Mai 2010

Umschlaggestaltung: semper smile, München
Umschlagabbildung: Adrian Johnson
Autorenfoto: Martin Hossbach
Satz: Satz für Satz. Barbara Reischmann, Leutkirch
Papier: Munken Print von Arctic Paper Munkedals AB, Schweden
Druck und Bindung: CPI – Clausen & Bosse, Leck
Printed in Germany ISBN 978-3-492-25916-3

INHALT

AH, SKANDINAVIEN!

Ein Vorwort

In der evangelischen Kirchengemeinde, in der ich in Hamburg konfirmiert wurde, stand auf dem Balkon des Gemeindekindergartens jahrelang ein »Achtung Elch«-Schild: ein rot umrandetes Dreieck, das ein Elch auf gelbem Grund durchschreitet, mit einem ungehetzten, fast schlunzigen Gang.

Jahrelang sind alle daran vorbeigegangen, die Pastoren, die Eltern der Kindergartenkinder, die Chormütter und Kirchgänger, es war – dies ist ja der Sinn von Verkehrsschildern – nicht zu übersehen. Jeder hätte wissen müssen, dass es geklaut war, wahrscheinlich von dem damaligen Gemeindepädagogen. Hätte da ein ganz normales »Vorsicht Wildwechsel«-Schild mit einem deutschen Hirsch gestanden, man hätte es sicher Diebstahl genannt, den Kirchenvorstand eingeschaltet oder zumindest hinter dem Rücken des Gemeindepädagogen etwas von »unseren Steuergeldern« gesagt. So aber hatte niemand auch nur darüber nachgedacht, dass das Schild geklaut war. Alle sahen es, schmunzelten und dachten: »Ah, Schweden«. In einem Skandinavienurlaub schien mehr Heil zu liegen als in der Befolgung des siebten Gebots.

Skandinavien hat schon immer zum Träumen angeregt. Bereits die Astronomen im alten Griechenland hatten damit angefangen, als sie sich wunderten, dass es am Nordhimmel ein Sternbild gab, das nie unterging: den Großen Wagen, den sie »Arktos« nannten. Was musste diese »arktische« Region für ein phantastischer und freier Ort sein, wenn sich dort nicht einmal die Sterne an die normalen Gesetze hielten! Auch in heutigen, astronomisch besser informierten Zeiten ist der Norden ein Traumort geblieben, der viele Menschen so magnetisch anzieht wie Kompassnadeln. So verschieden diese Skandinavienfans auf den ersten Blick scheinen mögen, glaube ich allerdings doch, dass ihre Träume in einem Fluchtpunkt zusammentreffen, einer Art ideellem Polarstern, einer Idee des Nordens. Auf der Suche nach dieser Idee möchte ich einige Beispiele typischer Skandinavienfans betrachten.

Das bereits erwähnte Verkehrsschild mit dem entspannten Elch ist das Symbol der ersten Fangruppe: Mit Zelt und Campingkocher im Gepäck ihres VW-Busses fahren sie in Puttgarden auf die Fähre oder warten am Hamburger Hauptbahnhof mit Fahrrädern auf die Züge Richtung Norden.

Oft sind sie Ballungsraum-Bewohner, die in Skandinavien nach unendlichen Landschaften suchen, in denen Leere und Ruhe die Hauptattraktionen sind, wo man überall sein Zelt aufschlagen, aus allen Flüssen das Wasser trinken kann und nur gelegentlich wortkargen, wettergegerbten Einheimischen begegnet. Sie hoffen auf von der Mitternachtssonne beschienene Rentierherden, die darauf warten, so fotografiert zu werden, als sei es das erste Mal – diese Fans suchen den *natürlichen* Norden.

Sie verbindet eine gewisse Verwandtschaft mit der zweiten Gruppe. Deren Vertreter stehen meist am Flughafen vor einem in der Sicherheitskontrolle und brauchen ewig, um ihre Bergstiefel auszuziehen. Sie sind zwar auch wegen der Natur im Norden, mögen diese aber am liebsten in ihrer extremsten Erscheinungsform. Um Natur zu erleben, reicht es ihnen nicht, sie zu durchradeln, sie wollen sie durchkämpfen, sie überqueren Gletscher, umpaddeln das Nordkap. Sie wollen im Norden die letzte Grenze unserer europäischen Welt erfahren, erwarten etwas, das sie herausfordert, was unser Alltag seit Jahrhunderten nicht mehr tut. Es ist die ursprüngliche wörtliche Bedeutung von Skandinavien, die »gefährliche Halbinsel«, die diese Region für sie interessant macht. Sie suchen den *gefährlichen* Norden, die Schönheit der Bedrohung, die Herausforderung des ewigen Eises.

Der Gegensatz zur dritten Gruppe könnte kaum größer sein. Sie besteht aus Müttern und Vätern, die in ihrem Kombi auf einer deutschen Autobahn zu dem dänischen Ferienhaus fahren, das sie bereits vor einigen Monaten an ihrem Kiefernholz-Esstisch aus einem Katalog ausgesucht haben. Die Kinder freuen sich schon jetzt auf Hotdogs und Cornflakes mit »Kløver Joghurt«, die Eltern auf die zum Ferienhaus gehörende Sauna, auf gemütliche Abende am Kamin und auf die geduldigen, familienfreundlichen Menschen im Supermarkt, am Strand und in der Bäckerei. Der Tagesausflug nach Legoland ist fest eingeplant, ebenso wie der Besuch des Kunsthandwerkladens in dem Strohdachhaus mit den weißen Butzenfenstern. Sie suchen den *gemütlichen* Norden.

Die vierte Gruppe sucht den *archaischen* Norden. Ihre Vertreter können oft ein paar Worte Schwedisch oder Norwegisch, vielleicht sogar Altisländisch. Sie suchen nach Hünengräbern, sind auf dem Weg zu den Schauplätzen einer alten Saga und werden Stunden in den dazugehörigen Dokumentationszentren verbringen. Sie sind begeistert von dieser archaischen Kultur, die für sie im Vergleich zu allem Mediterranen so unverbraucht und authentisch erscheint. Wahrscheinlich ohne sich dessen bewusst zu sein, vollziehen sie die Antithese zu Goethes Italienreise: Sie hatten schon immer das Gefühl, dass der Norden irgendwie echter war, ein Ort, wo Männer ihr Wort halten und kämpfen, anstatt sich wie Odysseus im Schutze einer Schafherde von dannen zu schleichen. Dass diese Vorstellung hierzulande als Folie für die unheilvollsten Übermensch- und Überlegenheitskonzepte herhalten musste, wissen sie natürlich. Vielleicht liegt es daran, dass sie ihren Interessen in den skandinavischen Ländern nachgehen, die mit ihren egalitären Gesellschaften als so friedliebend, staatlich verbrieft harmlos gelten. Eine Reise nach Skandinavien gibt ihnen die Möglichkeit, sich einer harmlosen Version unseres heidnischen Erbes anzunähern, dieser Gegen-Antike mit ihren Skalden, Trollen und Sommersonnenwenden.

Die Mitglieder der fünften und letzten Gruppe haben damit nichts am Hut. Sie vermeiden alles, was nach alter Zeit oder gar Wanderklamotten aussieht. Auch sparsam wollen und müssen sie nicht sein. Der Norden mag zwar etwas teurer sein, aber dafür bekommt man gute Qualität – und die Menschen sehen auch irgendwie besser aus. Sie wohnen in inhabergeführten Boutique-Hotels und sind so gut gekleidet, dass sie selbst im modischen Epizentrum Stockholm nicht für Touristen gehalten werden. Als wenn sie sich dadurch im Vergleich zu den anderen Touristen nicht ohnehin schon in die stilistische Poleposition gebracht hätten, kennen sie sich außerdem noch in skandinavischer Kultur seit den Filmen von Ingmar Bergman aus. Ihr Haus in Deutschland haben sie mit schlichten Möbeln von Arne Jacobsen eingerichtet und mit Alvar-Aalto-Vasen und sind mit hoher Wahrscheinlichkeit nicht katholisch. Da diese Gruppe den *coolen* Norden sucht, ist sie stärker modischen Schwankungen unterworfen als die anderen und hat sich in verschiedene Untergruppen aufgeteilt, wie zum Beispiel die studentischen Hipster, die für 29 Euro zum Feiern in eine der nordeuropäischen Hauptstädte fliegen, vorher über MySpace Kontakt mit ähnlich gekleideten Einheimischen gemacht haben und nun herausfinden wollen, ob es stimmt, dass in Reykjavík und Oslo die Röhrenhosen noch enger und die bärtigen Jungs noch bärtiger sind. Auch sie kennen sich in der skandinavischen Kultur bestens aus, wenn auch eher in der Popmusik von Peter Bjorn and John, Sigur Rós und Trentemøller.

Die Idee des Nordens, die sich hinter den Träumen so verschiedener Menschen verbirgt, hat etwas mit Reduktion zu tun. Der großen Mehrheit der Skandinavienfans geht es um ein Weniger und nicht um ein Mehr. Es geht um die Hoffnung, dass das Innenleben hier im Norden, dieser kärgsten aller Himmelsrichtungen, endlich den Raum bekommt, den es im Alltag unserer ablenkungsreichen Ballungsräume niemals hat. Diese Sehnsucht nach einer Welt, die Nachdenklichkeit und Konzentration erlaubt, ja geradezu einfordert, eint die große Mehrheit der Skandinavienfans – egal ob ihre Reise am ersten Runenstein hinter der deutsch-dänischen Grenze endet oder bis ins Gletscherbiwak führt, ob das Ziel die Wälder von Südschweden sind oder die Designläden in Helsinki. Sogar die Familie in ihrem Ferienhaus ist dieser Sehnsucht ein kleines Stück gefolgt, denn auch sie ist nicht ans Mittelmeer gefahren, wo es im Robinson-Club einen Babysitter gibt, damit die Eltern abends tanzen gehen können. In Skandinavien gibt es keinen einzigen Robinson-Club. Hier geht es eher um das Ich, als um ein Wir. Der Norden ist die Himmelsrichtung für alle, die wissen wollen, was in ihnen passiert, wenn draußen vergleichsweise wenig passiert.

Selbstverständlich sind das romantische Vorstellungen, die nur wenig mit dem Alltag der Menschen zu tun haben, die dort leben. Doch wer den Romantiker in sich zu Hause lässt, kann gleich selbst zu Hause bleiben. Und von allen Motiven, die zum Reisen und Träumen anregen, ist der Wunsch, zu sich selbst zu kommen, nicht der schlechteste, auch wenn man weiß, dass man wahrscheinlich nie dort ankommen wird.

Ich bin froh, dass die Autorinnen und Autoren dieses Buches sich bereit erklärt haben, Geschichten, Impressionen und Erinnerungen aus Skandinavien zu erzählen, und sich dabei nicht nur diesem real existierenden Traumort genähert haben, sondern auch den Menschen, die ihn bewohnen. Die Heldinnen und Helden ihrer Geschichten haben wortkarge Dänen und wilde Isländer kennengelernt, Continental Breakfast am Ende der Welt ebenso erduldet wie skurile Mitbewohner in schwedischen Studenten-WGs, haben blonden Schönheiten in verschiedenen Bekleidungszuständen mehr oder weniger erfolgreich die Stirn geboten, die finnischen Bemühungen zur Rettung alternder Biertrinker dokumentiert und in der schlimmsten Stadt Schwedens gesagt: »Hej Tristesse«.

Ich wünsche Ihnen viel Vergnügen.

Kristof Magnusson

ALEX CAPUS

Curlingsteine auf der Ostsee

Es war die Zeit, als Eisenbahnkondukteure noch keine Tattoos und Pferdeschwänzchen, sondern Uniform und steife Offiziershüte trugen. Die Bahnhöfe waren in grünes Neonlicht getaucht, und in den Wartehallen hingen Fahndungsplakate mit grobkörnigen Fotos von RAF-Terroristen. An den Verpflegungsständen in den Unterführungen gab es noch kein Sushi und keine Falafel, sondern Pommes Frites und Bratwurst. Im Radio lief Boney M., im Fernsehen Teleboy. 1984 lag noch in der Zukunft, und Big Brother war noch keine Fernsehsendung. Jedes Kleinbürgerhäuschen hatte im Keller einen Atombunker mit Spitzendecken und karierten Vorhängen vor den Luftfiltern, und Bo Derek galt als die schönste Frau der Welt.

Es war der 25. Dezember 1980, als ich mich von Olten aus aufmachte, hinauf in den Norden zu fahren, um meinen Freund Hans Erik Jørgensen zu besuchen, den ich im Sommer zuvor auf meiner Maturareise auf Korfu kennengelernt hatte. Hans Erik Jørgensen, so hieß er tatsächlich, war aus Kopenhagen in Dänemark und hatte einen blonden Bart und blaue, ein wenig wässrige Augen, und nach dem ersten Tag am Hippie-Strand von Pelekas waren sein Gesicht, Schultern und Oberschenkel derart verbrannt gewesen, dass man Mitleid mit ihm haben musste. Er war ein paar Jahre älter als wir und litt an einer zerbrochenen Liebe, über die er nicht sprechen wollte, und er kochte am Strand für uns Spaghetti über einem Feuer aus Treibholz und brachte uns bei, wie man flachgedrückte Gabeln an Bambusrohren festband, um draußen an den Klippen Barsche und Sardinen zu harpunieren. Von Beruf war er Lehrer. Er sprach mit uns über Neil Young, Nostradamus und die CIA, und er war schon in Indien gewesen und kannte sich aus mit halluzinogenen Pilzen sowie mit Akupressur und Tofu. Wie viele Menschen zu jener Zeit litt er am Gefühl, dass der Sommer der Liebe unwiederbringlich vorbei war und dass es seine Generation gewesen war, die sich irgendwann aufgegeben und alles verpfuscht hatte; außerdem ahnte Hans Erik Jørgensen, dass das Leben ihm, der doch erst Mitte zwanzig war, nichts Interessanteres mehr bieten würde als einen Lehrerjob an einer Grundschule in einem Außenquartier von Kopenhagen.

Aus heutiger Sicht mag dieser weinerliche Existentialismus eines braun gebrannten und bindungslosen Mittelstandskindes nicht unbedingt abendfüllend erscheinen; auf jener Maturareise im Sommer 1980 aber waren meine Klassenkameraden und ich beeindruckt von Hans Erik Jørgensens schonungslosem Pessimismus; dies umso mehr, als wir ebenfalls düsterste Visionen von einer nahen Zukunft hatten, die aus braunen Sümpfen und toten Wäldern bestehen und beherrscht sein würde von bösartigen Computern und Robotern, die die versprengten Reste der Menschheit mit Laserkanonen verfolgten. Stunden- und tagelang konnten wir mit Hans Erik Jørgensen im Schatten von Feigenbäumen sitzen und die Schrecken von 1984 erörtern; und erstaunlicherweise beschlich uns in keinem Moment die anarchische Zuversicht, dass die Menschheit im Bedarfsfall schon die nötige kriminelle Energie aufbringen werde, um sich gegen ein paar olle Computer und Roboter zur Wehr zu setzen.

Wenn dann die Nacht hereinbrach, aßen wir unsere selbst harpunierten Fische, tranken Retsina und verloren für einige Stunden das Interesse an der Apokalypse. Gegen Mitternacht verkroch sich Hans Erik Jørgensen in seinen Schlafsack. Wir hingegen zogen über den Strand, an dem alle paar Schritte kleine Lagerfeuer brannten, und suchten mit stets ausbleibendem Erfolg nach Mädchen, die mit uns schlafen wollten.

So vergingen die Tage friedlich und einförmig; mal zog ein Gewittersturm über den Strand, mal die griechische Polizei oder eine Salmonellenepidemie. Dann waren die Sommerferien vorbei, und die Mittelstandskinder Westeuropas fuhren nach Hause zu ihren Eltern, ihren Dual-Plattenspielern und ihren Erich-Fromm-Büchern. Ich erinnere mich, dass Hans Erik Jørgensen, der schon ziemlich gut gelernt hatte, seinen Gefühlen Ausdruck zu verleihen, sich beim Abschied abwandte, als ob er gleich weinen würde, und dass mir das peinlich war. Weil ihm das Geld ausgegangen war, lieh ich ihm etwas für die Heimfahrt.

Seither waren vier Monate vergangen. Weihnachten war vorbei, und ich saß im Zug und war unterwegs zu Hans Erik Jørgensen nach Kopenhagen. Vor der Abreise hatte ich mit dem Gedanken gespielt, meinen Besuch telefonisch anzumelden, mich dann aber für einen Überraschungsbesuch entschieden. Kalte Polarluft war nach Süden vorgestoßen, die oberrheinische Tiefebene lag glitzernd weiß unter der fahlen Wintersonne. Der Zug hielt in Freiburg, Offenburg, Baden-Baden. Ich saß allein in einem überhitzten Abteil mit roten Plüschsesseln und war damit beschäftigt, mit meinem Finnenmesser den Reißverschluss aus meiner Lammfelljacke zu entfernen. Ich wollte ihn ersetzen durch Knöpfe, die ich schon sehr bald aus Holz oder Horn oder so schnitzen würde; denn im nuklearen Winter, das war mir klar, würde ich meine Lammfelljacken aus selbst gegerbtem Lammfell von selbst erlegten Lämmern schneidern, und die Verschlüsse würden aus Materialien bestehen, die Mutter Natur mir zur Verfügung stellte. Da konnte es nur nützlich sein, wenn ich mich jetzt schon an ein Leben ohne Reißverschluss gewöhnte.

So verging der Morgen, während der Zug über Karlsruhe, Mannheim und Darmstadt nach Frankfurt fuhr. Ich las »Zen und die Kunst, ein Motorrad zu warten«, während französische Besatzungssoldaten durch den Seitengang lümmelten, später auch Amerikaner, Belgier und Briten. Kurz vor Mittag döste ich ein, und als ich wieder aufwachte, nähte ich auf der Innenseite des linken Ärmels meiner Schaffelljacke ein rechteckiges Stück Leder fest und fertigte so eine geheime Tasche an, in der ich nach dem Atomkrieg Nuggets, Feuerzeug und geheime Schriftstücke verstecken würde. Währenddessen vergegenwärtigte ich mir die Ereignisse der letzten Monate, die ich mit Hans Erik Jørgensen in Kopenhagen besprechen musste. Keine drei Wochen war es her, seit ein namenloser Blödmann John Lennon erschossen hatte, und einen weiteren Monat zuvor hatten sehr viele Blödmänner Ronald Reagan zum 40. Präsidenten der USA gewählt. Ein Erdbeben hatte Norditalien verwüstet, zwischen Iran und Irak war der Krieg ausgebrochen, die Sowjetunion war in Afghanistan einmarschiert. Der Nato-Doppelbeschluss warf erste Schatten voraus, in Spanien stand ein Putsch bevor, und Lady Diana Spencer hatte ihre baldige Vermählung mit Prinz Charles angekündigt. Immerhin zog in jenen Tagen Voyager I am Saturn vorbei und funkte Bilder von betörender Schönheit zur Erde.

Irgendwo zwischen Kassel, Hannover und Hamburg ging der kurze Wintertag zur Neige; das Licht des nächsten Morgens würde ich schon in Kopenhagen sehen. Ich wollte mit Hans Erik Jørgensen in die Sauna gehen, rohen Fisch und diese trockenen Brötchen essen und dieses berühmte Bier trinken, wie hieß es noch mal – Carlson? Lindenberg? Und vor allem wollte ich zur berühmtesten Attraktion Kopenhagens, in die sagenhafte autonome Republik Christiania fahren, wo dem Vernehmen nach tausend junge Leute frei und umsonst nach Lust und Laune ein immerwährendes Fest feierten. Vielleicht würde ich auf Dauer bleiben, falls ein Plätzchen für mich frei war und ein Mädchen mit mir schlafen wollte, und dann würde ich in Christiania, befreit von den unerträglichen Zwängen und Repressionen meiner kleinstädtischen Gymnasiastenexistenz, aus dem Stand faszinierende Romane schreiben, die weltweit sehr viele schöne Frauen lesen würden, und mit einer von ihnen würde ich irgendwann – auf alle Fälle noch vor 1984 – ein Blockhaus in den endlosen Birkenwäldern Dänemarks bauen und im Keller große Vorräte an Rentierfleisch anlegen, um gewappnet zu sein für die Diktatur der Computer und Roboter nach dem Dritten Weltkrieg.

Es war tiefe Nacht, als der Zug an der Ostsee ankam – ob in Travemünde, Kiel, Rostock oder sonst wo, weiß ich nicht mehr. Ich glaube mich zu erinnern, dass der ganze Zug mit allen Waggons samt der Lok in den Bauch einer Fähre rollte und dort still hielt, während die Fähre hinaus auf die zugefrorene See fuhr; kann das sein, gab es das damals? Unvergesslich ist mir, dass ich die Überfahrt zuvorderst auf dem Vordeck der Fähre zubrachte; es wehte ein scharfer Nordwind, der mir mit tausend Nadelstichen durch die Kleider fuhr, und ich bedauerte, nicht ein paar Holz- oder Hornknöpfe an meiner Lammfelljacke angenäht zu haben, bevor ich den Reißverschluss entfernt hatte. Unter der Außentreppe zum Oberdeck fand ich ein zerfranstes Stück Seil, schnitt es mit meinem Finnenmesser zurecht und band es mir als Gürtel um die Jacke.

Die Ostsee war schwarz gefroren und spiegelglatt. Knirschend und splitternd barst das Eis vor dem stählernen Bug, und wagenradgroße Schollen schlitterten über die Eisfläche in die Nacht hinaus wie überdimensionale Curlingsteine, während das Schiff Richtung Kopenhagen fuhr. Ich dachte daran, wie ich das Volk, das ich zu begründen gedachte, im hundertjährigen Winter durch die Tundra führen würde auf der Suche nach Frischfleisch, milderen Gestaden und den letzten Oasen der Zivilisation.

Nach einer Weile tauchte eine blonde Frau mit zwei Mädchen auf und stellte sich zu meiner Linken an die Reling, um die schlitternden Eisschollen zu betrachten. Als ich von einem Bein aufs andere trat und meine Jacke enger zuzog, musterte sie mich misstrauisch und entdeckte den Griff des Finnenmessers in meinem Stiefelschaft. Erschreckt scheuchte sie die beiden Mädchen zurück unter Deck.

Es muss lang nach Mitternacht gewesen sein, als Land in Sicht kam. Der Hafen war von grünem Neonlicht erleuchtet, am Pier standen uniformierte Zöllner. Vermutlich öffnete sich am Bug die Ladeklappe, und vielleicht täuscht meine Erinnerung mich nicht, und es rollte tatsächlich ein ganzer Eisenbahnzug ans dänische Festland. Gewiss aber weiß ich, dass ich selbst nicht an Bord jenes Zuges war, denn ich stand am Landungssteg vor dem Schreibtisch eines unrasierten und übernächtigten Zollbeamten, der misstrauisch meine Identitätskarte musterte und mich nach meinen Plänen in Dänemark fragte. Ich sagte, dass ich unterwegs sei zu meinem Freund Hans Erik Jørgensen in Kopenhagen und dass ich spätestens in einer Woche Dänemark wieder verlassen und nach Hause zurückkehren wollte. Der Zöllner wollte mein Geld und meine Rückfahrkarte sehen. Ich erklärte ihm, dass ich nur ein paar Münzen und eine Fahrkarte für die Hinfahrt besäße, aber in Kopenhagen Hans Erik Jørgensens Gast sein würde, der im übrigen Lehrer sei und mir Geld schulde, mit dem ich meinen Aufenthalt in Dänemark sowie die Rückfahrt nach Olten zu finanzieren gedächte.

Der Zöllner war ein netter Mensch. Er erklärte sich bereit, Hans Erik Jørgensen zu nachtschlafener Zeit anzurufen und meine Angaben zu überprüfen. Da im Kopenhagener Telefonbuch in jenem Jahr acht Männer namens Hans Erik Jørgensen vermerkt waren, riss er einen nach dem anderen aus dem Schlaf, bis endlich der sechste Hans Erik Jørgensen durchblicken ließ, dass ihm mein Name eventuell bekannt vorkommen könnte. Der Zöllner reichte mir den Hörer.

»Hans?«, rief ich. »Hans Erik Jørgensen? Erinnerst du dich?«

Natürlich erinnerte Hans Erik Jørgensen sich, und er freute sich auf meinen Besuch. Ich reichte dem Zöllner den Hörer zurück, damit die beiden die Formalitäten von Däne zu Däne regelten. Aber nach ein paar Worten hängte der Zöllner ein und sah mich mit einem Blick an, in dem alle Traurigkeit dieser Welt lag.

»Geh zurück aufs Schiff, Junge«, sagte er. »Hundert Schweizer Franken reichen nicht.«

»Wie?«

»Dieser Jørgensen schuldet dir nur hundert Franken, da kann ich dich nicht reinlassen. Skandinavische Zollunion, verstehst du. Hundert Franken reichen für gar nichts. Nicht fürs Essen, nicht fürs Trinken, schon gar nicht für die Rückfahrt.«

»Aber ...«

»Na los, mach schon, die Fähre legt gleich wieder ab, für dich ist die Rückfahrt gratis! Mein Gott, was seid ihr nur für eine unnütze Generation, keinen Tag allein überlebensfähig. Was soll man nur mit euch anfangen? Jetzt lauf, geh heim zu Mama! Und mach die Jacke zu, du erkältest dich sonst!«

Und dann, so glaube ich mich zu erinnern, wandte er sich ab, als müsste er weinen.

ROGER WILLEMSEN

Isafjödur

Bevor die Welt endet, seufzt sie und macht ein Bäuerchen in Blau. Touristen nennen das eine »seismische Aktivität«, das andere einen »Geysir«. Sie schauen gebannt hin, legen sich in schweflige Pfützen und versprechen sich ewige Jugend.

Besser, man lässt sie liegen, das isländische Zentralmassiv hinter sich und die Reiseführer auch, in denen das Ende der Welt gar nicht mehr vorkommt. Aus dem Rückfenster kann man noch zusehen, wie sich die Landschaft südöstlich zu Hochgebirgen türmt oder zu Kleinstädten streckt, dann schlängelt sich die Straße auf den Orchideenhals der nordwestlichen Landzunge zu. Die Formationen des Himmels kehren am Boden wieder, zwischen den Hügellinien der weiblichen und der männlichen Berge, im Lavagestein und in den Moosbetten. Die isländischen Dörfer sind wie manche Mikroorganismen, die kurz blühen und lange dämmern. Jetzt treibt der Wind das Sprühwasser den Wasserfall hoch, und Menschen sehen aus den Häusern mit Gesichtern, wie vom Schnee oder von den langen Nächten gebleicht. Selbst über der Sommerlandschaft liegt noch die Schläfrigkeit eines schweren Winters.

Wenn man in einen Gastraum tritt, heben sich ein paar dieser eisgefrorenen Gesichter von einem fremdartigen Brettspiel, alle schweigen für einen Augenblick, dann kommt auf wollbestrumpften Haxen eine Bedienung herbei und legt einem vierhundert Polaroids in einem Album vor. Hier können Sie sehen, wie aus einer Baustelle ein solcher Gastraum wurde. Sie sagt das ernst, gefeit vor der Unart der Freundlichkeit. Dann staunt man pflichtschuldigst, isst ein hartgekochtes Ei und überlässt die Anwesenden ihrer Erinnerung. Kaum um die Ecke, ist man selbst eine.

Die Straße gehorcht der Willkür der Fjorde, die sich unpraktisch tief in das Land fressen. Man fährt lange. Mal kommt ein Schaf um die Ecke, mal niemand. Et ego in arcadia. Die Natur beansprucht ältere Rechte als die Zivilisation. In aller Ruhe bewegt man sich rückwärts durch die Evolution, in einen Zustand, da alles noch aus Eis, Feuer, Wasser, Asche, Sand und Magma bestand. In den Buchten rosten die Hafeninstallationen, der Verputz schimmelt an den Wänden, die Kinder stehen verstockt und glotzen auf die leeren Straßen.

Isafjödur liegt am Ende aller Straßen, am Ende aller Fjorde. Dies ist keine Stadt, es ist eine Ablagerung, konstruiert aus Dingen, die das Eismeer angespült hat. Kaum einer merkt, dass hier die Welt zu Ende ist, denn kaum einer kommt hierher. Mal ein paar Handelsreisende, die im einzigen Hotel »Continental Breakfast« verschlingen und dann nicht weiterwissen. Sogar eine blonde Touristin soll hier wochenlang klaglos gewohnt haben. Nach ihrer Abreise mietete sich ein Sonderling aus dem Ort für eine Nacht in ihrem Hotelzimmer ein und wurde gefunden, wie er sich gegen den Duschvorhang presste, der nur einen Tag zuvor noch an ihrem blonden Körper geklebt haben musste.

Es gibt ein Postamt hier, in dem sich vierschrötige Frauen von der Gummierung der Briefmarken ernähren. Sie sind sehr ernst und stellen nur ungern Telefonverbindungen zum Kontinent her. »Telefon« heißt »Simi«, also »Draht«, so wie »Fernsehen« »Sjonvarp« heißt, der »Bildrausschicker«. Es ist, als würde die Technik in das Vokabular des frühen Werkzeuggebrauchs übersetzt. Auch einen kleinen Flughafen gibt es hier. In verschiedenen Tour-Paketen bietet er vor allem Strecken nach Norden an, ins ewige Eis, nach Grönland, ins Nichts.

Tagsüber ist Isafjödur ein wunderlicher kleiner Ort voller scheuer Individuen, die mit einer Forke oder einer Plastiktüte lange Strecken zurücklegen, nie stehen bleiben und zu Dorftrotteln ein wohlwollendes Verhältnis pflegen. Gegen Abend wird im einzigen Kino irgendein Film aus dem fernen Ausland gezeigt. Der Ton dringt bis auf die Straße. Die Anlieger öffnen sogar die Fenster, lehnen sich hinaus, blicken auf die Außenwand des Kinos und hören zu. Nach der Vorstellung ist es immer noch hell, aber menschenleer. Auch am Wochenende tritt um 22 Uhr schon restlose Stille ein. Hoher Himmel. Ockergrau. Nur die Leinen schlagen im Wind gegen die Fahnenmasten. Auf dem Friedhof stehen die Kindergräber wie Kinderbetten aus Holz oder Stein, eingefriedet, wie um die Kleinen zurück in den Schutz ihres Schlafes zu holen.

Tritt man aber eine Stunde später wieder auf die Straße: Proppevoll ist sie, Motorradfahrer lassen die Maschinen aufheulen, sogar ein Jahrmarktsgerät wurde heimlich am Platz errichtet, eine blauschwarze Überschlagsschaukel nämlich, die die Getränke im Bauch der Fahrgäste zu Cocktails schüttelt, denn getrunken wird jetzt bis in die dunkelblaue Rammdösigkeit hinein, und erst im Morgengrauen – aber wann ist das, wo es doch immerzu graut? – kreiseln sie alle heim. Dann stellt der Ort sich tot.

Anderntags ziehen sie erst in den frühen Nachmittagsstunden die Vorhänge auf, und der Blick geht wieder hinüber ins Nichts. Wie jeden Tag. Ein Bretterzaun noch, ein Blumenbeet, dahinter die Mole, rostige Kähne, die ein Gemisch aus Algengeruch und fauligem Fisch ausschwitzen. Drei Straßenzüge vielleicht, blätternde Fassaden, Blümchenrabatten, dann kapituliert der Ort, und der Blick wird frei: Da liegen die Buckel Grönlands. Kein Strauch, keine Straße. Eine Meerenge, kristallkalt, die Hügel gegenüber Schemen bloß. In ihren Schneetälern Tiere in Weiß, im Blau ihres Wassers Fische in Blau.

In Isafjödur ist endlich Schluss mit der Welt. Jeden Tag tut sie hier ihren letzten Atemzug und suggeriert dem Besucher, dass auch er endlich verschwinden solle. Aber für immer.

ANTJE RÁVIC STRUBEL

Kirschen im August

Die Fähre legte pünktlich in Kopenhagen ab. Während die grünen Dächer immer entfernter leuchteten, saßen die Norweger bei Alleinunterhaltermusik auf dem Oberdeck, tranken Bier und harrten auch dann noch in Hemdchen und Schlappen aus, als schon eine derart scharfe Brise vom offenen Meer wehte, dass sonnenverwöhntere Menschen ihre Windjacken hervorgeholt und die Kapuzen festgezurrt hatten. Am Ufer träumte die bronzene Meerjungfrau bronzene Träume, im Schiffsbauch war das Motorrad mit Seilen und Haken gesichert, und ich ging hinunter in die Viererkabine, um meine Schnittchen aus dem Tankrucksack zu holen. Hätte ich geahnt, was kommen würde, wäre ich an Deck geblieben. Ich hätte meine Windjacke wieder abgeworfen und zähneklappernd die Sonne bis zum letzten zarten Strahl am Abendhimmel aufgesaugt.

Durch den Oslofjord am nächsten Morgen zog Nebel. Die Flaggen auf den Schäreninseln hingen schlaff herunter, die Passagiere an der Reling trugen Regenjacken über ihren kurzen Hosen, von den nackten Unterschenkeln standen die Härchen ab. Je tiefer wir mit gedrosselten Motoren in den Oslofjord hineinfuhren, umso stiller wurde es. Die Luft stand reglos. In den feuchten Schwaden tauchten rote Häuser auf und ab, dann wurde die Sicht schlechter. Es roch nach Regen.

Daran erinnere ich mich. Ich erinnere mich gut an meine Motorradreise an die norwegische Schärenküste und in die Hardangervidda im Sommer der Jahrtausendwende. Ich erinnere mich, dass es zwei Sonnentage gab, den einen Tag nicht mitgezählt, an dem morgens die Sonne für zwei Stunden das Frühstück im Freien beschien, bei Besteigung der Motorräder aber so übertrieben verschwand, dass ihr Rückzug einen schwarzen Wolkenwirbel hinterließ.

Ich kann mich nicht erinnern, was wir an diesen Sonnentagen machten. Die Fotos, auf denen die Sonne scheint, zeigen alle dasselbe: zwanzigmal eine Brücke vor einer Schlucht, zwanzigmal blitzender Chrom, blinkende Auspufftöpfe, zwanzigmal blauer Himmel, der auf Helmen und Außenspiegeln spielt. Wir tragen Sonnenbrillen und die Ärmel der Motorradjacken hochgekrempelt. Hinter der Brücke weht Wasserstaub, Vorhänge silbernen Lichts, mit Regenbogenfarben besprengt, von Schatten durchbrochen. Ein Wasserfall stürzt sich die Schlucht hinab und sammelt sich unter der Brücke zwanzigmal zu einem Fluss, um dann weniger spektakulär ins Tal zu schießen.

Es ist schwierig, über eine Brücke zu schreiben, wenn man weder weiß, wo diese Brücke war, noch, was wir dort machten. Sind wir die Schlucht hinaufgeklettert? War es die Brücke, auf der sich ein Rentier mit dem Geweih in einem Motorradlenker verhakte, oder die Brücke, auf der eine von uns feststellte, dass ihre Maschine Öl verlor, oder war es die, auf der die Finger meiner linken Hand vor Kälte die Kupplung nicht mehr greifen konnten? Haben wir nur angehalten, um Fotos zu machen, oder wollten wir in der Nähe übernachten? Und vor allem: Warum habe ich zwanzig Fotos gemacht?

Vom glasenden, klaren Blau über den Wassern der Fjorde, von in der Hitze dampfendem Gras und Vögeln, die über Geröllfeldern schweben, von sprühenden Doppelwasserfällen und gleißendem Mittagslicht ist nichts zu sehen. Aber hinter den Fotos, dort, wo die Landschaft sich ins Dreidimensionale dehnt, treiben kalte Schauer. Nebel fließt. Wassermassen schießen über den Asphalt. Die unsichtbaren Ufer der Brücke triefen vor Nässe, und ich spüre, wie der Dauerregen uns verfolgte. Riss es kurzzeitig doch auf, enthüllte uns das nicht den Lysefjord, zu dessen Klippen wir uns hochgeschraubt hatten und in den wir uns jetzt in siebenundzwanzig Kehren hineinschrauben wollten, um von der Fähre aus die Robben zu betrachten; es war noch nicht einmal ein erwähnenswerter Farbunterschied am Himmel erkennbar. Nur die Wolken zeichneten sich ab im blickdichten Grau; man konnte ihre Umrisse ahnen. Es gab tief hängende und höher hängende, bauchige und flache, es gab halbschwarze und ganz schwarze Wolken, es gab Wolkenfetzen, die unter uns über dem Wasser trieben, sodass es unmöglich war, zwischen unten und oben zu unterscheiden. Schneefelder erkannten wir erst, als wir sie unter den schlingernden Rädern hatten. Auf Serpentinen fuhren wir in nasses, nebeldunkles Nichts, und um die Füße flatterten mir Spritzschutztüten. Aber solange die Wolkenschaumbäder, die sich ringsum über die Felsen ergossen, von uns immer noch ein Stück entfernt blieben, fuhren wir.

In den Tunnels war es trocken, weshalb ich nach

einer Weile nassen Fahrens immer einen Tunnel ersehnte, um nach zwei Tunnelkilometern zu bemerken, dass mit der Trockenheit die Temperatur nicht wie erwartet stieg. Nur die Kälte veränderte sich. War sie draußen klar und schneidend, schien sie in diesen endlos durch den Stein getriebenen, unbeleuchteten Röhren schal, feucht und abgestanden. Statt scharf unter die Jacke zu fahren, verteilte sie sich schleichend. Kragenabwärts rieselte sie vom Nacken über den Rücken in die Gelenke. Die Knie wurden steif, die Handschuhe klamm, die Hände begannen bis tief in die Knochen zu schmerzen. Diese Kälte schien dicht und hartnäckig, unbeweglich lagerte sie am Stein, und da der Sommer, wenn er stundenweise doch ausbrach, gar keine Zeit hatte, in diese unterirdischen Gänge einzudringen, schien sie sich schon jahrelang auf diesem klammen Niveau zu halten. Nach drei Kilometern fing ich an, auf den Ausgang zu hoffen, nach fünf kam mir das Tunnelende vor wie das Tor in ein goldenes warmes Land, nach sieben glaubte ich nicht mehr daran, es je zu erreichen; die Länge der Tunnels – am Eingang auf einem Schild angekündigt – schien sich mit jedem gefahrenen Meter zu verdoppeln. Ich fuhr, bis ich das Gefühl zu fahren verlor, das Gefühl für Geschwindigkeit und Gefälle, und während ich so vom Nichts umspült durchs Dunkel trieb, vergaß ich auch, dass ich mich bewegte und wer ich war. Knie und Hände waren verschwunden, bis endlich (war ich nicht schon tot gewesen?) der ersehnte helle Punkt vielversprechend größer wurde und ich hochtourig wieder in den Regen schoss und das Wasser mit solcher Wucht das Visier traf, dass mir der Helm ans Gesicht gedrückt wurde und ich verloren gewesen wäre, hätte sich dem Tunnel eine Serpentine angeschlossen.

Ich weiß nicht, wie es den anderen erging. Wir sprachen nicht darüber. Ich wusste, dass sich die einen gegen Kälte und Wind Ohrstöpsel in die Ohren steckten, die anderen hatten zwei Paar Handschuhe an, und jemand hatte vorgeschlagen, sich den Schlafsack um den Bauch zu binden, was ich wegen der Nässe für keine gute Idee hielt. Ich machte meine Tüten an den Füßen einfach nicht mehr ab. Sie waren nass und schlammbeschmiert, und wenn wir von den Maschinen stiegen, um uns eine Stabkirche anzusehen, blieben auf den Holzböden elefantige Abdrücke zurück.

Aber niemand regte sich auf. Niemand schien auch nur leise aus der Fassung zu geraten. Sobald wir von den Motorrädern stiegen, war der Regen eine Lappalie und die Sicht grandios (man konnte im Nebelgrau soeben wieder eine graue steile Felswand gegenüber sehen). Auch die Kälte schien niemand zu spüren, man warf die Handschuhe ab und holte die Thermosflaschen aus den regendichten Packsäcken. Das Wetter wurde zwar kommentiert; »Bei Sonne kann ja jeder«, hieß es, oder: »Ist doch super hier, fehlt nur das Dach«, oder »'Ne glitschige, kurvige Schotterpiste muss so 'n Maschinchen schon abkönnen«, aber diese Kommentare wurden mit solider guter Laune vorgetragen und folgten, wie es schien, dem Plan, sich keinesfalls erschüttern zu lassen, sondern diese Fahrt als Herausforderung zu sehen, als ein Erlebnis, das sich von allen, die später im Büro aus dem Urlaub berichtet würden, unterschied. Oder die anderen litten nicht. Vielleicht waren sie besser ausgerüstet als ich, hatten beheizte Lenkergriffe, beheizte Socken, beheizte Hirne, Brillen, die die Regenlandschaft rosarot aussehen ließen. Mit der Zeit glaubte ich an perfide Tricks, mit denen sie sich mir gegenüber Vorteile verschafften. Vielleicht brauchten sie vom Typ her keine Sonne. Vielleicht warfen sie pausenlos Vitamin-D-Tabletten ein, und die strahlten von innen.

Wenn jemand zu leiden schien, dann still in sich hinein, und auch mir wird nichts anzumerken gewesen sein, denn der äußerste Hinweis auf mein Leid, den ich mir in dieser auf Fröhlichkeit eingeschworenen Gemeinschaft zugestand, war der Kommentar: »Da hinten wird's schon wieder heller.«

Kamen wir irgendwo an, füllten sich die Zimmer mit ausgestopften Schuhen, umgestülpten Handschuhen, hingen über Bettpfosten und Stühlen Jacken, Hosen, Pullis und grauenbeinige Funktionsunterwäsche, was man roch. Da es drinnen kaum auszuhalten war, ging ich in Jeans und dünnem Regenumhang den Ort erkunden, wobei auch die letzten trockenen Klamotten zumindest angefeuchtet wurden. Kragerø und Stavanger wurden mir im Nieselregen sehr vertraut. Das bunte Holz der Häuser, die rotbraunen Segel der Boote im Stavanger Hafen, das waren die Leuchtbojen im lichtschwachen Einerlei.

Unmerklich nahm jedoch die Häufigkeit der Kommentare zu. Auch hieß es jetzt schon mal: »Abgesehen vom Wetter ist es doch geil« oder: »Hätte schlimmer kommen können«, aber noch immer wurde aus jedem Dilemma ein fröhliches Spiel, egal, ob das Wasser aus der Butterdose troff, die unterwegs in den Satteltaschen vollgelaufen war, oder ob das nasse Knäckebrot im Toaster gerettet werden musste, bis eines Tages jemand sagte: »Fahrt doch alleine durch dieses Pisswetter weiter!«

Wir standen im Jotunheimen Nationalpark.

Unter den Wolken lag ein riesiges leeres Plateau, eine Geröllsteppe, die uns mit braunem Moos und Felsgestein umgab. An den Speichen meines Vorderrads hatte ich soeben die ersten Spuren von Flugrost entdeckt.

»Fahrt doch alleine durch dieses Pisswetter weiter!«

Das war sie, die ersehnte Offenbarung. Die Formel, um diesem Dauerregen zu entkommen. Mein Körper entkrampfte sich. Unter meinem Helm spürte ich, wie mir die Tränen in die Augen stiegen (wegen des Regens setzte ich den Helm, auch wenn wir hielten, nicht mehr ab), und schloss schnell das Visier. Aber bei den anderen musste Ähnliches vor sich gehen. Niemand widersprach. Es herrschte Stille. Wind fegte über das Plateau. Regenwirbel peitschten die Schneestangen an der Straße. Die Haltung aller schlaffte ab. Mit eingesunkenen Schultern saßen auch die Härtesten jetzt da. Eine fing an, an ihren Spanngurten zu fummeln. Dann sagte jemand leise: »Willst du etwa hierbleiben?«

»Ist mir scheißegal, aber weiter fahr ich nicht.«

»Aber hier ist nichts.«

»Woanders ist auch nicht mehr.«

»Aber –«

»Was, aber?«

»Wie willst du überleben?«

»Ich bau mein Zelt auf. Und Wasser gibt's ja wohl genug.«

»Und zur Abwechslung gehste dann wandern oder wie?«, warf jemand höhnisch ein.

»Ist mir scheißegal, und wenn ich verfaule, aber weiter fahr ich nicht!« Und mit diesem Satz stieg sie vom Gefährt.

In jenem Moment tauchte aus einer Wolkenschwade eine Hütte auf und vor der Hütte eine Gestalt, die im Näherkommen weiblich wurde, eine wetterfeste grüne Jacke trug und Gummistiefel und, als sie noch sichtbarer wurde, rotbraunes, langes Haar bekam und, da war sie schon sehr nah, Sommersprossen. Auf der Schulter trug sie ein Stativ.

»Siehste! Hier ist doch was«, sagte triumphierend die Ketzerin.

»Hei!«, sagte die Erscheinung und baute, ohne weiter von uns Notiz zu nehmen, ihr Stativ auf.

Nun regte sich die Masse im tropfenden Lederzeugs, man schwang sich aus den Satteln, klappte die Seitenständer aus und näherte sich scheu der Sommersprossigen. Diese schien das Plateau im Regen fotogen zu finden. Sie hatte eine Kamera mit Teleobjektiv aufs Stativ gesetzt, war noch einmal zur Hütte gelaufen und mit weiteren Stativen und Kameras zurückgekehrt, sodass ein Freiluftfotostudio neben den Motorrädern entstand. Kleine Schirme schützten die Apparate vor dem Regen.

»Klar«, sagte jemand. »Bei Sonne kann ja jeder.« Niemand kommentierte diesen Kommentar. Die Fotografin konzentrierte sich. Abwechselnd sah sie durch die Sucher, wartete, veränderte die Positur, stellte scharf auf das, was nur sie im Nebel ausmachen konnte, strich sich das feuchte Haar aus dem Gesicht, und ich merkte, dass sich zwei von uns sofort und völlig aussichtslos in sie verliebten. Noch als das Tagesgrau ins Nachtgrau überging, sah ich die beiden Stative schleppen und wieselnd die Sommersprossige umspringen, die ihre Ruhe nicht verlor und nur manchmal, um das schattierte Grau schön im weiten Winkel aufzunehmen, die beiden umstandslos zur Seite schob.

Später, im kleinen Restaurant der Hütte, die Klamotten dampften auf den Doppelstockbetten nebenan, die teuersten Kartoffelpuffer meines Lebens auf den Tellern, hatte sie sich zu uns gesetzt. Aber nicht aus freien Stücken, vielmehr war sie – eingekeilt von den Verliebten – auf die geblümte Holzsitzecke unfreiwillig zugetrieben. Nach der Fotobeute des Tages gefragt (gemeint war: bei diesem Wetter), sagte sie, sie warte noch auf den Höhepunkt; die Lemminge beim Todessturz.

»Echt?«, sagte jemand.

»Wahnsinn«, sagte jemand.

»Muss man bei dieser Kälte wahrscheinlich nicht lange drauf warten, dass die sich den Tod holen«, sagte jemand anderes.

Da hob sie ihre rotbraunen Brauen. »Kälte?«, sagte sie verächtlich. Das sei doch hier Riviera-Wetter. Das sei der Süden! Da, wo sie herkomme, sei es viel kälter, da gelten schon bodenfrostfreie Tage als Sommer, und davon gebe es höchstens sechzig pro Jahr. Unter ihrer Wetterjacke trug sie ein ärmelloses Shirt. Die Verliebten starrten die Schönheit, die anderen die Nacktheit ihrer Arme an, die sie daraufhin lächelnd streckte und mit den Händen zu massieren begann. Wir alle kamen von diesem Anblick nicht los.

Wie sie denn hergekommen sei, wollte schließlich jemand wissen, da außer unseren Motorrädern kein Fahrzeug zu sehen war. Sie richtete sich auf. Sie hatte grün-blaue Augen, durch die, wenn sie lächelte, Delfine schossen, eine Assoziation, die mich kurz ablenkte und nur mit meinem schwermütigen Verlangen nach Sonne und Strand zu rechtfertigen war. Sie sagte schlicht: »Gewandert.«

»Siehste«, sagte die Ketzerin erneut triumphal. »Wandern kannste hier nämlich auch.« Und nach einem Blick der grünäugigen Delfinin geriet sie etwas außer sich und fügte hinzu: »Wenn man ein fremdes Land erkunden will, dann muss man erstmal den fremden Boden unter den eigenen Füßen haben, erst der Wanderschritt ist der richtige, der echte Eintritt in die Fremde.«

Erschrocken setzte sie ihr Basecap wieder auf, das sie trug, weil sie auch ohne Helm immer gern etwas auf dem Kopf hatte.

Woher denn gewandert, wollte man wissen.

Woher, wohin, das sei doch egal, solange man nur unterwegs sei. Den Verliebten leuchtete das ein, sie nickten gründlich. Nur jemand, der unbedingt noch trotzen wollte (weil wir nicht weiterfuhren, weil wir beschlossen hatten, in dieser Hütte das Ende des Regens abzuwarten), konnte sich zu einer Antwort wie dieser hinreißen lassen: »Stimmt. Völlig egal bei so einer Landschaft. Wo man hinguckt, bloß Felsen; rechts 'ne Wand, links 'ne Wand und mittendrin 'n Schnitt im Land.«

Daraufhin wurde es nicht einfach nur still; eine furchtbare, reglose Hochplateaustille streckte ihren Klammergriff nach uns aus. Der Atem stockte. Die Ketzerin zog ihr Basecap tief. Die Einheimische hatte aufgehört, sich die Arme zu massieren. Aber wegen des gelungenen Reims war sie uns nicht lange gram. Sie nickte melancholisch und bestellte Aquavit. Dann zeigte sie uns auf der Karte den schönsten Wanderweg durch den Besseggen, und für den Rest des Abends kamen wir gut miteinander aus. Nur als der Kellner uns sogar das Leichtbier verweigerte, weil die draußen parkenden Maschinen, auch wenn wir nicht mehr fahren wollten, uns als Motorisierte zu erkennen gaben, löste das noch einmal unerfreuliches Schweigen aus. Aber zum ersten Mal auf dieser Reise schlief ich später fröhlich ein.

Am nächsten Morgen regnete es weiter. Die Sommersprossige war schon wach und hatte sich, die Wetterjacke um den Bauch gebunden, ärmellos nach draußen begeben. Der Wind fegte, das Wasser peitschte, die Tür schlug mir aus der Hand.

»Gibt's denn was zu sehen?«, rief ich dümmlich, als ich in ihrer Nähe war. Drei Kameras hingen um ihren Hals, und sie war damit beschäftigt, die Gurte auseinanderzuklamüsern und zerrte und zog.

»Nej, gibt aber immer was zu gucken.«

Das war ein Stoß hinaus in den Regen, in dem ich im eigentlichen Sinn schon stand, aber erst jetzt spürte ich das Ausmaß dieser Welt der Fremden, zu der ich keinen Zutritt hatte, und wandte mich wortlos dem Motorrad zu. Aber da kam sie mir nach und griff nach meinem Arm.

»Hei-hei«, sagte sie. – »Hei«, sagte ich, und in ihren Augen sprangen wieder die Delfine.

»Hei«, sagte sie nochmals und sah erschrocken ihre Hand an meinem Arm, den sie dann schleunigst losließ.

»Hallo«, sagte ich, jetzt auf Englisch, das in dieser Gegend die zweite Muttersprache ist, auch sie war des Britischen mächtig, »wird's denn heute besser mit dem

Wetter?« Und auf meine interessante Frage sprang sie sofort an.

»Schlechtes Wetter gibt es nicht.«

»Und was ist das?«

»Du bist nicht richtig gekleidet.«

»Aha.«

»Jaha.«

»Und meinst du, das Wetter könnte sich heute noch umorientieren und meiner Kleidung anpassen?«

»Jaha.«

»Echt? Wann?«

»Das Wetter ist immer in Bewegung.«

Wir hatten uns dem Motorrad genähert. Der Flugrost umhüllte jetzt vollständig die Speichen meines Vorderrads. Wie man denn auf so was fahren könne, wollte sie auf einmal herbe wissen. Die Satteltaschen schleiften doch bei jeder Kurve auf dem Boden, und bei der Beladung müsse man doch das Gleichgewicht verlieren! Man fahre eben, sagte ich, müsse man ja, und so sei das wohl, die einen fahren, die andern wandern. Daraufhin sagte sie, dass Wandern dem Menschen natürlicher sei, und ich, dass Fahren aber schneller gehe und wir zur Erholung nicht so viel Zeit haben, und sie wieder, dass Erholung dann offenbar viel Arbeit mache, und ich, so oder so, und an dieser Art des geistreichen Informationsaustausches schlingerte das Gespräch noch eine Weile entlang, während mein regendurchweichtes Gemüt unpassende Assoziationen freisetzte; die Delfine surften mittlerweile auf den Wellen ihrer Iris, ich sah Schaumkämme aufblitzen und türkise Wasserstrahlen sich im warmen Winde brechen, und es kam mir vor, als durchquerte ich erneut einen Tunnel und tauchte diesmal am Ende tatsächlich in einem dauerbesonnten Land wieder auf, und in diesem Moment fragte die Sommersprossige, ob sie vielleicht ein Foto von diesem Motorradhaufen machen dürfe, und sie fügte an: »Mit dir.«

Ich musste nicht lange überlegen, ich tat nur so, damit sie sich später am Wert dieses Fotos umso stärker erfreute, und willigte schließlich ein. Sie könne mich knipsen, sagte ich, auf einmal völlig übermütig, aber nur wenn sie mir eine ihrer Sommersprossen schenke – nicht darauf gefasst, wozu sie in der Lage war. Sie sah mich an, als stelle sie scharf. Dann suchte sie mit der Zeigefingerspitze auf ihrer Wange eine Sommersprosse aus, auf die sie tippte und die, als sie mir nahe kam, größer wurde und sich im Größerwerden abzulösen schien, sodass sie die Sprosse nur noch, als ich ihre Haut schon spürte, an meiner Wange abzustreifen brauchte; ein schönes Beispiel für die große körperliche Beweglichkeit, die diese Norweger im Notfall an den Tag legen.

Leider mussten wir dann fahren, denn es war Nachmittag und hatte doch noch aufgehört zu regnen. Auch benahmen sich die Verliebten mittlerweile schlecht. Sie stießen unnötig gereizte Kommentare aus, hatten schon einen meiner Spanngurte zerschnitten und verhielten sich auch sonst nicht gerade solidarisch, weshalb es gut war, alsbald aufzusatteln und die Visiere zuzuklappen.

In meiner Erinnerung folgt jetzt ein langes Stück Straße. Eben und grau. Asphalt. Dann geht es bergab. Dann wird es lichter. Ein paar Seen sind zu sehen. Etwas grüneres Moos. Das ein oder andere Ren. Und so müssen jene Sonnentage begonnen haben, an die mir die Erinnerung fehlt, da wir am ersten Grasstück, das wir unter Einfluss des solaren Lichtes querten, hielten, uns im Lederzeugs dort niederlegten und uns freuten, dass wir Urlaub hatten, dass wir in Norwegen waren und, warm beschienen, vor Erschöpfung schliefen. Als wir ausgeschlafen hatten, kamen wir an diese Brücke vor dem Wasserfall, und – so muss es gewesen sein – da ich noch kein Foto von der Reise hatte, nahm ich zwanzigmal die Brücke auf. Zwanzigmal versuchte ich, in Schildbürgermanier Tageslicht ins fensterlose Innere zu bringen, indem ich meine Kamera so in die Sonne hielt, und hoffte wohl, mit diesem lichtgefüllten Speicher für neue Regentage vorzusorgen.

Auch die Verliebten merkten bald, dass uns die Sonne von nun an für zwei Tage folgte, und ließen vorerst von den kleinen Quälereien ab. Hemdsärmelig erreichten wir den Hardangerfjord. Eisblau glitzernd lag er da. An den Hängen hingen Obstplantagen, und wir pflückten pralle dunkle Kirschen im August.

Und weil ich nicht genug bekam, stopfte ich sie händeweise in die Innentaschen meiner Lederjacke. Mit jedem Kilometer warf ich mir dann eine Kirsche in den Mund, es war egal, woher, wohin, solange wir in Bewegung blieben. Jetzt kam es nur noch darauf an, nicht aus Versehen die Kirschen mit der Sommersprosse zu verwechseln, die geborgen im Leder lag, innen an der Brust, was so wahrscheinlich war wie diese Geschichte.

HERBERT FEUERSTEIN

Der grüne Blitz

Ich fürchte das Wasser und schwimme nur in Tiefen von maximal 135 Zentimetern. Bei jedem zweiten Schwimmzug taste ich mit dem Zeh nach dem Grund, und wenn Letzterer nicht mehr spürbar ist, drehe ich um.

Zwangsläufig ergibt sich daraus das Bedürfnis, Schiffe zu vermeiden. Sie hatten immer nur Angst und Übelkeit erzeugt, schon damals vor fünfzig Jahren auf der Fähre zwischen Calais und Dover, als es noch kein Rauchverbot gab und der Geruch von Mageninhalten aller Völker aus den Ritzen dampfte. Oder in den Siebzigern, auf dem Frachter zwischen Neapel und Stromboli, weil der blöde Vulkan keinen Platz für einen Flughafen ließ und man deshalb auf der Überfahrt den lieblos servierten Spaghettihaufen immer zweimal zu sehen bekam: vor und nach dem Essen. Oder auf dem Viktoriasee, wo man drei Bretter zusammennagelt und behauptet, das wäre jetzt ein Boot für zwanzig Passagiere. Ich habe viel gekotzt damals, in alle Weltmeere hinein, und wollte es deshalb nie wieder tun.

Als ich die Einladung bekam, auf einem Schiff der Luxusklasse an einer siebenzehntägigen Eismeer-Kreuzfahrt als »Lecturer« teilzunehmen – also ein paar Lesungen aus meinen Reisebüchern als Gegenleistung für »alles umsonst« – habe ich nur verächtlich gelacht. Gut, ich mag meine masochistischen Momente haben, aber irgendwo gibt es Gren-

zen. Schließlich gehe ich auch nicht aufs Münchner Oktoberfest.

Meine Frau, die auch in Tiefen von mehr als 135 Zentimetern schwimmt, war anderer Ansicht. »Eismeer? Wolltest du nicht immer schon dahin?« Sanft, aber beharrlich begann sie, die Ketten meines Widerstands mit wollüstigen Bildern zu zersägen: die Leere des Nordens, das Licht, die Einsamkeit, die Farben, die Mitternachtssonne als Einleitung und danach die starken Argumente: Wie arm die ohnehin meist depressiven Millionäre auf dem Schiff wohl wären, würde ich ihnen nicht aus meinen Büchern vorlesen. »Die Menschheit braucht dich«, sagte sie, und da wusste ich: Sie hat recht.

Angespornt durch Kollegen wie Herodot, Kolumbus und Humboldt, die ähnliche Reisen vor mir machten, verfasste ich ein Logbuch der Reise, komplett mit Position und Wetter sowie der ausführlichen Schilderung von jedem unserer siebzehn Reisetage. Hier ein Auszug daraus, eingeleitet von den fünf wichtigsten Erkenntnissen, die ich auf dieser meiner ersten Luxus-Kreuzfahrt gewonnen habe:

Für reiche Frauen ist es schwer, in Würde zu altern. Für reiche Männer weniger, weil sie vorher meistens schon tot sind.

Auf dem Schiff wird ununterbrochen gegessen. Aber die Menge, die man vertilgt, ist dennoch erheblich geringer als jene, die man bei Seekrankheit kotzt.

Wenn man seekrank wird, darf man das niemandem sagen. Denn sonst bekommt man so viele Heilmittel angeboten, dass man sich zusätzlich auch noch vergiftet.

Auch auf einem kleinen Kreuzfahrtschiff muss man sich präzise verabreden, weil man sich sonst nicht findet. Oft fürchtete meine Frau, ich hätte meine Drohung wahr gemacht und wäre über Bord gesprungen. Nach einer Woche hoffte sie es.

Bestimmt war es ein seekranker Papst gewesen, der damit angefangen hat, den Erdboden zu küssen.

Es ist kein großes Schiff, 572 Passagiere sind an Bord, also nicht ganz ausverkauft, 90 würden noch reinpassen. 178 Amerikaner, 138 Briten, 144 Deutsche, dazu ein paar aus Österreich und der Schweiz, der Rest Kanadier, Italiener, Franzosen, Spanier und so weiter, auch drei Japaner dabei, aber kein einziger Russe, obwohl die neuerdings überall anzutreffen sind. Aber logisch: Wer Sibirien hat, braucht nicht ins Eismeer.

Eine beachtliche Truppe ist aufgeboten, um die Passagiere bei Laune zu halten: ein Showensemble aus acht Sängern und Tänzern, eine Geigenvirtuosin, ein klassischer Pianist, ein Musical-Star, ein Meister auf der Gitarre, ein Zauberkünstler, ein Barmusiker, ein Salontrio für den täglichen Tanztee und die fünfköpfige Bordkapelle aus Polen für Dinner und Deck. Ferner der Kreuzfahrtdirektor als Moderator, sein Assistent, ein ehemaliger Clown, und vier elegante Herren meines Alters, die den allein reisenden Damen vor und nach dem Essen als Tanzpartner zur Verfügung stehen, die sogenannten »Gentlemen Hosts«. Dazu ein Kunstauktionator und ein Schmuckberater, sowie – in Würdigung des besonderen Bildungsanspruchs der deutschsprachigen Gäste, die nur genießen können, wenn sie dabei was lernen dürfen – zwei Lecturers, »Dozenten« gewissermaßen, ein Biologe und ein Literat. Der Letztere ich.

Vom Unterhaltungsprogramm an Bord haben wir

auch am vierten Tag noch nichts mitbekommen. Das Konzert der Geigenvirtuosin war meiner beginnenden Seekrankheit zum Opfer gefallen, der Zauberer (»Die miesen Tricks der Taschendiebe – für Sie entlarvt«) war auch nicht so ganz unser Ding, und mit den Gentlemen Hosts zu den Klängen der polnischen Band zu tanzen, hatten weder meine Frau noch ich das dringende Bedürfnis. Auch gestern, als der australische Musical-Star dran war, kniffen wir und gingen lieber ins Bordkino: *»Cider House Rules«*, die John-Irving-Verfilmung, leider getrübt durch meine liebe Frau, die das Buch (mit dem grauenhaften deutschen Titel) *»Gottes Werk und Teufels Beitrag«* gelesen hatte und mir deshalb ständig zuflüsterte, was als Nächstes passiert.

Tagsüber gäbe es ungeheuer viel zu tun, wenn man nur wollte, von der Morgengymnastik mit der Fitnesstrainerin vor dem Frühstück bis zur Spieleshow »Erkennen Sie diese Melodie« kurz vor Mitternacht. Dazwischen Computer-Kurse, Kosmetik-Tipps, Bridge für Anfänger und Fortgeschrittene, Bingo am Nachmittag, Spielcasino rund um die Uhr, Kunstauktionen und »Sticken mit Melanie« alternierend mit »Halstuchbinden mit Melanie« ... mit anderen Worten: alles Schreckliche dieser Welt, dem ich bisher im Leben erfolgreich aus dem Weg ging und dies auch künfig zu tun beabsichtige.

Genau 250 Meter misst die komplette Strecke auf dem Promenadendeck rund um das Schiff, vier Runden also ein Kilometer und sieben eine Meile. Für Jogger gibt es eine Startmarkierung, wo wie beim Minigolf Zettel und Bleistift ausliegen, damit man seine Leistung gewissenhaft protokollieren kann. Tatsächlich rannten mir bei jedem Deckbesuch ein paar Läufer über den

Weg, egal zu welcher Zeit oder bei welchem Wetter, wahrscheinlich Hamburger, die ihren ererbten Zwang, rund um die Alster zu laufen, auf diese Weise ausleben. Niemand scheint aber an der Protokollierung interessiert zu sein: Ich habe, stets im Dienst der vergleichenden Wissenschaft, auf dem obersten Zettel ein Kreuzchen gemalt, und nach vier Tagen war mein Zettel immer noch der oberste.

Überhaupt wird vom sportlichen Angebot kaum Gebrauch gemacht. Niemand spielt Shuffleboard, den Inbegriff nobler Hochsee-Aktivität, und im ringsum vergitterten »Golfkäfig« ganz oben, auf dem Brückendeck, dreschen gerade mal zwei oder drei Leute lustlos auf ihre Bälle ein. Sogar im Großen Salon, bei den »Streck- und Dehnübungen« auf dem Sofa, räkelt sich selten mehr als ein Dutzend – wahrscheinlich, weil die meisten von uns in einem Alter sind, in dem man froh ist, dass der Körper überhaupt noch da ist. Da will man ihn nicht auch noch mutwillig beanspruchen. Der Hauptgrund freilich dürfte darin liegen, dass man vom vielen Essen einfach zu müde ist.

Ab sechs Uhr gibt es das frühe Frühstück, ab halb sieben das servierte Frühstück und ab acht das Frühstücksbuffet, nathlos gefolgt um elf Uhr vom Vormittagssüppchen für den kleinen Hunger zwischendurch. Ab halb eins hat man dann die Wahl zwischen dem servierten Mittagsessen im Speisesaal und dem Mittagsbuffet im Lido-Café, und um 16 Uhr folgt die Teestunde mit Torten- und Eisbuffet. Ab 19 Uhr das große Dinner und vor dem Schlafengehen, kurz vor Mitternacht, der kleine Nachtimbiss. Danach, bis sechs Uhr früh, gibt es nichts. Da muss man hungern.

Um acht Uhr früh war das Schiff in Island angekommen, und seit sechs Uhr sind wir schon auf den Beinen, denn gleich nach dem Festmachen begann unser Landausflug mit Führung, »Golden Circle« genannt, für 125 Dollar pro Person. Vier Exkursionen standen zur Wahl: Stadtrundfahrt Reykjavík (46 Dollar), Baden im heißen Quellwasser der Blauen Lagune (53 Dollar, »Handtuch und Shampoo mitnehmen«), 90-Minuten-Rundflug über Gletscher und Vulkane (219 Dollar – leider im Kleinflugzeug, so was ist aber nur im Hubschrauber spannend), und schließlich die von uns gebuchte siebenstündige Rundfahrt, die zu Islands berühmten Geysiren und dem gewaltigen Gullfoss-Wasserfall führen würde, dessen Ansicht wir zu Hause auf dem PC als Bildschirmschoner haben. Da gab es für uns keinen Zweifel: Die musste es sein. Und sie war eine Katastrophe.

Der Fairness halber muss ich einräumen, dass ich daran nicht unschuldig bin. Unter den vielen Idiosynkrasien, die mir zu eigen sind, steht die Abneigung alles Gemeinsamen an der Spitze. Rudelverhalten schätze ich nur bei Hunden, und den wenigen Geselligkeiten, zu denen ich überhaupt noch eingeladen werde, entfliehe ich immer als Erster oder überstehe sie, wenn es nicht anders geht, verbarrikadiert in der Abstellkammer. Horror vom Horror sind deshalb für mich Gruppenreisen, auch in der Kleinstform eines Busausfluges – aber hier hatte ich keine Wahl. Wie sollte ich sonst unseren Bildschirmschoner in echt erleben?

Wir füllten drei große, komfortable Busse, dann ging es los. Die isländische Reiseleiterin begrüßte uns herzhaft auf Wikingerart – und sagte dann nichts mehr, was

Isländer für mich überaus sympathisch macht, außer, sie sind Reiseleiter, denn von denen möchte man eigentlich ein bisschen was über Land und Leute erfahren. Nach einer Stunde Fahrt hielten wir an. An einem Ramschladen.

Sofort spaltete sich unsere Gruppe in zwei Parteien: in die primiviten, niveaulosen Nichteuropäer, die ausschwärmten und für die nächste halbe Stunde hinter Regalen mit Anoraks und echten Island-Pullis verschwunden blieben; und in uns Sinn suchenden, kulturbewussten und geistig überlegenen Vertreter der Alten Welt, die heftig dagegen protestierten, dass wir statt der Naturwunder des Landes einen Souvenirladen angesteuert hatten. Die Begründung der Reiseleiterin war ebenso einleuchtend wie entwaffnend: Passagiere auf Kreuzfahrt seien nun mal hauptsächlich älteren Kalibers, und alte Menschen müssen dauernd aufs Klo, das weiß man ja von Oma. Leider gäbe es aber nur hier, auf der Mitte der Strecke, Toiletten. Dass man auf dem Weg dahin Ramschläden durchqueren müsse, sei reiner Zufall. Mir kam sofort das Märchen vom Gold scheißenden Esel in den Sinn. Für den Ramschladen-Betreiber ist es wohl in Erfüllung gegangen, jeden Tag ein paar Busladungen Esel ...

Der Gullfoss-Wasserfall ist noch mächtiger, noch breiter, noch dramatischer als auf dem Bildschirm. Aber leider nicht so menschenleer. Man muss Schlange stehen, bis man zum Aussichtspunkt vorrücken kann, und dann drängen schon die Nächsten nach. Trotzdem: Man MUSS ihn gesehen haben. Und wir HABEN ihn gesehen.

Mindestens fünf Minuten lang. Wieder ein Weltwunder abgehakt.

Mehr Platz und mehr Zeit bietet der Stokkur-Geysir, denn er speit nicht nur die weltbekannte große, sondern auch mehrere kleine Fontänen aus, die zur Schonung der Touristen genau innerhalb ihrer Umzäunung aus der Erde schießen und niemanden nass spritzen, der das nicht ausdrücklich will. Pünktlich noch dazu, sodass jeder zu seinem Foto kommt.

Wer gut zu Fuß war, fand anschließend Gelegenheit zu einem schnellen Rundgang im Thingvellir-Nationalpark, wo sich über 800 Jahre lang das isländische Althing versammelt hatte, das erste europäische Parlament mit Regeln und Streitkultur, aber bitte wirklich schnell, keine Fragen oder gar stehen bleiben in dieser magischen Landschaft, sonst würde der andere Teil unserer Ausflugsgruppe, der das kleine Stück Weges lieber mit dem Bus gefahren war, zu lange auf uns warten müssen. Also wurden wir im Eilschritt zum Mittagessen getrieben, das ebenso lang wie langweilig war, in einem Großgasthof mit vielen winzigen Kammern, mit hektischen Reiseleitern, die hinterher die allergrößte Mühe hatten, die richtigen Goldesel wieder der richtigen Gruppe zuzuordnen. Und auf der Rückfahrt gab es abermals einen Toiletten-Stopp. Ganz zufällig mit einem Ramschladen dabei. Fazit: vier Stunden Fahrt, eine Stunde Lunch, zweimal eine halbe Stunde Klopause und eine Stunde Island.

Wir Bildungsbürger der europäischen Kulturgemeinde schwören im Bus, nie wieder einen Gruppenausflug mitzumachen, doch weiß ich schon jetzt, dass es ein Meineid ist.

Gegen drei Uhr früh hatten wir in der Westpassage zwischen Island und Grönland den Polarkreis überquert, 66° 33' nördlicher Breite, und wie Grenzwächter warteten dort die Wale auf uns. Selbst ich, der sonst nie was erkennt, wenn aufgeregte Menschen auf einen Flecken im Wasser zeigen und brüllen »SEHEN SIE DAS?«, sah die mächtigen Blasfontänen der Walherde.

»Polarkreis« klingt unheimlich nördlich, ist aber erst die Schwelle zur Mitternachtssonne, die sich hier nur für einen einzigen Tag des Jahres volle 24 Stunden über dem Horizont hält. Am Pol geht sie dann fast ein halbes Jahr nicht mehr unter, aber bis dahin sind es noch mehr als 2500 Kilometer, während Hamburg jetzt gerade mal 1300 Kilometer südlich von uns liegt. Trotzdem hat diese unsichtbare Grenzlinie was Magisches, ähnlich wie der Äquator. Und so, wie es die Äquatortaufe gibt, gibt es deshalb die Polartaufe.

Unter den rauen Kerlen auf Forschungs- oder Kriegsschiffen muss diese Zeremonie recht grausam sein, hatte uns der Biologe geschildert, eine Mischung aus Spießrutenlauf und Mannbarkeitsritus, vom Eintauchen in Eiswasser bis zum Verschlucken eines lebenden Fisches. Doch nicht weniger grausam ging es bei uns zu, freilich mehr von der peinlichen Seite her betrachtet.

Wer mitmachen wollte, hatte sich schon gestern anmelden müssen. Viele waren es nicht, aber dann standen doch fast ein Dutzend Tapfere in Badekleidung, mit Decken umwickelt, nach dem Mittagessen am beheizten Außenpool. Eigentlich ist das die Zeit für mein Mittagsschläfchen, aber ein Rohrbruch in der Kabine gegenüber hatte eine Überschwemmung im Gang verursacht, und um den Schaden zu beheben, wurde von allen Seiten gebohrt und gehämmert. Da kriegt man nur Mordgedanken, wenn man trotzdem zu schlafen versucht.

Zum Einzugsmarsch der polnischen Band präsentierte sich das Taufkomittee: unser Kreuzfahrtdirektor als Neptun mit Muschelkrone, Dreizack und einem algengrünen Gesicht, grüner noch, als ich es im schlimmsten Zustand der Seekrankheit habe, Arm in Arm mit seinem Assistenten, dem Ex-Clown, der als Tethys verkleidet war, der »Gattin Neptuns« – eine arge Beleidigung für uns Bildungsbürger, die wir sehr wohl wissen, dass Tethys mit dem griechischen Meeresgott Okeanos verheiratet war, während sein römischer Nachfolger Neptun nur ein paar Nixen zum Spielen hatte, aber keine feste Partnerin, sonst wäre er ja wohl nicht zum Schirmherrn der Matrosen geworden. Als Dritte im Team die attraktive, aber leider stets dümmlich lächelnde Tante aus dem Verkaufsbüro als Eisjungfrau mit Glitzerkostüm und Silberhaar und schließlich als Vierter, direkt vom Nordpol angereist, der Weihnachtsmann, und zwar der echte, wie ich glaube, denn ich hatte diesen Typ bisher noch nie an Bord gesehen. Dazu ein paar seiner Elche, nach ihren langen, geilen Beinen zu schließen vermutlich die Showgirls von *»Bonsoir Paris«*, außer es gibt in dieser Gegend tatsächlich eine Elchart, die an langen, geilen Beinen Netzstrümpfe trägt.

So verläuft die Zeremonie: Der Täufling kniet vor Neptun, küsst einen rohen Fisch und bekommt Mehlteig in die Haare geschmiert. Dann wird er ins Wasser gestoßen, und wenn er wieder rauskommt, kriegt er eine Urkunde. Von mir aus. Aber wenn heute auf der

Abendkarte als Empfehlung des Chefkochs »Geküsster Fisch im Mehlmantel« angeboten wird, werde ich dieses Gericht *nicht* bestellen.

Beim Deckspaziergang stoßen wir immer wieder auf Leute mit angesetzten Ferngläsern, die plötzlich »WALE!« schreien und auf einen Punkt in der Ferne zeigen. »Siehst du die auch?«, fragt dann meine Frau immer, und ich sage »Natürlich!«, obwohl ich nichts sehe. Aber wenn ich zugebe, dass ich nichts sehe, glauben sie und der Rest der Menschheit, dass man zum Sehen gezwungen werden könne, wenn der andere oft genug »DORT!« brüllt und mit dem Zeigefinger Löcher in die Luft sticht. Also lüge ich, um meine Ruhe zu haben.

Endlich sah auch ich was durchs Fernglas. »WALE!«, schrie ich und fragte meine Frau nicht ohne Triumph: »Na, siehst du die auch?« Sie schaute durchs Fernglas und antwortete: »Das ist eine Eisscholle.« Wieso gönnt sie mir nichts? Sie könnte doch genauso lügen wie ich, um mir eine Freude zu machen? Außerdem ist eine Eisscholle an dieser Stelle ohnehin viel wichtiger als ein Wal, denn sie beweist, dass wir WIRKLICH im Eismeer sind und WIRKLICH dem Nordpol näher kommen. Denn fast 800 Kilometer sind wir in den letzten 24 Stunden nach Norden gerückt und knapp 100 Kilometer nach Osten, aber die Letzteren genügen, um die Uhren schon wieder um eine Stunde verstellen zu müssen. Immer enger werden jetzt die Längengrade und damit die Zeitgrenzen, bis man dann auf dem Nordpol die Uhr 24 Mal umstellen muss, wenn man sich einmal im Kreis dreht.

Bisher hatten wir uns auf jener Rinne nordwärts bewegt, die der Golfstrom im Sommer zwischen Grönland und Spitzbergen eisfrei hält. Aber allmählich war seine Wärme verbraucht, die Eisschollen hatten sich vermehrt und der Kapitän die Fahrt gedrosselt, denn unser Schiff, so erklärte er über Lautsprecher, habe zwar einen soliden Rumpf, aber zwei empfindliche Propeller, mit denen dürfe man keinesfalls in voller Geschwindigkeit durchs Eis pflügen. Und dann wurde er feierlich: »Meine Damen und Herren, wir haben den nördlichsten Punkt unserer Reise erreicht, 80 Grad und 10 Minuten. Von hier sind es nur noch 780 Seemeilen bis zum Pol. Wir kehren jetzt um, danke.«

Diese Nachricht erschütterte mich zutiefst. Nicht, weil wir umkehren, denn das Leben ist nun mal ein ständiges Abschiednehmen. Sondern weil unser Kapitän ganz offensichtlich keine Ahnung hat. Denn wie jeder weiß, der mal einen Pilotenschein hatte (wie ich) und dafür Prüfungen ablegen musste (wie ich, zweimal): Der Abstand zwischen zwei Breitengraden beträgt in aller Welt konstant 60 Seemeilen. Macht bei 80° nördlicher Breite präzise 600 Meilen bis zum Pol. Wie kommt er bloß auf 780? Hat er die Seemeile mit der englischen Meile verwechselt? Schwer denkbar, denn dann wären das 700 Meilen. Aber vielleicht kann einer, der nicht navigieren kann, auch nicht rechnen? Oder das Ganze ist ein Riesenbetrug: Wir sind in Wahrheit erst bei 77 Grad, und er steckt die Reisekosten für drei Grad in die eigene Tasche? Oder er hat vielleicht gar kein Kapitänspatent und ist in Wahrheit der Koch, der den echten Schiffskapitän nach dem Ablegen vergiftet hat, damit er auch mal mit einer reichen Witwe tanzen kann?

Was tun in einem solchen Fall? Raufgehen und sagen, »Käpt'n, wir haben ein Problem ...«? Wo wir doch erst gestern zum Händeschütteln oben waren, bei der obligaten Brückenbesichtigung, bei der jeder Passagier eine Kapitänsmütze aufsetzen und sich vor dem Ruder in Pose stellen durfte, vom Schiffsfotografen dokumentiert, für 25 Dollar pro Bild?

Eine neue Durchsage erlöste mich eine Stunde später von den finsteren Gedanken. »Ha-ha-ha«, begann der Kapitän, obwohl er sonst nie lacht, »da habe ich mich aber total verplaudert. Natürlich sind es in der Höhe von 80 Grad nördlicher Breite nur noch 600 Meilen zum Pol, und nicht 780 ... auch wenn die Pole bekanntlich wandern, ha-ha-ha.« Hm, ob er das wirklich selbst bemerkt hat? Oder ob er unsere Kabine abhören lässt und es deshalb weiß, weil ich kurz vorher noch laut und empört mit meiner Frau darüber geredet hatte?

Spitzbergen ist die größte Insel der norwegischen Svalbard-Gruppe. Hier bleibt die Mitternachtssonne mehr als hundert Tage aktiv, ebenso lang dauert dann die Polarnacht. Bei strahlendem Sonnenschein setzten wir an diesem Julimorgen für fünf Stunden Anker in der Magdalenenbucht, einer überwältigend schönen Landschaft, umrandet von schroffen Bergen, zwischen denen die Gletscher, die fast das ganze Innere der Insel bedecken, ins Meer münden, oft ganz dramatisch, mit Abbrüchen, die ständig kleine Eisberge kalben.

Einige Beiboote wurden klargemacht und für den Landgang zu Wasser gelassen. Es war meine erste Fahrt in einem Rettungsboot, und ich muss sagen: höchst komfortabel, alle Achtung. Geräumig, überdacht und heizbar, mit bequemen Sitzen, darunter versteckt zahlreiche mehrsprachig beschriftete Kisten mit Notproviant für den Schiffbruch erster Klasse, vermutlich vorwiegend Kaviar und Champagner.

Was folgte, war schrecklich peinlich, und ich schämte mich hinterher, mitgemacht zu haben, genauso wie ich mich für so manche Fernsehsendung schäme ... aber ebenfalls immer erst hinterher, auf dem Weg zur Bank. Denn als wir an Land kamen, ein Geröllfeld durchsetzt mit Schneeresten, eine karge, melancholische Landschaft mit so klarer Luft, dass sie beim Atmen fast schmerzte – standen schon Picknicktische und Feldstühle bereit, ein Buffet war aufgebaut mit Hotdogs und Suppenkessel, und ein Besatzungsmitglied, als Eisbär verkleidet, begrüßte jeden Ankömmling für das gemeinsame Erinnerungsfoto an der nördlichsten Stelle der Welt, an die die meisten von uns je in ihrem Leben kommen würden.

Hier steht übrigens auch das nördlichste Häuschen der Welt, der Unterschlupf für den *Sysselman*, den norwegischen Regierungsbeauftragten, der in den Sommermonaten wacht, dass die Passagiere der dreißig bis vierzig Kreuzfahrtschiffe, die hier zwischen Juni und August ankern, keine Abfälle hinterlassen oder ihrerseits als Abfall betrachtet und von Eisbären gefressen werden. Mit schussklarer, fotogener Flinte stand er zu unserem Schutz bereit, und als wir wieder wegfuhren, überreichte ihm der Kreuzfahrtdirektor diskret ein Fresspaket. Es ist wirklich das einzige Häuschen hier, Toiletten gibt es keine, darauf hatte man uns schon auf dem Schiff warnend hingewiesen – man weiß ja nicht nur auf Island, was alte Menschen am dringendsten brauchen. Dafür gibt es aber auch keinen Ramschladen.

Es bedurfte nur weniger Schritte über das Steinfeld, um ganz allein zu sein. Überall Vögel, die hier ihren Sommerurlaub verbringen, und zwischen den Steinen winzige, gelbe Blümchen, die tapfer, fast rührend, ihr kurzes Leben in der Kälte ertrotzen. Heftiges Möwengeschrei zeigte uns plötzlich, dass wir doch nicht allein waren: Unser Bord-Biologe und seine Frau robbten auf dem Boden und suchten Polarwürmer. Kein Wunder, dass sich die Vögel ärgerten, tun sie doch aus Überlebensgründen dasselbe, und so viele Würmer gibt es hier nicht.

Inzwischen hatte ein zweites Schiff in der Magdalenenbucht Anker gelassen, ein bisschen plump in der Erscheinung neben unserem weißen Luxustraum, dafür aber mit polartauglichen Propellern viel weiter nach Norden unterwegs und bekannt für den fast wissenschaftlichen Anspruch seiner Exkursionen. Mitleiderregend hingegen die Beiboote: Die Leute mussten auf dem Weg zum Ufer doch tatsächlich im offenen Schlauchboot sitzen!

Um den Anblick von so viel nackter Armut zu vermeiden, schauten wir diskret in die andere Richtung, als sich unsere Wege kreuzten. Bestimmt lagerten in ihren Überlebenskisten nur Zwieback und Wasser.

Heute sind wir mitten im Ort einem Rentier begegnet. Es lief uns einfach so über den Weg.

Die Mitternachtssonne verringert das Schlafbedürfnis ganz enorm, das weiß ich von Alaska. Ich habe in der letzten Nacht nur drei Stunden geschlafen, schlecht noch dazu, mit Albträumen vom Schiffbruch vor einer kahlen Insel, auf der mich Tethys zwang, rohe Heringe zu essen. Bestimmt liegt das an der übermächtigen Anziehungskraft Spitzbergens, denn hier treibt sich der nördliche Magnetpol herum, stets ruhelos und auf Wanderschaft, weil er weiß, dass er gar nicht hierher gehört. Wissenschaftlich gesehen ist er nämlich der Südpol. Hier spielt der Kompass verrückt und dreht sich wirr im Kreis, und nach der Seemannslegende soll es in dieser Gegend Inseln aus reinem Metall gegeben haben, die einst selbst den tüchtigsten Fahrensmann unweigerlich ins Verderben zogen.

Man soll auch gar nicht schlafen in solchen Nächten, denn die Fahrt an der Westküste Spitzbergens ist überwältigend, und man erkennt sofort, warum die Walfänger des 17. Jahrhunderts der Insel diesen Namen gaben. Alle Berge sind steil angespitzt, Gletscher und Geröll dazwischen. Zudem ein Vogelparadies mit den größten und dicksten Möwen, die ich in meinem Leben sah, mit Papageientauchern, Enten und Rallen. Kein Haus, keine Straße, nur ein paar Gräber von Walfängern als Spur des Menschen. 500 Meter tief reicht hier das Eis des Permafrosts, und hoch oben an der Nordspitze, bei 80 Grad 30 Minuten, liegt das Packeis das ganze Jahr über an. Man könnte von hier trockenen Fußes die letzten 1000 Kilometer zum Nordpol wandern, jedenfalls jetzt noch, vor der angekündigten Schmelze. Ein Spanier hat es 1920 sogar mit dem Motorrad versucht, gab aber schon nach fünf Kilometern auf. Na ja, so sind sie nun mal, die Motorradfahrer. Aber angeben auf der Autobahn.

Um acht Uhr morgens legten wir am Pier von Longyearbyen an, der größten Siedlung Spitzbergens: So um die 1000 Einwohner, ein Flugplatz und drei Hotels, die es jeden Sommer auf gut 10 000 Übernachtungen bringen, denn man kann von hier aus Gletscher und Berge besteigen, mit dem Kajak in Eisflüssen plätschern, per Schneemobil oder Hundeschlitten das Inlandeis erkunden, alte Kohleminen besichtigen oder, ein weltweit seltenes, aber hier sehr populäres Hobby: Fossilien sammeln. Oder einfach nur allein sein, wenn die Sonne hundert Tage nicht untergeht.

Fossilien wollten wir keine sammeln, davon hatten wir schon genug auf dem Schiff, als Passagiere getarnt. Also nutzten wir den vierstündigen Aufenthalt zu einem ganz privaten Rundgang. Erst den Uferweg entlang, vorbei an den Lagerhallen für die Steinkohle, dem einst wichtigsten, aber wie überall auf der Welt im Niedergang befindlichen Wirtschaftszweig der Svalbard-Inseln, dann rechts ab, den Hügel hoch, in das Tal des Flusses hinein, der ebenso wie die Ortschaft nach dem amerikansichen Kumpel John Munroe Longyear benannt ist, der hier um 1900 den ersten Kohlebrocken aus dem Felsen schlug.

Wir kommen wieder bei einem *Sysselman* vorbei, der hier kein Holzhüttchen hat, sondern einen richtigen Amtssitz, und stehen vor dem Museum. Klein, eng, aber von liebenswert melancholischem Charme: eine Zeugstätte menschlichen Scheiterns. Der Niedergang des Walfangs, die Spuren des alten Bergbaus, die Reste unzähliger Expeditionen, die Neuland suchten und den Tod fanden. Sowie hässliche Zeugnisse unserer eigenen Untaten: 1942, als Norwegen längst überrannt war, meinten die Deutschen, diesen nördlichsten Posten der Menschheit bestrafen zu müssen, weil dort noch ein paar Soldaten ausharrten. Im Bombenhagel wurde nicht nur das alte Longyearbyen zerstört, sondern auch der letzte Baum, den es auf Spitzbergen gab. Sein Stumpf steht im Museum, zusammen mit einer der legendären »Enigma«-Maschinen, dem Codiergerät von uns Deutschen, mit dem wir unsere Geheimnisse in alle Welt schickten, ohne zu ahnen, dass die Alliierten diesen Code längst geknackt hatten.

Dann bogen wir links ab, über die Brücke zur Ortsmitte, als meine Frau stehen bleibt und sagte: »Schau, was da ist!«

»Ein Wal!« versuchte ich Schelm zu scherzen.

»Nein, ein Elch!«

Eines der Geheimnisse unserer funktionierenden Ehe ist die Arbeitsteilung: Meine Frau sieht alles zuerst, aber ich weiß alles besser. Es war nämlich kein Elch, sondern ein Rentier, ein Rangifer Tarandus, eine Rentier-Kuh, um genau zu sein, ich hatte eine solche schon mal in Alaska gesehen, in einem Vorstadtgarten von Anchorage.

Ein Weilchen später, mitten in Longyearbyen, lief uns das gleiche Tier nochmals über den Weg, buchstäblich vor der Nase. Wahrscheinlich aus einer Zuchtherde und entsprechend harmlos. Aber das sagt man auch von Kühen, und die fürchte ich mehr als Löwen, seit mich mal so ein Mörderrind als Kind über einen Pinzgauer Berghang gejagt hat.

Das Rentier blieb friedlich. Richtig gefährlich seien hier nur Vögel, hatte man uns auf dem Schiff gewarnt. Vor allem bei Spaziergängen auf einsamen Wegen müsse man sich in Acht nehmen, wenn man zu nahe an ihren Nestern vorbeikäme: Dann würden sie angreifen, Mützen und Perücken klauen und wild auf den Schädel einhacken. Da sie unter strengem Naturschutz stehen, darf man sich nicht zu heftig wehren, denn die Verletzung eines Vogels ist strafbar. Es gibt deshalb nur eine erlaubte Abwehr: ein hochgehaltener Stock mit Hut drauf, an dem sich die Vögel austoben können, da sie immer nur das oberste Ziel angreifen. Also ähnlich wie damals beim Landvogt Gessler, dessen auf der Stange baumelnden Hut der stolze Wilhelm Tell nicht grüßen wollte. Ob das vielleicht nur ein sprachliches Missverständnis zwischen Österreichern und Schweizern war und der Landvogt seinen Hut gar nicht als Popanz hingehängt hatte, sondern zur Abwehr von Krähen?

Mitten in Longyearbyen entdecken wir einen Waffenverleih. Obwohl hier nirgends gejagt werden darf. Das sei zum Schutz gegen Eisbären, erfahren wir, für Ausflüge ins Innere der Insel. Hier kann man nicht nur, hier MUSS man fürs Picknick Gewehr samt Munition mieten. Ohne Waffenschein übrigens. Gleich sechs Verleiher gibt es vor Ort, und wer noch nie geschossen hat, kriegt kostenlos eine Einweisung. Wenn sich das bloß nicht bis zu den El-Kaida-Leuten rumspricht ...

In der Verbindung zwischen Nordatlantik und der russischen Barentssee wurde das Meer zunehmend rau, und jetzt, auf der Höhe der Bäreninsel, nur wenige Kilometer oberhalb des Nordkaps, ist es richtig böse geworden: Windstärke 6, Brecher bis zum Hauptdeck, Regentropfen, die einem waagrecht ins Gesicht peitschen, fast auf dem Wasser liegende Wolkenfetzen – angeblich das Standardwetter vor dieser 200 Quadratkilometer großen norwegischen Horrorinsel, die nur von Eisbären bewohnt wird und mit ihrer Steilküste so gut wie unzugänglich ist. Angeblich hatten wir Glück mit dem Wetter: Meist wäre es hier noch viel schlimmer.

»Grauenhaft«, sagte Frau Immendorf und setzte sich neben mich.

»Ja, furchtbares Wetter«, antwortete ich und klappte mein Buch zu, denn Frau Immendorf hatte alle meine Lesungen besucht, und ich bin schließlich Dienstleister hier. Da kann man nicht sagen, »Hau ab, blöde Kuh«, wenn sich jemand ungebeten daneben setzt. Man kann es nur denken.

»Ich meine nicht das Wetter, wir hatten vor der Båreninsel schon mal Windstärke acht«, korrigierte mich Frau Immendorf, als führe sie täglich durch diese gottverdammte Ecke. »Mit *grauenhaft* meine ich das *Schiff*.«

Frau Immendorf ist eine der vielen reichen Witwen an Bord. Die meisten von ihnen sind Amerikanerinnen, gesellig, pflegeleicht und überschminkt, die am liebsten den ganzen Tag Bingo spielen und auch noch mit achtzig im Teenie-Look zum Tanztee humpeln. Die deutschen Witwen hingegen sind eindeutig was Besseres: dezent in der Kleidung, vornehm im Auftreten, kulturbeflissen, bösartig und ewig meckernd. Wenn das mit dem Buddhismus stimmt, bin ich wahrscheinlich eine wiedergeborene deutsche Witwe.

»Sie meinen die Überschwemmung?«, fragte ich. Vor unserer Tür stand nämlich schon wieder der Gang unter Wasser, aber diesmal nicht wegen eines Rohrbruchs, sondern weil die Stewardess beim Aufräumen einen Hahn nicht geschlossen hatte.

»Ach nein, das passiert schon mal, da gibt es Schlimmeres«, sagte Frau Immendorf. »Ich habe auf diesem Schiff einen Brand erlebt!«

Vor drei Jahren wäre das gewesen, in der Karibik. In der Wäschekammer sei das Feuer ausgebrochen, ein gewaltiger Schaden vor allem durch den Rauch. Es gab sogar einen Toten, und das Schiff musste an den Haken genommen und nach Jamaika geschleppt werden. Hinterher war eine Komplettrenovierung nötig, und seitdem hat dieses Schiff einen anderen Namen, denn »wer will schon auf einen Kahn, auf dem es mal gebrannt hat?«. Sie selbst freilich hätte kein Problem damit, betonte Frau Immendorf. »Es war ja kein technischer Fehler, sondern Brandstiftung. Rache von jemandem der Besatzung, der sich geärgert hat ...«

Ich beschloss, nie mehr was zu tun, was Besatzungsmitglieder ärgern könnte, und frage vorsichtig nach: »Was finden Sie hier so grauenhaft?«

»Alles«, antwortete Frau Immendorf mit der gleichen Bestimmtheit wie die Seeräuber-Jenny in der *Dreigroschenoper* auf die Frage, wie viele Köpfe heute rollen sollten. »Alles geht auf diesen Schiffen den Bach runter. Der Service, das Personal, vor allem das Unterhaltungsangebot. Nur noch auf die Amis zugeschnitten, nichts als Trallala mit Zauberern und abgehalfterten Hupfdohlen, ein Clyderman-Verschnitt klimpert Schnulzen, der Kreuzfahrtdirektor imitiert Frank Sinatra, und der Somelier ist aus Indonesien und weiß nicht mal, wie man einschenkt. Und dazu diese primitiven Vorträge!« Ach du liebe Zeit, meint sie jetzt mich damit?

Nein, zum Glück nicht: »Schauen Sie doch, was die mit *Ihnen* machen! Sie sind gerade mal Lückenbüßer an den Abenden, wenn vorher Landgang war und die Amis sogar fürs Casino zu müde sind. Dann kommen wir Deutschen dran. Haben Sie das nicht bemerkt? Und haben Sie sich gefragt, wer morgen früh zu Ihrer Lesung kommen soll, wo doch in der letzten Nacht der Mitternachtssonne garantiert durchgefeiert wird!« Stimmt, morgen um 10 Uhr habe ich meine letzte Lesung. Skandal!

Aufgestachelt von Frau Immendorfs Empörung bin ich schon unterwegs zur Kabine, um meiner Frau zu verkünden: »Wir packen und reisen ab!«, als mir Frau Neuenfeld in den Weg tritt, eine andere, *noch* reichere deutsche Witwe. Sie lächelt stets freundlich, aber nie persönlich, wie man es eben tut, wenn man mehrere Mietshäuser und eine 400-Quadratmeter-Villa an einem bayerischen See hat, samt Hausmädchen, Gärtner und Chauffeur. Sie ist eine Dame von Welt, noch gediegener gekleidet als die anderen deutschen Witwen, noch diskreter im Auftreten, noch anspruchsvoller in Bildung und Kultur, aber stets gelassen. Kein Wunder: Wenn ihr was nicht passt, könnte sie auf der Stelle das Schiff kaufen und den Käpt'n feuern. Auch Frau Neuenfeld hatte meine Lesungen besucht, und sie mag sogar meine Frau, was die anderen Witwen nur selten tun, weil die mich alle heiraten wollen, und da stört eine lebende Ehefrau. Aber Frau Neuenfeld braucht mich nicht zu heiraten, denn sie ist nie allein. »Ich spüre, dass mein Mann auf meinen Reisen immer dabei ist«, hat sie mir bei der Ausfahrt aus Longyearbyen mit liebevollem Blick nach oben gestanden. »Er schiebt für mich die Wolken weg.« Zwar schien Herr Neuenfeld gerade eher mit Jauchzen und Frohlocken beschäftigt zu sein als mit Wolkenschieben, denn es tobte immer noch dieser eklige Sturm. Aber immerhin: Zum Landausflug hatte die Sonne geschienen.

»Ich werde mir künftig jedes Ihrer Bücher kaufen«, sagt sie jetzt, und ich bin überwältigt. Mein Lebensabend ist gesichert, und ich verspreche ihr, ab sofort jeden Monat ein neues zu schreiben.

Ob meine Frau auch mal so eine Witwe wird? Mit dem toten Mann im Reisegepäck und so viel Herz für Dichter? Gefiele mir nicht schlecht, und ich beschloss, nach meinem Tod auf ihren Reisen ebenfalls Wolken wegzuschieben ... auch wenn es aller Wahrscheinlichkeit nach Schwefelwolken sein werden. Nur die 400-Quadratmeter-Villa am bayerischen See mit Hausmädchen, Gärtner und Chauffeur fehlt noch. Aber vielleicht klappt's damit in ihrer nächsten Ehe. Selbstverständlich werde ich auch dann noch schieben, zusammen mit meinem Nachfolger.

Die Mitternachtssonne liegt schon zwei Tage hinter uns, wir sind wieder im Reich des Sonnenuntergangs. Nach dem Abendessen hatten wir uns endlich *»Bonsoir Paris«* gegönnt, die große Show der Revuetruppe, sehr bunt und sehr laut, aber nicht laut genug für unsere etwas schwerhörige Tischnachbarin, die wie ein Radioreporter der alten Tage stets beschrieb, was sie gerade sah. »JETZT TANZEN SIE TANGO!«, schrie sie. »JETZT TUN SIE SICH MIT DEN BEINEN VERHAKEN!« Und als ihr Mann einen neugierigen Blick in Richtung Bühne warf, um zu prüfen, was sie wohl damit meinte, schob sie eine Erklärung nach: »DER TANGO IST …«, schrie sie, und das war auch angebracht, denn unsere wundervolle polnische Band war gerade ebenfalls sehr laut. Doch in diesem Augenblick brach die Musik abrupt ab, wie beim Tango oft üblich, und Frau Dorsch schrie den Rest ihres Satzes in die jähe Stille hinein: »… EIN EROTISCHER TANZ!«

Der halbe Saal drehte sich nach uns um, in der Annahme, dass auch Frau Dorsch ein Teil der Show wäre und gleich aufspringen würde, um mit ihrem Mann die Beine zu verhaken. Ich lächelte nachsichtig meine Frau an, stolz, dass es ausnahmsweise nicht *ich* war, der unangenehm auffiel.

Dann war es elf, wir trennten uns von den Dorschs und danach auch von Abendkleid und Smoking und machten, dick vermummt, einen Spaziergang auf dem Promenadendeck, in die untergehende Sonne hinein. Der Himmel war glasklar, und ein Mann aus Hamburg, der uns entgegenkam, fragte uns, ob wir schon mal den *»green flash«* gesehen hätten, den grünen Blitz. Nein, weder gesehen noch je davon gehört, mussten wir gestehen, und ich war verlegen, weil ich sonst eigentlich alles weiß.

Es sei ein Phänomen der Lichtbrechung, erklärte er uns: Bruchteile einer Sekunde, nachdem der letzte Sonnenstrahl erloschen ist, erscheint genau dort ein grüner Blitz, mit einer Art Wölkchen rund herum, wie eine kleine Explosion. Aber das würde man nur an klaren, kalten Tagen sehen, bei reiner Luft und ebenem Horizont, vorzugsweise auf dem Eismeer. Sprach's und ging weiter.

Aha, einer von jener Sorte, die einem den Spaß vermiesen, indem sie Dinge erzählen, die man dann doch nie erlebt, dachten wir, und schauten, wie die Sonne langsam ins Meer tauchte. Und plötzlich sahen wir einen grünen Blitz. Wir sahen ihn beide, und es gibt ihn wirklich. Zusammen mit der Sonnenfinsternis des Jahres 1999 haben wir ihn in unser Gedächtnis eingetragen als eines jener Ereignisse, die einem wohl nur einmal im Leben begegnen. Und jetzt sage ich Ihnen, *warum* ich das alles erzählt habe: Allein dieser Blitz nämlich war die ganze verdammte Reise wert.

SIBYLLE BERG

Von Elfen, Blondinen und Angebern

Man kennt ja diese Länder, die beim Überfliegen so merkwürdig irreal aussehen, Märchen mit Lichtern und seltsamen Farben. Und dann landet man, und alles wird Wüste und Suburb, wird Betonmüll und Dreck, wird irgendwas. Für Island gilt das nicht. Wenn man gelandet ist, sieht immer noch alles aus, als hätte man einen merkwürdigen Traum ins Wasser geworfen. Das ist etwas, was man wirklich noch nicht gesehen hat, denkt man sich, als einer, der meint, schon alles gesehen zu haben.

Lava-Landschaft, mit Moos gepolstert, überall raucht und blubbert es aus dem Boden. Alle Kilometer mal ein Haus. Da schlafen sie aber noch. Island ist nicht nur eines der Länder mit den glücklichsten Menschen der Welt, sondern auch sehr dünn besiedelt. Klarer Zusammenhang. Dem Isländer geht es gut, er hat wenig finanzielle Probleme, außer hie und da mal einer, der in die Alkoholfalle tappt, die Bildung ist hervorragend, Religion egal. In den Wintermonaten beliebt der Isländer Schach zu spielen oder Schubert-Lieder zu singen.

Die Großstadt der Insel ist Reykjavík, mit ausgeflippten 110 000 Einwohnern. Das alles kann man nachlesen und sich in Schwarz und Weiß ansehen, denn zu Bunt taugt das Licht nicht. Elf Grad Celsius, ein satter Wind und Regen – das ist Hochsommer. Aber selbst der gemeine Isländer ist etwas Besseres gewöhnt. Die drei Sommermonate werden zwar nie viel wärmer, aber normalerweise scheint die Sonne und geht dann auch gar nicht unter vor lauter Freude.

Die Stadt ohne Sonne hat auf den ersten Blick etwas Ostblockhaftes. Wellblechhäuser, Putz bröckelt. Erst später merkt man, dass das alles ein feines System hat, das man aber nicht begreift. Die Häuser sind innen extrem gemütlich und großzügig, mit Glas und Holz, und im Erdgeschoss lauern designte Cafés, Bars und Restaurants.

Island ist sehr hip geworden in den letzten Jahren. »Es ist das Nichts«, sagt Gabriella Fridriksdottir, eine Künstlerin kurz vor dem großen Abflug. Ihre Arbeiten, komische Geschwürfiguren, sind lustig und gruselig, ein bisschen wie das Land. Island hatte keine Geschichte der Kunst und Gestaltung. Aus irgendeinem Grund haben sich die Einwohner gegen die opulente Kirchenkunst entschieden. Die Kirchen sehen aus wie Fischfabriken. Oder andersherum.

So passt es hier eben in die Natur, die verrückt aussieht und die die längste Zeit des Jahres kalt ist, die grün ist und in der das Wetter alle zwei Minuten wechselt. Von tief hängenden Wolken zu hellblauem Himmel, Sonne, schwarz und Regen. Von befremdlicher Mondoberfläche zu üppigen irischen Wiesen. Die niedlichsten kleinen Schafe und Pferde der Welt hopsen in der Landschaft herum, und die schönsten Menschen, wenn man zweimal hinsieht. Was den Isländer auszeichnet, ist garantiert nicht der gute Geschmack in Bekleidungsfragen, sondern besondere Gesichter. Die haben noch welche. Schöne Gesichter, schöne blonde Haare und eine Macke obendrauf.

Die meisten hier spinnen, machen Witze über die 60 Sorten von Elfen, die es im Land geben soll und die von Erla Steffansdottir, Elfenbeauftragte des Landes, vertreten werden. Die Isländer geben acht auf die Elfen, sie leiten die Straßen um Elfenwohngebiete und bauen nicht in der Nähe von Elfenhäusern. Man kann nie wissen.

Vielleicht ist das Geheimnis von Islands Hipness, dass es jedem geht wie mir. Dass man glaubt, man fände als Einziger das Land so großartig, weil man so etwas Kaltes normalerweise nicht mögen kann. Und dass die Leute nur zu einem selber so besonders reizend sind. Sie reichen einen herum, andauernd sitzt man in fremder Leute Küchen, wo immer auch ein Haufen Kinder ist (Island ist das Land mit den meisten unehelichen Geburten). Oder wo ein Schwulenpärchen gemütlich lümmelt, das hier mit vollen Rechten von der Heirat bis zur Adoption ausgestattet ist. Und man fühlt sich als Teil der großen Islandfamilie. Denn alle sind hier irgendwie miteinander verwandt und stolz auf sich. Das kann natürlich ein derber Trugschluss sein, die Isländer mögen zum Beispiel Angeber überhaupt nicht. Quentin Tarantino hatte im letzten Jahr Island zu seinem Lieblingsland erklärt. Eine einseitige Liebesgeschichte.

Er beging den Fauxpas, dass er sich begeistert über all die paarungswilligen blonden Mädchen in den Bars ausließ, ohne zu wissen, dass die Bars hier so etwas wie Wohnzimmer sind. Man trifft seine Freunde, die Familie küsst sich. Sich mit dem unattraktiven Herrn Tarantino zu paaren, fiele keinem der Mädchen hier ein. Uncool war es auch, dass er zu seiner Silvesterparty von Jungs Eintritt nahm und Mädchen umsonst herein durften.

Das mag man hier gar nicht, denn Island ist so ungefähr das gleichberechtigste Land der Welt. Leider kann man Isländer auch mit Geld nicht beeindrucken, denn das Land ist das drittwohlhabendste der Welt, und mehr zu haben interessiert hier keinen. Jeder kann in Urlaub fahren, Häuser werden vom Staat mitfinanziert, Kleider müssen warm sein, und Label interessieren hier nicht wirklich. Ein kleines Paradies, aber Herr Tarantino muss draußen bleiben. Och, schade.

Was Island so niedlich macht, kann man natürlich zu erklären versuchen. Wahrscheinlich ist es die erfreuliche Kombination von Leere, Mondlandschaft und perfekter Demokratie oder die beste Form des Zusammenlebens, zu der Menschen in der Lage sind. Hier gibt es keine Terroristen, keine Religionskonflikte, keine Vorurteile gegen irgendwen, weil ja eh keiner herkommt. Vielleicht ist es wirklich das Nichtvorhandensein von Angebern, das die Atmosphäre so angenehm macht. Auf jeden Fall hat das schlechte Wetter die Insel gerettet.

Die circa 80 000 Touristen, die jährlich kommen, sind vornehmlich wettergegerbte Naturfreunde, die sich schnell in Offroad-Autos oder auf Fahrräder verdrücken und im Mondgelände herumdüsen, in Zelten unter Wasserfällen schlafen und alles wieder fein aufgeräumt verlassen. Für Pauschalreisende ist es hier definitiv zu kalt und zu teuer.

Uff, noch mal Glück gehabt. Keine Hotelburgen, keine

Schnitzel-Restaurants, ein Land, weitgehend in Ruhe gelassen von der Welt.

Der erste Tag mit Sonnenschein. Satte 14 Grad Celsius, und die Stadt wird wahnsinnig. Auf der feuchten Wiese vor dem Parlament liegen Rotten halb nackter Jugendlicher. Einige haben kleine Karnickel an Leinen bei sich, das trägt man jetzt so. In großem Maße macht sich die Unsicherheit in Fragen leichter Bekleidung bemerkbar. Woher sollen sie das auch wissen. Viel weißes Fleisch und alle 110 000 auf der Straße. Auf den Balkonen werden die Grills angeschmissen, da kommt lecker Walfisch drauf. Nachts um zwölf knallt die Sonne vom Himmel, was immer noch nicht zu einer Erwärmung, aber zu ziemlich viel Licht führt. Erhellt die platte Gegend, in der nicht eine Reklametafel steht. Nirgends!

Und ich denke an New York, wo ich gerade war, ach, in meinen Kreisen kommt man schon rum, und wie wenig man all den Überfluss benötigt, die Theater, die Shops, das Kaufen und mehr Kaufen, das wissen wir ja alle. Aber hier fällt es einem so richtig angenehm auf. Ein Chanel-Kostüm in Island? Niedliche Idee. Hier trägt man Fellkappen und Stiefel und Daunenjacken, und da die Menschen dennoch sexy und interessant aussehen, könnte einen fast glauben machen, dass man Schönheit nicht kaufen kann.

Gestern übrigens war Björk hier irgendwo. Sie hatte Ferien gemacht. Björk, klar kennt man sie, sind doch alle mit ihr verwandt, und alle sind stolz auf sie. Aber deswegen verrückt spielen? Gar nicht.

Die Sonne knallt wieder mal vom Himmel, mitten in der Nacht, die Isländer betrinken sich gepflegt, die Geysire spucken heißes Wasser in den Himmel, und irgendwo bricht sicher gerade wieder ein kleiner Vulkan aus. Großartig, dass es dieses Land gibt. Alle sollten herkommen und sich daran erinnern, wie das Leben vielleicht mal gedacht war.

SAŠA STANIŠIĆ

Mo und ich für die Dauer der Reise

Mo und ich in Stockholm. Mo fotografiert eine Fähre. Mo fotografiert vor einer Pizzeria sich. Hinter dem dunkelhaarigen Mo essen blonde Menschen Pizza und Pasta und sprechen über Dinge, die sie emotional aufwühlen. Männer schützen ihre blauen Hemden durch eine Serviette im Kragen. Sie haben Hobbys und sehen talentiert aus.

»Wir alle könnten blond sein, wir alle«, sage ich laut.

Mo gibt mir recht. Mo pfeift auf recht und richtig und Haarfarben. Mo stellt sich die Pizzeria-Gäste mit Handfeuerwaffen vor. Eine 9-mm-Halbautomatik liegt neben dem Pizza-Besteck.

»Sie glänzt«, sagt Mo.

Er denkt es sich nicht aus. 1998 aßen Mo und ich Pizza in Tel Aviv, und auf dem Tisch neben uns spritzte Käse von der Vier Jahreszeiten auf eine Kalaschnikow im Kerzenlicht. Wir sprachen ernst mit Zivilisten über Fleischwunden und Hinterbliebene und Uniformmoden. Später meinte Mo, die Kalaschnikow sei Tischdeko gewesen. Seitdem achten Mo und ich sehr auf die Tischdeko.

Mo und ich auf einer Feier im kleinen Kreis mit Blick auf den Stockholmer Hafen. Springt man vom Balkon, mit Anlauf, landet man, tot, auf einer Yacht.

»Bau eine Stadt am oder auf Wasser, die kann dir nicht hässlich werden«, sagt Mo zum kleinen Kreis. Mo, der Architekt, spricht ernst mit Zivilisten über Stadtplanung.

Mos Cousine aus dem Sauerland betritt den kleinen Kreis. Ahs und Ohs. Es ist ihr kleiner Kreis. Der kleine Kreis ist wegen der Cousine aus dem Sauerland zum Blick auf den Hafen gekommen. Die Cousine aus dem Sauerland heiratet einen Schweden aus Malmö. Der trägt in einer prominenten Heavy-Metal-Band Verantwortung für Blasinstrumente.

»Mo?«, fragt die überraschte, blondierte Cousine aus dem Sauerland.

Sie ist überrascht, weil Mo und ich zu unangekündigt und zu unrasiert den kleinen Kreis mit Reiseerzählungen unterhalten. Die Cousine lacht nervös wie jemand, der sich nicht direkt freut, dass man eine Woche zu früh irgendwo hingekommen ist.

Mo, Informationen: »Keine Angst, liebe Cousine, morgen sind wir erst mal wieder weg, Island, Norwegen, Finnland, vier Länder in fünf Tagen. Ist Island Skandinavien, macht ihr hier Witze über Island?«

Wenn die Cousine die Zunge rausstreckt, sieht sie wie ein HP-LaserJet-Drucker aus. Der kleine Kreis lernt den Moonwalk von einem YouTube-Video. Allgemeines Schuheausziehen, weil man auf den Socken besser rutscht. Cousines selbstvergessene Zunge.

Mo mit Martini auf der Terrasse um Mitternacht. Mond. Moden. Michael Jackson. Marktwirtschaft und beruflicher Aufstieg. Krebserregende Nahrungsmittelzusätze. Präsidentschaftswahlkampf. Poesie.

»Das Schöne ist«, sagt jemand, »dass ich weiß, was ich mit meinem Leben anfangen soll.«

Mit großem Ernst lässt sich Mo zu fortgeschrittener Stunde auf Berührungen mit jemandem aus dem kleinen Kreis fast ein. Von hier, wo ich sitze und Reisetagebuchtageins führe, kann ich nicht sehen, ob mit einem Mann oder einer Frau. Mo und sie oder Mo und er stoßen auf die fahlen Farben der Nacht an. Man bringt sich gegenseitig Muttersprachen bei.

Mo fotografiert seine Flip-Flops auf dem Balkongeländer.

Mo fotografiert die Yachten.

Mo fotografiert meinen Tagebucheintrag.

»Nacht: Thema verfehlt«, flüstert er.

»Nacht: Thema verfehlt«, schreibe ich.

In Stockholm, in der thematisch unglücklich verlaufenden Nacht, auf dem Balkon über dem Hafen, im kleinen Kreis, vor der Pizzeria, auf der Fähre: Mo und ich auf nichts auf der Welt eifersüchtig.

Mo und ich in Reykjavík. Es regnet. Mo und ich essen bei *Bæjarins Bestus* einen Hotdog. Dieser Hotdog ist berühmt, er ist ein *Bæjarins Bestus* Hotdog. Keine Tischdeko, nur Tisch.

Mo fotografiert einen Vogel unter unserem Tisch. Der Vogel stiebt auf in die sich immer dunkler gebärdenden Wolken.

»Hier existieren keine Vögel, das ist technisch unmöglich«, sagt Mo mit Furcht und Liebe in seiner schönen Stimme.

»Deine Augen«, sage ich. Mos Augen, die den Vogel oben suchen.

Mo und ich fragen nach einem Viertel, das man als Tourist in Reykjavík meiden soll. Man beschreibt uns einen Vorort. Wir spazieren dahin, der Weg ist lang und beschwerlich. Wir halten den Regenschirm abwechselnd. Niemand in Reykjavík hat sich seit Beginn der Zeit Gedanken über Architektur gemacht.

»Bau eine Stadt am oder auf oder unter Wasser.«

Mo und ich tanzen in einer lebensgefährlichen Diskothek um eine mollige Frau. Sie schreit, weil ihr Mo oder ich, oder Mo und ich gefallen. Sie verhält sich auffällig liebeshungrig. Sie möchte mit uns oder mit einem von uns Liebe machen bald. Sie lässt sich gehen.

»Magst du entführt werden?«, fragt Mo die mollige Frau in Anspielung auf die lebhafte Vergangenheit Islands.

Mo und ich in unserem Reykjavíker Hotel. Die Mollige weg.

Mo vom Schlaf in die Enge getrieben, sehr leise:

»Mein Gott, das unterm Tisch, der Vogel, ich glaube, das war ein Schneehuhn!«

Immer beim Einschlafen presst Mo Luft so durch die Lippen, dass sich dieses Geräusch manifestiert: »Ppfüh.«

Nach dem zweiten »p« bricht der Lippenwiderstand.

Ich, neben Mo, wach in Reykjavík. Des Regens Geräuschproduktion der Gemütlichkeit und Zuversichtlichkeit. Ich setze mich nackt in einen nassen Sessel auf dem Balkon. Im Laternenlicht lese ich ein nasses Interview mit Elfriede Jellinek in einem deutschsprachigen Theatermagazin. Elfriede Jellinek ist eine berühmte isländische Vogelexpertin und Stimmenimitatorin, die seit ein Paar Jahren in Schwabing lebt. Es regnet in Island auf mich und Elfriede Jellinek, die sagt, sie würde tot umfallen in New York, wegen der Schnelligkeit, auf der Stelle, sofort. Aber wir sind nicht in New York. Elfriede, Mo und ich – liebeshungrig, aber beschützt, gemütlich, zuversichtlich in Reykjavík.

Mo wacht aus unruhigen Träumen auf.

»Verstehst du?«, flüstert er mich wach., »Das Schneehuhn ist eine Metapher für das alles! Wir müssen das Schneehuhn sofort finden! Steh auf, steh auf!«

Mo und ich auf Schneehuhnsuche. Mo trägt seine Cowboy-Stiefel. Arizona, 1996. Der Typ mit den Schlangen. Der Typ im Wohnwagen mit Gardinen aus dem Wal-Mart. Der Typ mit der Flagge der Südstaaten, tätowiert unter dem Hakenkreuz. Seine laute Frau mit den größten Titten des Universums. Der Sheriff. Die Chinesen, die Drogen.

Vom Schneehuhn keine Spur. Die Wolken erteilen den Isländern eine Lektion. Wir fragen um Rat und Richtung und schließen Bekanntschaften mit nassen Reykjavíkern, die Brot und Milch hamstern, als gebe es kein Morgen.

Reisetagebuchtagdrei: »Mo und ich sind unabhängig, ungebunden, unverzweifelt. Wir reisen, damit geschehen kann, was zu Hause nicht geschehen wäre. Damit zu Hause nicht geschehen kann. Wir haben alles aufgegeben, was man in ein Wohnzimmer stellen kann, um es anzuschauen oder um darauf hockend eine Erdbeertorte für den Besuch anzuschneiden. Wir sind alle Freunde, auf die wir uns verlassen konnten, los, damit wir niemanden haben, der sich auf uns verlassen möchte. Uns gemeinsam ist eine große Feigheit vor Nachbarschaftskonflikten, wir haben fast panische Angst vor Verabredungen, Stammtischen und Telefonaten, wir ekeln uns vor der Kaufberatung beim Erwerb von elektronischen Geräten für den Haushalt. Unser Verantwortungsbewusstsein ist gleich null. Erdbeertorte lieben wir trotzdem sehr, Mo und ich.«

Und doch muss ich, der sonst nichts hinterfragt, das Schneehuhn hinterfragen. Mein Einwand stoppt Mos Vorwärtsdrang. Er schwenkt einen Ast vor meinem Gesicht. Ich verscheuche den Ast, als sei er meine Fliege, aber der Ast kehrt zurück, als sei ich seine Baumkrone. Ich lasse mich nicht ablenken. Mo und ich eskalieren mitten in Reykjavík.

»Eine Metapher für was alles?«, schreie ich.

»Wirst es sehen, warts nur ab!«, gibt mir Mo Rätsel auf.

Mo und ich verstehen einander häufig nicht. Wie Künstler, die nicht genau wissen, was sie wirklich sagen und aussagen möchten, verrätseln wir unsere Kommunikation gelegentlich so, dass Bedeutung zwar angedeutet wird, aber dahinter bloß die eigene Verwirrung oder Überforderung oder Unzulänglichkeit steckt. Der andere, der Betrachter, der Zuhörer, wird sich kaum einmal die Blöße geben und sagen, das verstehe ich jetzt nicht. Wer das dreimal hintereinander sagt, gilt in Westeuropa als doof, oder er ist ein Immigrant, und mit ihm redet dann niemand mehr. Nur weil die meisten Menschen einander verstehen oder vorgeben, es zu tun, kann der traurige, außerhalb des Verständnisses stehende Rest vereinsamen und redet zu Hause an seinen Kakteen vorbei. Mo und ich fürchten aber nicht die Vereinsamung, wir fürchten das totale Verstehen. Wer, wie wir, im Jahr an die fünfzig Reisen unternehmen will, muss nämlich vereinsamen, um nichts zu haben, auf das man sich bei einer Rückkehr freuen kann.

Es ist leichter, verständlich zu sein als unverständlich. Es ist schwieriger, lustig zu sein als ernst.

Mo fotografiert ein Schiff, das im Regen seine traurigen Waren irgendwohin fährt. Auf Deck Matrosen in gelben Regenjacken. Mo bittet mich, Vergleiche sein zu lassen.

Mo fotografiert meine Augen mit dem Schiff darin.

Ich weiß nichts über Mo. Ist Mo Guatemalteke? Ist er europäisch-indigener Abstammung? Ich weiß es nicht. Würde ich ihn fragen, würde er sagen: »Die Behauptung einer Identität ist schon aktiver Rassismus.« Also frage ich ihn nicht. Ist Mo eine wohltätige Organisation? Hat er kein besonderes Talent, ist aber fleißiger Arbeiter? Vielleicht. Mo und ich haben uns geschworen, einander mit Fragen in Vergangenheitsform nicht zu quälen. Wir wollten alles richtig machen. Wir wollten eine Freundschaft, die nicht auf gemeinsam gesungenen Kinderliedern in einem Provinzkindergarten in Scheiß-Mecklenburg-Vorpommern basiert. Viel zu viel Druck und Pflicht und Nostalgie. Wir wollten unbeschriebene Blätter sein, die ausschließlich durch das im Jetzt gemeinsam Erlebte beschrieben werden. Alle Schuld, alle Verantwortlichkeiten – nicht existent und keine Last für unser soziales Duett.

Ich habe geerbt. Woher Mo die Kohle für die Reisen hat – Skandinavien ist unsere achthundertdreiundzwanzigste gemeinsame – keine Ahnung. Das könnte ich herausfinden, weil: »Mo, wo hast du eigentlich die Kohle her?«, keine Frage in Vergangenheitsform ist.

Mo und ich vor einem Rieseneinkaufszentrum am Rande Reykjavíks. Es regnet krankhaft, wir sind gezwungen, uns baugleiche Regenjacken mit der kleinen isländischen Fahne auf dem Oberärmel zu kaufen. Es ist zum Schämen.

Im Museumscafé fotografiert Mo junge europäische Künstler mit Künstlerfrisuren. Sie sagen, sie leben jetzt in Island. Sie tragen Brillen, hinter denen dir nichts was ausmacht. Sie sind Deutsche und Franzosen und Weißrussen, die Letzteren von den Kollegen besonders geschätzt, weil sie viel mehr zu leiden haben.

In aller Seelenruhe betritt das Schneehuhn das Museum. Mo und ich wollten gerade mit den jungen Künstlern so reden, als seien auch wir interessant und bewandert by nature, aber anstatt wie sonst in so einer Situation Hunter S. Thompson zu zitieren, stürzen wir hastig und ohne Abschied hinter dem Schneehuhn in die Ausstellungsräume. Das Museum zeigt das Holzmodell davon, wie das Museum vor hundertdreißig Jahren ausgesehen hat. Reykjavík war vor hundertdreißig Jahren kaum mehr als eine Fabrik mit einigen verstreuten Häusern. Das Museum gab es noch gar nicht, allerdings weist dort, wo das Museum heute steht, ein Schild darauf hin, dass dies der Ort sei, wo einmal das Museum stehen wird.

Das Schneehuhn trägt eine blauweiße Uniform und führt eine Gruppe britischer Touristen zwischen den Exponaten herum. Mo und ich schließen uns höflich an. Das Schneehuhn erklärt hier und dort dies und jenes. Island vor hundertdreißig Jahren, als es noch kein GPS gab.

Zum Schluss des Rundgangs klatschen die Gruppe und wir, und das Schneehuhn deutet eine Verbeugung an.

»Kommt mit, ich möchte euch meine Heimat zeigen«, sagt das Schneehuhn speziell zu Mo und mir, was die britischen Touristen doch etwas unglücklich als nicht so wichtig hinten stehen lässt.

Mo ruft begeistert aus:

»Heimat ist doch, wo noch niemand war!«

Das Schneehuhn hängt seine Uniform an den Nagel. Darunter sieht es sehr lädiert aus. Es ist grau oder weiß. Als wir den Tag vor dem Museum wieder betreten, bricht wider Erwarten die Sonne nicht durch die Wolken.

Mo und ich und das Schneehuhn in Schneehuhns antikem Peugeot, der antike Peugeot am Fuße des Herðubreið, die siebte Fahrtstunde ohne Pinkeln und Käsebrot.

Trotz seiner Lädiertheit, trotz des dichten Regens und schlechter Sicht bewältigt das Schneehuhn die Kurven meisterlich. Das Schweigen im antiken Peugeot verlangsamt die Fahrt um dreißig km/h. Seit Reykjavík hat das Schneehuhn kein Wort mit uns oder mit der miniatürlichen Elfriede Jellinek auf dem Armaturenbrett gesprochen. Es hat keine unserer Fragen beantwortet, sodass wir uns insgesamt sehr gut auf die Landschaft konzentrieren konnten, diese verdammte vulkanische Wüste, die Mo und mich wie schreckliche Kindheitserinnerungen unglücklich macht. Jetzt aber, da vor uns Häuser einer kleineren Siedlung auftauchen, legt das Schneehuhn plötzlich los, indem es sich freundlich mit Vor- und Nachnamen vorstellt und uns erklärt, das da vorne, die Häuser, das sei eine Oase, wo vor vielen vielen Jahren Geächtete untergekommen seien, Unangepasste und Hässliche. Das sei aber erst für die Nacht unser Ziel, unser Ziel für den Rest des Tages seien Vögel.

Es stellt sich heraus, dass das Schneehuhn eine promovierte Biologin ist mit einem Lehrstuhl in Göttingen. Jedes Mal, wenn es nun einen anderen Vogel erspäht, steigen wir aus, und das Schneehuhn erzählt uns des Vogels Vorgeschichte, gespickt mit vielen würzigen Details zu Paarungsvorlieben und Nahrungsbeschaffung. Dabei fliegt es in einer Weise über unsere Köpfe, dass wir den Regen kaum abbekommen. Das Schneehuhn ist allwissend. Das Schneehuhn spricht vierhundertdreißig Sprachen. Raubmöwen haben es ihm besonders angetan. Es kann ein aufgeregtes Flügelflattern beim Anblick eines Raubmöwenpärchens nicht unterdrücken. Es quiekt wie ein Badeentchen. Als es von einem mit ihm befreundeten, todkranken Schneeadler spricht, hat es Tränen in den Augen.

Niemals habe ich Mo und mich so glücklich zuhören gesehen.

Mo und ich und das Schneehuhn in einem Hotelrestaurant in der Oase der Geächteten. In der Lammsuppe schwimmt Schwarzbrot. Die Tischdeko ist farblich gelungen.

Das Schneehuhn zählt die isländischen Entenarten auf. Später ist es betrunken und singt Jonny Cash.

»Ich werde diesen Tag niemals vergessen«, sagen Mo und ich.

Im Thermalbad steht Mo vor mir, den Nacken ausrasiert wie ein Soldat, und summt ein Lied.

Die Party geht auf dem Zimmer des Schneehuhns weiter. Mo tanzt mit der Rezeptionistin zu populärer Musik aus ihrer Heimat. Das Schneehuhn ernährt sich von einer Riesenportion Hákarl. Wie es schluckt!

»Du weißt«, sagt Mo zur Rezeptionistin, »dass ich morgen keine Verwendung für heute haben werde?«

»Ich reise«, sage ich, »weil ich es nicht mehr ertragen konnte, dass sich Dinge um mich drehen. Bist du auf Reisen, drehst du dich um die Dinge.«

Das Schneehuhn findet das scheinheilig und eskapistisch und banal.

Es ist fürchterlich betrunken.

»Heimat ist«, kämpfe ich, »wo man sich nichts vornehmen muss!«

Mo fotografiert sich, hinter ihm: die tanzenden Wir. Wir, die Rezeptionistin, die promovierte Biologin, Mo und ich, schlafen zu Regen auf dem Dach in der Stadt der Geächteten.

Mo und ich in Narvik.

»Mo?«

»Yes?«

»Warum nicht Oslo?«

Mo fasst mich an den Oberarm. Wir steigen durch ein eingeschlagenes Schaufenster in ein Geschäft, das einst Kleintiere und Kleintierbedarf verkauft hatte, um Groß und Klein ein Lächeln auf die Lippen zu zaubern. Nun liegen überall verbogene Käfige und leere Aquarien herum, das Futter ist in dem Zustand, der nach »verschimmelt« kommt. Ist es überhaupt das Futter, das so stinkt, oder eher verwesende Nager?

Mo und ich, alles, nur kein Aufopferungsmythos. Narvik, eine Geisterstadt.

»Was ist hier bloß los, Mo?«, rufe ich unter der Hand hervor, die ich im Entsetzen übers Gesicht gelegt habe.

»Die Immobilienkrise«, sagt Mo und möchte etwas hinzufügen.

Mos Stimmenasylantrag, dem nichts hinzuzufügen ist.

Mo und ich auf den leeren Straßen von Narvik in unseren isländischen Regenjacken.

»Das war einmal mein ...«

Der mitgenommene Mo, der seine Sätze nicht abschließt.

Wir dürfen die Vergangenheit nicht zulassen. Nicht in Skandinavien. Nicht hier, wo es nach Nagerleichen stinkt. Es lief so gut bisher mit der Verdrängung. Mit Pathos kann ein ausgewachsener Mann nicht richtig umgehen.

Wir wollen Quattro Formaggi essen, aber niemand kommt, um unsere Bestellung aufzunehmen. Wir warten eine ganze Stunde. Niemand wird jemals kommen. Wir sprechen nicht. Wir führen einander unsere besten Verlegenheitsgesten vor. Milano, 1988. Sieben Tage, in denen Mo und ich konsequent nur französische Restaurants besucht und miteinander Französisch gesprochen hatten, und es war alles so unglaublich albern, obwohl es gleichzeitig Sinn gemacht hatte, bloß dass sich niemand, außer uns, daran erinnern wird.

Mo springt auf und läuft erregt zum Tierladen zurück. Er öffnet all die kleinen Käfigtüren, hinter denen sich nichts befreien kann.

Auch ohne Mos Erklärung ahne ich, was es mit Narvik auf sich hat. Eine ganze Stadt verliert seine Menschen nur dann, wenn diese Menschen allzu menschlich handeln: ängstlich, skrupellos auf Gewinn bestrebt, aus religiöser Leidenschaft etc. Schon eines davon reicht, um Krieg zu erklären. Damals – die Kreditkrise. Mein Gott. Amerika, Deutschland, Banken, Finanzinstitute, Bankrotterklärungen, Zinssenkungen, für nichts gut, außer für die Moral, der Bürgerkrieg in der Schweiz. Die Schweiz 2011 – ein Moloch. Mo, der sich in eine Schweizer Partisanin verliebt. Die abgeführt wird zum Erschossenwerden. Mo und ich, die Reisenden, die niemandem helfen können, außer manchmal einander.

»We are stuck«, sagt Mo auf Englisch, weil solche Dinge auf Englisch immer dramatischer klingen. Mos Adamsapfel.

Aber wir sind gar nicht stuck, wir sagen das nur so.

Mo und ich bei Tapio in Vaasa. Tapio ist finnischer Nationaldichter, weil er sehr alt ist und handwerklich begabt und schräg dasteht wie ein Baum im Wind. Zudem ist er auch noch scharfsinnig und trägt eine Mütze, die aussieht wie ein Brot.

»Meine Gedichte sind Versatzstücke aus Gebrauchsanweisungen«, erklärt uns Tapio, »ich habe schon sechshundert verschiedene Gerätschaften in Gedichten verbaut.«

Wir paddeln auf den See hinaus, der vor seinem Haus wächst. Tapios letzte epische Dichtung nennt sich

Wie der Hausmann das Grammophon repariert und besteht aus Gebrauchsanweisungen für Musikwiedergabegeräte.

Mo fischt. Ich fische. Tapio hat die Gedichte aus einem einzigen Grund geschrieben, aber er kann es uns nicht so gut erklären, weil sein Deutsch zu schlecht ist. Tapio ist nicht nur Dichter, er ist auch Gott des Waldes und der Jagd. Für das Abendessen hat er uns einen eigens geschossenen Vogel versprochen.

Die globale Erwärmung hat alle Polarbären umgebracht.

Mo und ich essen Tapios gehaltenes Versprechen. An Tischdeko mangelt es nicht. Tannenzweige und Perlen unter anderem. Goldbesticktes Besteck. Schlechtes Gewissen dem Schneehuhn gegenüber.

Nach dem Abendessen zeigt uns Tapio eine Powerpoint-Präsentation zum literarischen Diskurs der jungen Finnen und Finninnen. Mo und ich lieben das Wort »Finninnen« sehr. Wir sind voll des Lobes für »Finninnen«. Im Türrahmen erscheint nach Stunden Nichterscheinens Tapios Ehefrau. Sie macht im Wohnzimmer Musik mit Alphorn, Trompete, Didgeridoo und Snare-Drum. Mo und ich wissen nicht, wie wir uns dazu bewegen sollen. Das ist immer so, wenn Kulturen aufeinandertreffen, man weiß nicht, wie man sich bewegen soll.

Mo und ich in einem finnischen Bett ohne Finninnen. Ich warte auf Mos »Ppfüh«-Geräusch. Es fehlt mir, weil die finnische Stille noch größer ist als ihr Vorurteil. Einschlafen kann ich vergessen.

Unter uns, im Wohnzimmer, weint Tapio. Durch Tränen spricht der Namensvetter des Jagdgottes:

»Die menschliche Tragik ist nicht Lust, nicht Unlust! Nicht Leben, nicht Tod! Nicht Liebe, nicht Hass! Nicht Unwissen, nicht Macht! Wie soll ich die Grenzen meines inneren Reiches erweitern? Das ist doch die einzige Frage! Indem ich natürlich mit Lust und voller Leben, liebend und wissend diesen Fluss überquere, diesen See überbrücke, über jenen Gebirgshang machtvoll hinaus! Kann ich aber nicht, kann ich nicht! Ein alter Mann bin ich, das ist die Tragik, die ganze Tragik: dass ich singe, anstatt zu laufen!«

Mo und ich pünktlich in Stockholm auf der Hochzeit von Mos Cousine aus dem Sauerland. Die Krawatten haben wir uns gegenseitig gebunden, nicht ohne Vergnügen und Schelmerei. Mos Cousine, so viel steht fest, heißt Michaela, benutzt aber ihren Namen aus nachvollziehbaren Gründen nicht. Sie nennt sich Mimi. Mimis neuer Ehemann spielt Klarinette für Mimi. Alles weint auf die üppige Tischdeko.

Mo steht auf. Mo sagt, was Mo sagen muss. Er hält es kurz und herzlich, wird dann aber plötzlich ernst und bitter und hebt das Glas so, dass eine Stille entsteht. Mimi während Mos betrunkener Rede: weiß, rund, nervös. Dann aber der Beifall, weil Mo die Kurve kriegt und weil das Ganze nicht endet wie in einem dänischen Misshandlungsaufarbeitungsschinken. Mimi umarmt Mo. Sie sieht aus wie ein Ruderboot. Vielleicht wie das Boot, in dem Mo, ich und Tapio uns über zeitgenössische finnische Lyrik und ihre Flüssigkeit unterhalten haben.

Ein Mann in Uniform stürmt in den tanzenden Saal und schreit, draußen sei ein unfassbares Unglück passiert. Mo und ich tanzen mit jungen Schwedinnen. Mitternacht. Balkon. Yachten. Wasser. Geschichten aus der weiten, weiten Welt. Mo lernt Japanisch in Tokyo, solche Sachen und ihre Vorführung.

Und als es fast schon so aussieht, als wenn wir hier nichts mehr beweisen müssen und morgen einfach weiterreisen würden, braust unten vor dem Haus großes, Gewalt versprechendes Geschrei auf. Wie unverhofft! Eine Gruppe Jugendlicher biegt in den Hafen unter dem Balkon, vierzig, vielleicht fünfzig Türken oder Araber oder Schweden, immer dieser Identitätenstress, brüllend, wütend, jagend; eine unterhaltsame Jugend, so scheint es. Mo und ich fackeln nicht lange: raus aus der todlangweiligen Scheißhochzeit. Schnell sind die aufgebrachten Jugendlichen eingeholt. Wir folgen ihrem Türkisch und Arabisch und Identitätisch durch die fahle Stockholmer Nacht.

Mo und ich und die wütende Jugend, Reisen als Rasen. Wütende Jugend als Stadtdekoration für einen inoffiziellen Feiertag. Anspannung als Befreiung. Aus dem Asphalt dampft Ace of Base, der gleichzeitige Tief- und Höhepunkt aller Feierlichkeiten in dieser Stadt. Junge tanzende Schweden in vornehmer Tanzlaune. Sie sehen aus. Normalerweise würden Mo und ich stehen bleiben und aussehen, wir geben sehr glaubhafte Reiche ab, doch wir können es nicht, der Zug der Gewalt ist zu stark, wir wollen Material zum Zitieren, wir wollen Youtube-Treffer sein: Überwachungskamera, Stockholm, Gangfight. Mo schreit mit mir, es ist ein alter Schlachtruf der Wikinger.

Weiter, weiter, immer weiter. Die Jugendlichen kennen den Weg. Sie folgen niemandem, sie wollen zum eigenen Ziel. Sie sind nicht wie Mo und nicht wie ich. Sie sind lokal. Sie kennen ihre Beteiligung an dieser Stadt sehr genau. Sie bereisen sie determiniert wie Zeus, wenn es ums Ficken ging. Es wird, so klingen sie, wahrscheinlich Blut geben. Milieus. Mentalitätsgeschichten. Alles egal. Man ist Gast im Stress, der jemand anderem gehört. Man benimmt sich unauffällig, wie es ein Gast immer tun soll. Ich erkundige mich bei Mo, auf wessen Seite wir sind. Mo warnt vor voreiligen Schlüssen. Wir weichen einer schwangeren Schwedin aus, die barfuß und betrunken Richtung Wasser schwankt.

Mo und ich in Södermalm politisch unkorrekt oder korrekt unpolitisch. 2003, Marokko: Mo, der jeden, wirklich jeden Marokkaner fragt, wessen Kolonie er am liebsten wäre, wenn er jetzt noch eine Kolonie sein müsste. Mo und ich, die sich auf allen Reisen immer als Mazedonier ausgeben, weil zu Mazedoniern niemand eine Meinung hat, außer Bulgaren und vielleicht Griechen und Serben.

Weiterweiter, immer weiter. Mo lacht. Mos Lachen in der fahlen Nacht. Ich wage kein Bild dafür.

»Mo, was passiert uns gleich?«

Mo – mit dem Ernst eines Jungen vor dem Faustkampf in den Augen.

Mo – den Krawattenknoten gelöst.

Mos Hemd gestärkt.

Die Meute bleibt plötzlich stehen, als habe jemand ein Zeichen gegeben. Und drüben! Drüben, die anderen! Drüben, wir sehen sie, wir zeigen auf sie, wild fegen sie mit derselben Entschiedenheit auf den Platz, wie wir auch alles in Grund und Boden gefegt haben, es ist zum Schreien!

Ich denke: Mo und ich für die Dauer einer unendlichen Reise.

Das Rufen schwillt an. Das Rufen ist jetzt nichts, das man verstehen muss. Das Schubsen beginnt hinten, bevor es vorne, bei den Breitschultrigsten, überhaupt angekommen ist. Die einen beschimpfen die anderen. Es ist wahrscheinlich nichts. Wir machen Russen aus, drüben. Wir machen Deutsche aus. Wir machen uns nichts mehr aus. Mo fragt einen Marokkaner, wessen Kolonie. Der zeigt zum fahlen Himmel. Mo und ich können uns jetzt nichts mehr aussuchen, keine Seiten, keine Deko. Von hier an wird schon verdaut. Wir sind ein Teil des Unausweichlichen und extrem dankbar dafür. Mo ist unversehrt, ich bin unversehrt. Mo fotografiert die Meute. Mo fotografiert die Messer. Mo fotografiert mich. Mo umarmt mich. Hinter Mo die Stille der Fallenden. Hinter Mo, auf einem der Bilder, fliegen die Fäuste, hinter Mo und mir landen die Steine, das ist der Augenblick, da mein Mo schreit –

Mo schreit:

»Looooooooooooooooooooooooos!!!«

JAKOB HEIN

Das Phantom

In Stockholm wohnten wir auf dem Lappskärsberg, ein waldiger Hügel im Norden der Stadt, den das schwedische Studentenwerk für die symbolische Summe von hundert Kronen vom König gepachtet hatte. Auf den Berg hatte das Studentenwerk eine große Zahl fünfstöckiger Backsteinhäuser gesetzt, die sich entlang der Straßen *Professorenschleife*, *Forscherhügel* und *Dozentenweg* aufreihten. Jedes Stockwerk dieser Dutzenden von Häusern bestand aus zwei Korridoren. Von denen gingen vorn die Gemeinschaftsküche und links und rechts immer gleich große Zimmer ab, die nahezu identisch waren. Sich dort wie ein Huhn in einer Legefabrik vorzukommen, war leicht. Es war zwar sehr geräumig und hell, aber trotzdem wie in einer Fabrik.

Trotzdem war der Lappkärsberg ein Glück für alle Studenten, denn in Stockholm gab es praktisch keine bezahlbaren Unterkünfte. Die meisten Wohnungen waren Eigentum, und Mietwohnungen wurden zu schwindelerregenden Preisen angeboten. So bewohnte auch ich einen Korridor im fünften Stock des *Forscherhügels* 21.

Vorne rechts in unserem Korridor wohnte das Phantom. Sein Nachname stand am Briefkasten, seinen Vornamen habe ich nie erfahren. Vielleicht aber war es auch nicht sein Nachname, der am Briefkasten stand. Es hätte zum Phantom gepasst, dass es jeglichen menschlichen Kontakt zu vermeiden suchte. Schon die Lage seines Zimmers war optimal und sicherlich kein Zufall. Er konnte es als Einziger verlassen und zur Glastür herausgehen, ohne an der Küche, dem Zentrum des Gemeinschaftslebens, vorbeizulaufen. Allerdings ging er nie, sondern er rannte stets. Morgens hörten wir manchmal, wie er seine Tür aufriss, zuschmiss, dann die Glastür aufriss und die Treppen hinunterstürmte, während wir anderen Bewohner beim Frühstück saßen. Selbstverständlich nahm er niemals den Fahrstuhl, denn hier hätte ihn schon im vierten Stock ein anderer Mensch stellen und mit Konversation bedrohen können. Er beteiligte sich nicht am gemeinsamen Zeitungsabonnement, sondern hatte ein eigenes Abo von *Dagens Nyheter*, obwohl das Gemeinschaftsexemplar immer auf dem Küchentisch lag. Er warf seine Zeitung immer zwei, drei Tage nach Erscheinen in den Papiermüll, damit ihn nicht etwa jemand angesprochen hätte mit dem Vorschlag, das unsinnige Doppelabonnement zu beenden.

Das Phantom aß natürlich nie in der Küche. Aber offensichtlich passten auch in sein Zimmer weder Kühlschrank noch Herd. Ich bin mir sicher, dass er das zuvor ausprobiert hatte. So musste er gelegentliche Expeditionen in die Küche unternehmen. Diese Ausflüge waren von ihm sorgsam im Voraus geplant, um die gefährliche Zeit möglichen Kontakts zu minimieren. Das Phantom riss seine Zimmertür auf und knallte sie dann wieder zu, wahrscheinlich um schon mal anzukündigen, dass es sich jetzt auf den Weg in die Küche machen würde.

Dann stapfte der Unsichtbare mit wenigen, aber sehr lauten Schritten herüber, wohl in der Hoffnung, dass alle Insassen der Küche mit schreckgeweitetetenAugen und vor Entsetzen gesträubten Haaren davonstürmen würden. Dies war aber nie der Fall, im Gegenteil: Niemand, der zufällig in der Küche war, ließ sich die Gelegenheit entgehen, das Phantom aus der Nähe zu beobachten. Von solch seltenen Begegnungen konnte man noch wochenlang später berichten und war sich dann der ungeteilten Aufmerksamkeit aller Anwesenden sicher. Daher stand das Phantom meistens für eine halbe Sekunde in der Tür und musterte mit enttäuscht-missbilligendem Gesichtsausdruck die verbliebene Küchenbevölkerung. Wir sahen es aufmerksam an, denn lange blieb es nie in der Küche. Es riss in einer einzigen, hektischen Bewegung beispielsweise einen Topf aus seinem Schrank, hielt ihn unter den Wasserhahn, den es so stark wie möglich aufdrehte, knallte den gefüllten Topf auf den Herd, drehte die Flamme auf, schmiss Nudeln in das lauwarme Wasser und stampfte wieder in sein Zimmer.

Wer dieses Schauspiel noch nicht kannte, wartete gebannt auf die Fortsetzung. Bald begann das Wasser zu singen, dann zu köcheln und zu kochen, aber es kochte nie über. Das Phantom hatte offensichtlich viele Erfahrungen gewonnen, in den langen Jahren der Einsiedelei. Nach ziemlich genau zwölf Minuten flog nun wieder die Zimmertür auf, und das Phantom stürmte im Stechschritt in die Küche. Es schmiss einen Durchschlag in das Spülbecken, riss den Topf vom Herd, goss die Nudeln in den Durchschlag und stellte den Topf in das Abwaschsieb, alles in einer einzigen, flüssigen Bewegung. Dann riss es einen Teller aus dem Schrank, schüttete die Nudeln darauf, schob sich eine Flasche Ketchup unter den rechten Arm, klemmte sich schließlich noch eine Flasche Dünnbier unter den linken und zog mit seiner Beute von dannen. Am nächsten Tag standen alle Töpfe, Teller, Durchschläge usw. wieder in ihren Startpositionen. Das Phantom wusch nur in der tiefsten Nacht ab.

Ein neuer Mieter hatte einmal aus Versehen eines der Kühlschrankfächer des Phantoms belegt. Dieser Umstand zwang es zur Kontaktaufnahme. In holprigem Englisch sprach es eines Abends den Missetäter in der Küche an, während ich daneben saß und die Zeitung zu lesen vorgab. Es erklärte die Grenzverläufe und seine Territorialansprüche im Kühlschrank. Die Küche war dunkel, aber im Schein der Kühlschrankbeleuchtung konnte ich sein Gesicht sehen. Es war stark vernarbt, offensichtlich von einer schweren Verbrennung. Doch richtige Anhaltspunkte und mehr als Futter für weitere, wildeste Spekulationen darüber, warum das Phantom so geworden war, wie es war, gab auch diese Beobachtung nicht her.

Oft, wenn mehrere Bewohner unseres Korridors in der Küche zusammensaßen und wir nicht wussten, worüber wir uns sonst unterhalten sollten, kam die Sprache auf das Phantom: seine Gewohnheiten und neueste Beobachtungsergebnisse. Mikael aus Skåne, der seit mehr als drei Jahren direkt neben dem Phantom wohnte, kannte seinen Vornamen auch nicht.

Einmal sagte Mikael bei einer dieser Diskussionen: »Ich glaube, es kommt aus Nordschweden und studiert Maschinenbau.« Wir schauten ihn erwartungsvoll an und warteten, worauf er hinauswollte. Aber Mikael wollte auf nichts weiter hinaus. Er schien dies für eine ausreichende Erklärung zu halten.

KLAUS NÜCHTERN

Die Augen der Finninnen

Ich bin begeistert und verbitte mir blöde Begründungen. Woher haben die Finnen ihren Tango-Fimmel? Is doch egal! Warum haben sie so viele Äs in ihren Wörtern? Darum!

Max Goldt: »*Hyppytyyny, huomoseksi*« *(Ich bin begeistert und verbitte mir blöde Begründungen.)*

Die abendliche Finsternis und die Rauheit des Klimas passen zu Helsinki wie das leuchtende Sonnengespinst der frühlingsbunten Boulevards zu Paris, wie der sommerliche Dunst zu London, wie das Gold und der Purpur des Herbstes zum uralten, doch ewig jungen Moskau.

Jewgeni Popow: »*Vorabend ohne Ende*«

Finnair sind die Größten. Weil: Finnair ist nicht nur die sechstälteste Fluglinie der Welt, sondern auch die einzige, die mir nicht nur einen Flug nach Helsinki, sondern einen Businessclass-Flug nach Helsinki geschenkt hat. Zurück aber auch.

Ein Businessclass-Flug nach Helsinki – das ist der mit den heißen Tüchern und dem Menü zur Auswahl: Fisch oder Fleisch – kostet normalerweise ziemlich genau (m)ein Monatsgehalt. Und ich muss gestehen: Das wäre selbst mir, der einem geschenkten Flug ins Venedig der

Ostsee, wie Helsinki ja auch gerne genannt wird, nie ins Maul schauen würde, zu viel gewesen. Da traf es sich also gut, dass Finnair einen ihrer fünf wöchentlichen Nonstop-Flüge nach Helsinki dafür nützte, mich in der Businessclass ins Paris des Nordens zu fliegen, ohne dass mir dadurch irgendwelche Kosten entstanden. Was für ein Geschenk!

Wir fürchten die Danaer, auch oder gerade, wenn sie Geschenke bringen, die Finnen aber nur beim Eishockeyspielen; schenken dürfen die, bis sie schwarz werden. Ich bin der Letzte, der »Aufhören!« schreit. Meine Dankbarkeit schmälert es natürlich um kein Promille, wenn ich diese Reise ein bisschen verdient zu haben glaube. Und das kam so:

Als Tex Rubinowitz und ich vor vielen Jahren die Erstbesteigung des Stephansdomes mit Sauerstoffflaschen unternahmen, taten wir dies im Dienst der finnisch-österreichischen Freundschaft und hissten nach dem Aufschlagen des Zeltes in der Türmerstube die finnische Nationalfahne (die mit dem blauen Kreuz auf weißem Grund).

Das war schon einmal ein Anfang, dachte ich und schrieb einen Brief an die finnische Botschaft des Inhalts, wenn man uns vielleicht eine Reise zahlen möchte, würden wir sehr gerne unsere völkerverbindende Tätigkeit auch im Land der tausend Seen entfalten. Die Antwort geriet abschlägig.

Ich nahm das damals nicht weiter übel. Ökonomische Krisen oder diplomatisch-politische Wirren lassen die Ostsee ja des Öfteren ein derbes Tänzchen auf das Parkett des Meeresgrundes legen, bildlich gesprochen. Zudem gilt das alte Sprichwort, demzufolge die Mühlen des Finnen langsam mahlen, aber so verlässlich sind wie die Husqvarna-Nähmaschinen seines westlichen Nachbarn.

Über den Finnen an sich brauche ich ja nicht viel zu erzählen. Wir kennen ihn alle aus den Filmen von Aki Kaurismäki: Je weniger er spricht, umso mehr raucht und trinkt er. Skeptiker, die meinen Worten misstrauen und denen schon das Wort »Klischees« an der missbilligend geschürzten Lippe hängt, sollen es ruhig wieder einschlürfen wie eine unbotmäßige Spaghettinudel. Es ist nämlich alles wahr. Ich habe es selbst gesehen.

Wir sollten aber nicht vorschnell und ohne zuvor unser Gewissen und Herz befragt zu haben, den Stab über den Finnen und seine Konsumgewohnheiten brechen und immer eines bedenken: In Finnland ist es entweder zu lange hell oder zu lange dunkel. Auf die Dauer übersteht das keiner ohne nachhaltige Wirkung auf seine Seele, Lunge, Leber und die Handinnenflächen, welche vom Griff zur borkig geriffelten Finnlandia-Vodka-Flasche, die der berühmte Designer Tapio Wirkkala entworfen hat, schon ganz rau geworden sind.

Helsinki, das Stockholm des Ostens, ist wie die meisten wissen werden, angefüllt mit breiten Boulevards, pittoresken Markthallen, feinen Fischrestaurants, neuerbauten Opernhäusern, massiven Bahnhöfen, dem Kaufhaus Stockmann und seiner Glaswarenabteilung, Designglaswarengeschäften und Boutiquen mit finnischem Designglas. Über Helsinkis Ruf als Metropole des Glasdesigns herrscht im Murmansk des Südens aber keine ungebrochene Freude. Denn schwer trägt man am Ruhm und Ruf finnischer Designerkunst, und einer unheilvollen Gewitterwolke gleich hängt, grau wie die Schuppe des Lachses, der Schatten von Alvar Aaltos Savoy-Vase über den Designgalerien der Stadt.

Die 1963 entworfene Vase mit dem Hans-Arpesken-Grundriss, die ein Jahr später bei der Pariser Weltausstellung zu sehen war, hieß ursprünglich *Eskimoerindens Skinnbuxa-Eskimonaisen nahkahousut*, was so viel bedeutet wie: die Lederhose einer Eskimofrau. Sie geht den Finnen mittlerweile derart auf den Geist, dass sich selbst eine Ausstellung des Finnischen Instituts in London kritisch mit dem Mythos dieser Vase beschäftigt.

Das Museum für angewandte Kunst in Helsinki ist angenehm übersichtlich, und neben den Großtaten des finnischen Designs, die vor allem in die Nachkriegszeit fielen, kann man dort unter anderem einen Porzellanteller mit dem Konterfei von Sissi bewundern. Jarno Peltonen, der Museumsdirektor persönlich, führt uns durch seine Sammlung. Er trägt eine rote Jacke, die dermaßen abgerammelt ist, dass, würde der Portier des Wiener Museums für angewandte Kunst (MAK) in seiner Freizeit in so einer Jacke das MAK-Café betreten, er aus Gründen stilistischer Inkompatibilität mit dem Ambiente von MAK-Direktor Peter Noever persönlich erschossen werden würde. Ein Punkt für Helsinki.

Peltonens Assistentin sieht aus wie Sinéad O'Connor, nur ganz anders. Sie trägt Doc Martens zum Rock und eine, naturgemäß blonde, Pagenfrisur und hat Augen, dass ich, würde mir jemand das Geld für einen Jeanne-d'Arc-Film geben, ihr sofort die Hauptrolle darin anbieten würde. Leider würde mir niemand Geld für so etwas geben. Denn selbst wenn jemand es hätte, würde er, sähe er die Assistentin von Jarno Peltonen, den Film selber drehen wollen.

Überhaupt: die Augen der Finninnen! Die ganze Privatsammlung des Arztes Juhani Kirpilä (1931–1988) mit ihren 600 bis 700 ausgestellten und auf einen Wert von zehn Millionen Finnmark geschätzten Exponaten finnischer Moderne würde ich – inklusive aller Spätexpressionisten, Spätsurrealisten und Spätspätcézanneisten – dafür geben, sogar eine der wichtigsten Gorillaplastiken der Siebzigerjahre. Nur ein paar Gemälde von Akseli Gallen-Kallela würde ich behalten, die kosten nämlich viel Geld.

Die Augen unserer Fremdenführerin zum Beispiel: In ihrem lichten Grau spiegeln sich die Tausende finnischer Seen, die im Oktober zufrieren, und die Ostsee, die im Winter die Eisbrecher durchpflügen, welche in den Helsinkier Werften auch für den Export in die USA und die ehemalige UdSSR gebaut werden. Noch aber ist das Auge eisfrei und glänzt wie der Lauf eines der zehn Gewehre, mit denen Urho Kekkonen, der vom finnischen Volk geliebte und daher ständig wiedergewählte Präsident, Rehen, Hirschen, Fasanen, Hasen und dem Damwild das Lebenslicht ausblies.

Ja, Tod und Leben stehen in Finnland Seite an Seite. Vor einiger Zeit kamen im Zoo auf der Insel Korkeasaari – in zehn Minuten per Boot vom Fährhafen aus erreichbar – zwei Schneeleoparden zur Welt. In der Präsidentenvilla aber hängen präparierte Teile von auf unnatürliche Weise zu Tode gekommenen Tieren. Auf Korkeasaari rollt sich der Kleine Panda – der, wie ich immer betonen muss, mit dem Großen Panda in keiner Weise verwandt ist – im blattlosen Baum zu einer Kugel, um zu schlafen. Auch Urno Kekkonen wohnte in einer Kugel, einer ausgewählten Halbkugel genaugenommen, die der Designer Eero Aarnio zum Sessel erklärt hat. Geschlafen hat er vis-à-vis des Schlafzimmers seiner Frau. Er hatte die Stereoanlage, sie den Fernseher.

Neben der finnischen Moderne, die die beiden gesammelt haben, finden sich in der Villa noch folgende Monstrositäten: ein stumpfer Gegenstand mit dem Titel »Mutter Erde« (ein Geschenk Chruschtschows). Nixon ließ sich daraufhin nicht lumpen und schenkte Kekkonen eine scheußliche Uhr. Die Kartensammlung, die er von L.B. Johnson bekam, hat der Präsident häufig benutzt.

Ein Besuch der Präsidentenvilla ist auch deswegen unbedingt anzuraten, weil man von dort aus in ein paar Minuten auf der Freilichtvolkskundemuseumsinsel Seurasaari ist, wo man die Eichhörnchen füttern kann. In ebenso kurzer Zeit ist man in einem Café, wo man wie in einem Tschechow-Stück auf der Veranda sitzen und sich vom Gewicht der Apfelstrudel, Schokotorten und des bettlakengroßen Germgebäcks, das ins Deutsche übersetzt »Ohrfeige« heißt, langsam in die Polster drücken lassen kann. Dafür braucht man einen Tag. Danach nimmt man sich einen Tag frei.

Einen weiteren Tag plant man für die Besichtigung der Jugendstilarchitektur ein, die hier um die Jahrhundertwende als Manifestation eines gegen die Russsifizierungspolitik Zar Alexanders des III. gerichteten Nationalstils entstand: Der Rückgriff auf folkloristische Elemente, auf Motive aus dem Kalevala-Epos, wuchtige, asymmetrische Formen und die häufige Verwendung von Granit verleihen diesem Jugendstil, der hin und wieder auch ein wenig an die Linzer Grottenbahn erinnert, einen mit der Wiener Ausprägung nicht vergleichbaren ruralen Touch und eine gewisse Schwere.

Den letzten Abend im Leningrad des Westens – tatsächlich wurde Helsinki immer wieder als Russland-Kulisse verwendet, und wer in der UdSSR nicht drehen durfte, der hing ein paar rote Sterne auf, und schon wurde aus Helsinki der Schauplatz von Warren Beattys »Reds« – reserviert man sich für einen Besuch im »Zetor«. Dieses Lokal wird von einem der Leningrad Cowboys – die es mittlerweile auch in Bierdosen im Duty-free-Shop gibt – geführt und jagt jedem sensiblen Gourmetjournalisten, der sich für Innenarchitektur zuständig fühlt, kalte Schauer über den Rücken: Bunte Glühbirnen blinken unter Lampenschirmen hervor, die eigentlich Reibeisen sind, man sitzt auf Birkenstümpfen, und selbstverständlich stehen auch ein paar Traktoren herum. Das Firmenzeichen des Lokals ist ein ebensolcher archaischer Traktor mit vorgespanntem Gitarrenhals. Lässt sich das Wesen Finnlands treffender versinnbildlichen?

Nur Journalisten sind so naiv oder überheblich, innerhalb dreier durchgeplanter Tage das Wesen Finnlands erkunden zu wollen. Deswegen sind Fragen, ob das jetzt auch wirklich »typisch finnisch« sei, an der Tagesordnung. Sogar das Wort »Volk« (gesucht: das finnische Volk) fällt einmal. Diesem begegnen wir dann auch wirklich eines Abends in einem Pub englischen Stils: Der Finne ist leicht bis reichlich angetütert und guter Laune – der Verlag feiert gerade das jüngste Buch des anwesenden Autors – und spricht beschämend viele

Fremdsprachen beschämend gut. Dort werden wir dann auch mit einem Geheimtipp (»das wahre Helsinki«) versorgt: Im 11. Stock des Torni-Hotels auf der Damentoilette habe man den besten Blick auf die Stadt: »You läät down your päänts äänd you cään see the whole city ...«

Das ist zwar verlockend, verträgt sich allerdings nicht mit meiner Auffassung von Höflichkeit, Anstand und jenem Verhalten, von dem ich finde, dass es Männer in öffentlichen Räumen und Gebäuden an den Tag legen sollten. Also fliege ich wieder nach Wien zurück. Mit Finnair. Der besten Fluglinie der Welt.

KATJA LANGE-MÜLLER

Das wäre es vielleicht gewesen ...

Vor etwa zwölf Jahren, wenn ich mich richtig erinnere im Januar oder im Februar, führte eine Serie von Lesungen uns drei Schriftsteller, Marcel Beyer, Ulrich Peltzer und mich, nach, genauer durch Skandinavien. Es war einer der damals noch üblichen strengen Winter, doch wir waren ja noch jung, jedenfalls jünger als jetzt, trinkfest, neugierig und jedem Wetter, jeder Reisezeit, jedem Verkehrsmittel gewachsen, egal, ob Flieger, Fähre, Zug, Taxi, Bus, Fahrrad oder Schlitten. Ulrich Peltzer, der Stalker unserer Expedition zu diversen Universitäten und Goethe-Instituten der nördlichen Hemisphäre, hatte den lautesten Wecker, die genauesten Landkarten, die vielfältigsten Sprachkenntnisse. Daran mangelte es auch Marcel Beyer nicht, der sich zudem durch seine feine Kneipennase auszeichnete. Nur ich konnte nichts als ein bisschen Russisch und hatte ab Kopenhagen ein Problem, mit dem ich meinen einfühlsamen, um Rat und Beistand nie verlegenen Kollegen womöglich auf die Nerven ging. Das Problem war eine Blasenentzündung ohne Auslandskrankenschein, die schlimmer und schlimmer wurde, obwohl Marcel mir selbst im diesbezüglich schweineteuren Stockholm Unmengen des erprobten Hausmittels Bier spendierte und Ulrich an diversen Hotelrezeptionen immer wieder die feineren Appartements für mich klarmachte, solche, die nicht bloß mit der üblichen popligen Dusche, sondern mit einer Badewanne aufwarten konnten. Ich war froh, von den Kollegen unterhalten, die Abende lang mein verkühltes Organ durchspülen und die Nächte über alkoholanästhesiert im warmen Wasser sitzen zu dürfen, bis wir ein ruhiges Osloer Wochenende hinter uns gebracht und Finnland erreicht hatten, wo ich, da Montag war und Finnland schon Mitglied der EU, endlich zum Arzt ging. Dieser Arzt war ein vernünftiger, der mir ohne Zögern das Rezept für ein starkes Antibiotikum ausstellte. Und schon streifte ich, die fest um den kostbaren Zettel geschlossene Faust in der Manteltasche, auf Apothekensuche durch das verschneite Tampere. Gut, ich hatte gleich neben unserem Quartier eine »Apotheke« gesichtet, doch in der wurden, auch das war mir nicht entgangen, keine Rezepte, sondern Geldscheine eingelöst – gegen Bier, meine bis dato einzige Medizin. Am Wegesrande lagen einige solcher zu Kneipen umgewidmeten Läden; es gab außer der Apotheke noch die Bank, die Post und das Amt. Ich nahm mir fest vor, Ulrich und Marcel in jedem dieser Etablissements mindestens ein Bier auszugeben, nachher, wenn unsere Lesung vorbei wäre und es mir wieder gut ginge. Lieber Gott, betete ich, lass es bald vorbei sein. Weil ich mich, seit ich das Rezept hatte, sowieso schon etwas besser fühlte, erwarb ich bei einem Metzger gleich hinter der Pforte zur alten Markthalle eine warme Blutwurst. Und als ich mit der fertig war, entdeckte ich auf der Hauptstraße namens Hämeenpuisto eine richtige Apotheke, die ich allerdings weder gleich als solche erkannte noch sofort betrat, denn das Schaufenster, genauer das darin

Ausgestellte, erstaunte mich. Leicht seitlich verdreht standen dort zwei bleiche, also unbemalte Gipspuppen beieinander, Frau und Mann, die oben herum ganz unspektakulär zitronengelbe Bluse und lindgrünes Hemd trugen, doch unten herum in sehr seltsamen, knielangen, über gewissen Körperregionen extrem erhabenen und gerippten grauen Gummihosen steckten. Diese dichten, feinen Rippen erinnerten an die von Heizkörpern oder an Lamellenvorhänge, aber so richtig nun auch wieder nicht. Schon im nächsten Moment, da mein Blick abschweifte von den wie aufgeblasen dicken Polstern, die Po und Hüften der Frauenpuppe karikaturhaft hervorhoben, und hängen blieb an dem plissierten Hügel, der das – womöglich gar nicht vorhandene – Geschlecht der männlichen Gipspuppe betonte, kam ich zu dem Schluss, dass diese Beinkleider, egal wofür oder wogegen sie womöglich gedacht und gemacht waren, dem einen oder anderen Gummifetischisten durchaus gefallen könnten ...

Doch schließlich entsann ich mich meines Leidens und öffnete die Tür zur Apotheke, hinter deren Tresen eine Dame mit dauergewelltem, strahlend weißem Haar kleine braune Fläschchen etikettierte. Ich grüßte »hello, nice to see you« und schob ihr mein Rezept hin. »Möchten Sie ein Glas Wasser dazu?«, sagte die Frau auf Deutsch während sie mir lächelnd eine Packung Tabletten reichte. Dies sanfte Lächeln sowie die Tatsache, dass sie meine Sprache verstand, ermutigten mich, sie so allgemein wie möglich nach den Exponaten im Schaufenster zu fragen. Die Apothekerin, kein bisschen verlegen, lächelte stolz und sagte: »Das ist meine neueste Erfindung; sehr gut für ältere Menschen, die ja auch manchmal durstig sind, auch im Winter.«

Ich muss wohl ein wenig begriffsstutzig dreingeschaut haben, denn die Apothekerin lächelte nun breit und etwas spöttisch, so, als errate sie meine sexuell nicht ganz korrekten Gedanken. »Ja, diese alten Menschen. Wenn sie nachts das Lokal verlassen und auf die vereiste Straße treten, mit nicht einmal nüchtern mehr ganz so sicheren Schritten, dann gleiten sie aus und fallen hin, und dann ist der Kummer groß. Es sei denn, sie tragen unter ihrer Garderobe meine Spezialhosen.«

Ich begann zu verstehen: Die beiden Schaufensterpuppen steckten in – nennen wir es mal Anfertigungen, die Oberschenkelhals- und Beinbrüchen vorbeugen sollten. »Genial«, hauchte ich ergriffen, »zumal gerade diese Brüche für Menschen jenseits der sechzig oft langes Siechtum, wenn nicht gar das Todesurteil bedeuten.«

»O ja«, bestätigte tapfer weiterlächelnd die Apothekerin, »die drei Männer und vier Frauen, die sich bisher eine solche Gummihose kauften, Freunde des Biergenusses alle sieben, sind diesen Winter schon ein paar Mal gestürzt, aber nichts ist passiert; nicht den kleinsten blauen Fleck haben sie davongetragen.«

Ich wollte wissen, ob es diese Hosen auch in verschiedenen Größen gebe und ob die Apothekerin daran denke, sich ihre Erfindung patentieren zu lassen. Sie bestätigte beides und bot mir einen Stuhl und einen heißen Beerenschnaps an. Wir unterhielten uns weiter; ich erzählte, dass ich Schriftstellerin wäre, doch eigentlich auch vom Fach, weil ich mal Krankenschwester gelernt hätte.

»Welch ein glücklicher Zufall«, zwitscherte meine neue Freundin, »dass Ihre Intuition Sie ausgerechnet durch unsere Tür führte. Sie sind mir sympathisch und Sie scheinen zu verstehen, wie präventiv dieser Artikel wirkt. Und schließlich: Habt ihr nicht auch bei euch in Deutschland lange, harte Winter und reife Biertrinker?«

Um es kurz zu machen: Diese finnische Apothekerin lud mich ein zu einem Joint Venture ohne Eigenkapitalbeteiligung; nichts Geringeres als die völlig risikofreie, deutschlandweite Alleinvertretung für ihre Beckenschützer hätte ich vom Fleck weg übernehmen können. Doch ich, arbeitsfaul, behördenscheu und chancenblind wie ich nun einmal bin, druckste herum, dass ich nun aber schnell ins Goethe-Institut müsse, dass ich mir die Sache überlegen wolle, dass ich morgen vielleicht wieder vorbeikäme ...

Ich tat es nicht; ich habe das großzügigste Angebot, das mir je gemacht wurde, schnöde ausgeschlagen. Es war wohl besser so; denn richtige Winter mit Schnee und Glatteis gibt es in unseren Breiten schon längst nicht mehr. Und dennoch denke ich immer mal wieder an Tampere und an diese lächelnde Apothekerin und ihre grotesken grauen Gummibuxen, die in der Berliner Sado-Maso-Szene womöglich *der* Renner geworden wären.

JO LENDLE

Tipps für die Wildnis

Dann saß man einfach da und wusste, so geht es nicht weiter. Direkt vor einem stand diese Straßenlaterne und brannte am helllichten Tag. Auf halber Höhe hatten sie mit Klebstreifen einen Zettel befestigt, der zu einem Kinderkonzert einlud, und wenn man nicht völlig aus der Zeit gefallen war, fand es genau heute statt, seit einer halben Stunde. Aber es war nichts zu hören, keine Kinder und kein Konzert. Was zu hören war: das Pumpen eines Kühlaggregats im Laden hinter einem, dann und wann das Klingeln der Registrierkasse und immer der Regen, wie er auf das Vordach trommelte, das Rauschen, wo sich das Wasser in den Vertiefungen des gelben Wellblechs sammelte und dann in einzelnen langen Fäden herunterlief auf den Bürgersteig zu seinen Füßen. Er saß auf der Treppe vor dem Konsum, hatte Toastbrot gekauft und Joghurt und Milch und am Ende noch, damit nicht alles nur weiß war, noch etwas von diesem Käse, den es nur hier gab. Der Käse hatte die Farbe von verdorbenem Obst, ein dunkles Orange, wie die verfaulten Stellen im Inneren eines Apfels. Die Verkäuferin hatte Mühe gehabt, ihm ein Stück herunterzuschneiden, so zäh klebte die Masse an der Messerschneide. Es war der teuerste Käse, den er je gesehen hatte, aber keinen Moment lang hatte er gezögert.

Er rieb sich die Augen und versuchte sich zu erinnern, wo er war, für den Fall, dass er einfach hierbleiben würde, für immer, dass dies zum letzten Ort wurde, an dem er je gewesen war. Er konnte sich nicht erinnern, auf seinem Weg an einem Ortsschild vorbeigekommen zu sein, aber auf dem kleinen Zettel vor ihm stand, das Konzert finde in Krokstrand statt, was nicht weit sein konnte, wenn sie hier dazu einluden.

Was er sicher wusste, war dreierlei: Er befand sich kurz vor der norwegischen Grenze, die am Grunde des Idefjordes verlief, nicht weit von der Küste. Zweitens saß er auf den Stufen vor dem Einkaufsladen am Rande eines Dorfes inmitten niemals endender Wälder aus Birken und Steinen und Moos. Und als Drittes wusste er, dass seine Reise an ihr Ende gekommen war, das war die traurige Wahrheit. Für den Fall, dass jemand nach ihm suchte: einfach von Uddevalla aus nach Norden in die Wälder laufen, mit leichtem Herzen und beschwingtem Schritt und (wenn jemand ihn gefragt hätte) glücklich – also mit Pausen, sobald man einen See entdeckte. Es gab viele Seen hier, und er hatte an jedem Halt gemacht, um hinauszuschwimmen, immer weiter, und erst wenn er allmählich vergessen hatte, dass er schwamm, war er umgekehrt. Auf dem Rückweg war ihm das Wasser dunkler vorgekommen, als dringe etwas aus der Tiefe zu ihm herauf, und ließ ihn schneller schwimmen, und erst nachher, auf den Steinen, war er wieder zu Atem gekommen. Er hatte einfach dagesessen und gewartet, dass das Licht ihn trocknete, bevor er endlich nach seinen Sachen griff und weiterlief. Wer das eine Woche lang so hielt, landete unweigerlich hier. Es war nicht zu verfehlen.

Er war jung, er war unerfahren. An den Füßen trug er Halbschuhe, das allein rechtfertigte jede Form von Schadenfreude. Jetzt zog er die Schuhe aus und stellte sie neben sich, das hellbraune Leder war von der Nässe dunkel verfärbt, er hatte ein *Aftonbladet* gekauft, um sie damit auszustopfen. Barfuß saß er auf den Stufen und trank die Milch aus der weißen Plastikflasche, er aß das Brot und den Joghurt und einen Bissen von dem Käse, was er sogleich bereute, so unvorbereitet traf ihn der Geschmack. Es schmeckte bitter, wie eine Medizin, der man so lange Zucker beigefügt hat, bis einem die Bitterkeit als kleineres Übel erscheint, und der einzige Trost war, dass sich der Käse sofort über das Zahnfleisch legte und alles verklebte und betäubte, auch wenn man wünschte, die Betäubung möge stärker sein.

Nach einer Woche Sonne hatte es in der Nacht zu regnen begonnen, am frühen Morgen hatte sein jämmerliches Zelt dem Druck des Wassers nicht länger standgehalten, er hatte es einfach stehen lassen und den feuchten Schlafsack zusammengerollt, zum Glück dämmerte es bereits, er hatte alles in den Rucksack gestopft und war losgelaufen wie immer.

Aber man musste sich nichts vormachen: So ging es nicht weiter. Er wusste, dass er in diesem Schlafsack keine weitere Nacht ertragen würde, selbst wenn sich eine Brücke fand, um sich darunterzulegen. Die Halbschuhe würden einfach zerfallen, wenn er darin weiterlief. Vor allem aber merkte er, dass der morgendliche Trotz verflogen war. Beim Aufbruch hatte er es noch als

Abwechslung genommen, als Herausforderung, ohne das Zelt war ihm leichter gewesen. Wo hatte er gelesen, dass Regenwasser die Haut schön macht? Immerhin hatte er zum ersten Mal beim Laufen keinen Durst gehabt.

Dann aber war erst die Nässe durch seine Kleidung gedrungen, später die Kälte in seine Haut, am Ende war es in ihm selbst klamm geworden. Da hingen die Wolken längst bis zu ihm herunter, und es war kein Ende abzusehen. Beim Erreichen der ersten Häuser hatte er sich ein trockenes Hemd übergezogen, das blaue, um nicht wie ein begossener Pudel unter die Menschen zu kommen, aber er spürte schon, wie die Feuchtigkeit den Stoff durchdrang. So ging es nicht weiter, es war aussichtslos, seine Reise war an ihr Ende gekommen, das waren die Sätze, die er sich bei jedem Bissen wiederholte.

Wer all dies genauso hält, hinter dem öffnet sich auf einmal die Tür des Einkaufsladens. Zwei Menschen treten heraus, ein älterer Mann und eine Hausfrau im bunten Kittel. Der Mann geht rechts um einen herum, die Frau folgt gleich danach auf der linken Seite, sodass man die eben für den Mann aus dem Weg geräumten Halbschuhe nun ihr in den Weg legt und zum ersten Mal aufschauen muss, um sich mit einem stummen Lächeln zu entschuldigen. Die Hausfrau lächelt zurück. Man stellt die nassen Halbschuhe rasch zwischen Milchflasche und Brot vor sich ab, man ist nicht auf Kontakte aus, man hat dieses Einsamkeitsprojekt, deshalb ist man ja hergekommen. Aber davon können die beiden natürlich nichts wissen. Sie bleiben vor einem stehen, am Fuß der Treppe.

Was sie noch alles nicht wissen können: dass man eigentlich zum Nordkap will. Dass man mal raus wollte aus den Verwicklungen. Dass aber dieser Plan, ans Nordkap zu trampen, nicht mit den Einsamkeitsprojekten der Menschen hier zusammenpasste, die jeder für sich in ihren großen Fahrzeugen saßen und ungerührt vorüberfuhren.

Wahrscheinlich wissen die beiden vor ihm nicht einmal, welches die schlimmste Stadt Schwedens ist. Man muss das nicht wissen, aber wer es in seine Planungen einbeziehen mag, dem sei es hier verraten: Die schlimmste Stadt Schwedens ist Uddevalla, und hier insbesondere die Kreuzung Strömstadsvägen/Bastiongatan, sicherlich die bekannteste Kreuzung des Landes, einfach weil man so viel Zeit dort verbracht hat. Auch das ist leicht zu finden: Uddevalla liegt genau auf der Strecke zum Nordkap, aber zweitausend Kilometer näher. Was gut vierundzwanzig Stunden verbleibender Fahrzeit entspricht, wenn man hochrechnet, wie lange er für die Strecke vom Verlassen der Fähre über den Øresund gebraucht hat.

Vom Fähranleger wegzukommen ist leicht: Auf die Reling gestützt sieht man die Stadt herannahen, es ist frühe Nacht, die gelben Lichter am Ufer, man bildet sich ein, es würde wärmer, je näher man dem Ufer kommt. Neben sich ein schwedisches Paar, kaum älter als man selbst, der Mann macht große Bewegungen und zeigt in die Luft, sie lacht ihn aus, man versteht Hamlet, weil man selbst gerade daran denkt, aber sie hat nur *hamle* gesagt, was herumhampeln heißt, wie sie einem erklärt, doch da ist man schon im Gespräch. Sie fahren die halbe Nacht hindurch, ausgestreckt liegt er auf der

Rückbank und hört von vorne die leisen Gespräche in dieser Sprache, die immer so klingt, als würde ein kluges Nagetier plötzlich zu sprechen beginnen. Sie nehmen ihn wirklich das ganze Stück mit, in eine Stadt, deren Namen er niemals zuvor gehört hat, die aber sofort zum schönsten Ort Schwedens auserkoren wird, zur Perle Skandinaviens, zur Lieblingsstadt, einfach weil es so herrlich leicht ist, hierher zu gelangen: Uddevalla.

Die beiden haben vier Stunden für die dreihundert Kilometer gebraucht, daraus folgt die Hochrechnung für die verbleibende Strecke bis zum Nordkap. Er rechnet so etwas tatsächlich aus, er rechnet noch ganz andere Sachen aus dort an der Kreuzung Strömstadsvägen/Bastiongatan, nach einer märchenhaften Nacht im Gästebett der beiden. Zeit genug hat er ja. Insbesondere überschlägt er im Geiste immerzu die aktuelle Ankunftszeit am Nordkap, wenn es im selben Tempo weitergeht wie seit Verlassen der Fähre. Und weil das Stück bis Uddevalla ein Witz ist im Vergleich zu dem, was hinter Uddevalla noch folgt auf dem Weg zum nördlichsten Punkt Europas, schiebt jede Stunde Wartezeit das Nordkap um einen weiteren Tag in die Ferne. Als am Abend eines an der Kreuzung Strömstadsvägen/Bastiongatan verbrachten Tages die erwartete Ankunft am Nordkap das Ende der Sommerferien hinter sich gelassen hat, nimmt er seine Sachen und läuft hinaus aus der Stadt. Uddevalla hat zwei Gesichter, das weiß er jetzt, und das hintere gefällt ihm erheblich weniger als das vordere.

Am Stadtrand stößt er auf eine Wanderkarte. Hier beginnt der Bohusleden, er ist mit orangefarbenen Quadraten markiert und führt tagelang hinauf nach Norden. Was soll er sonst tun? Auch wenn man das Nordkap auf diese Weise nicht erreicht, kommt man ihm zumindest näher.

Am unteren Rand der Karte stehen mehrsprachige Hinweise auf Flora und Fauna der durchquerten Region, außerdem eine Beschreibung des Weges. Die 360 Kilometer seien leider nicht mehr in einwandfreiem Zustand. Die Holzstege teilweise morsch, und bei viel Regen oder im Frühjahr, wenn es taut, könnten die Moorgebiete eine Herausforderung darstellen. Er kann sich in diesem Moment nicht vorstellen, wie es hier regnen soll, auch wenn dort steht, man könne bis zu den Knien einsinken. Empfohlen werden Gamaschen und Wanderstöcke, beides hat er nicht dabei. Wenn es hart auf hart kommt, würde ihn auch das kaum retten, abgesehen davon, ist er nicht einmal sicher, was Gamaschen eigentlich sind. Die Sturmschäden des vergangenen Winters seien beseitigt, aber von welchem Winter ist hier die Rede, und könnte es nicht sein, dass längst neue Winter ihre Schäden hinterlassen haben, unbesichtigt, unbeseitigt? Der Waldboden erweise sich bisweilen als steinig und mit Moos überzogen, die Moorgebiete aber seien mit Holzstegen gerüstet, manchmal müsse man kurze, steile Anstiege auf rutschigen Felsen meistern. Er hat keine Angst.

Man geht tatsächlich tagelang auf Moos, die Birken wachsen wie schöne, krumme Finger aus dem Boden, ihre Rinde hängt in Streifen herab. Ihm fällt das Überlebenshandbuch ein, das er zur Konfirmation bekommen hat, auch das ist natürlich nicht mit dabei, aber er erinnert sich an den Hinweis, die Rinde der Birken lasse sich in Streifen geschnitten zubereiten wie Spaghetti. Er probiert es aus und isst die weißen Fäden von da an jeden Abend. Blaubeerspaghetti, Himbeerspaghetti, Multebeerenspaghetti und wieder von vorn.

Nach dem Essen spült er den Topf aus und legt sich hin. Es gibt diese Regel hier, das *Allemansrätt*, das Jedermannsrecht. Als Einzelreisendem erlaubt es ihm, überall im Land für eine Nacht zu zelten, sofern er als Standort – so stand es am unteren Rand der Wanderkarte – keine landwirtschaftliche Nutzfläche oder die Umgebung eines Hauses wählt.

Er weiß, dass er jung ist, er ist in Halbschuhen gekommen. Er hat sich ausgeliefert, hat alles aufs Spiel gesetzt, und nachdem er die ersten Runden für sich gewinnen konnte, hat er verloren. Nach einer Woche kommt der Regen, er ist überall, selbst auf den überhängenden Zweigen am Rande des engen Pfads, und keiner von ihnen lässt es sich entgehen, seine Tropfen an ihm abzustreifen. Dann verläuft der Weg für einige Kilometer auf einer schnurgerade in den Wald geschlagenen Schneise, an den Bäumen hängen Laternen, die auch tagsüber brennen. Erst als am Ende die Rodung in weitem Bogen auf die Häuser der Siedlung zuführt, dämmert ihm, dass er die ganze Zeit auf der Trasse einer Langlaufloipe unterwegs gewesen ist.

Die Hausfrau beginnt als Erste zu sprechen. Sie ist, wenn man genau hinsieht, vielleicht doch nicht ganz so alt, wie er im ersten Moment dachte, als ihm nur ihr geblümter Kittel vor Augen stand. Auf Englisch sagt sie, man sei ja ganz nass, und was für eine Antwort könnte sie darauf erwarten? Der ältere Mann macht sich lautstark Sorgen um das Gepäck und hebt es prüfend vom Boden. Die Frau sieht zum Himmel, wo der Regen nach einer kleinen Pause von Neuem begonnen hat. Der Mann setzt an, den Wetterbericht der nächsten Tage aufzusagen, aber schon beim folgenden Abend sieht man so bekümmert aus, dass er zu sprechen aufhört.

Für eine Weile schweigen sie alle drei. Wenn alles mit rechten Dingen zuginge, wäre jetzt wieder die Frau an der Reihe, aber sie bleibt stumm. Er merkt doch, dass die beiden sich in einem Kampf befinden, und stellt mit ungläubigem Staunen fest, selbst der Preis dieses Wettbewerbs zu sein. Sie ringen um ihn. Statt etwas zu sagen, kommt die Frau näher und legt ihm die Hand auf die Stirn. Er weiß nicht, ob es Liebe ist oder ob sie ihm die Temperatur fühlt, und womöglich wäre es beides dasselbe. Sie verspricht, dass der Regen ende, dass es wieder wärmer wird. Auf einmal beginnen die beiden, miteinander zu streiten, schnell, in ihrer eigenen Sprache, er ahnt, dass es um ihn geht, um die Frage, wer ihn bekommt. Am Ende packt die Frau sein Handgelenk und zieht ihn mit sich zu ihrem großen Auto, entschuldigend schaut er dem Mann nach, er möchte niemanden enttäuschen. Eine Gruppe von Kindern kommt ihnen entgegen, die Instrumentenkoffer unter dem Arm, mit strahlenden, erschöpften Gesichtern.

Eines dieser Holzhäuser, hellblau gestrichen, vor Jahrhunderten. Er würde niemals zurückfinden über die leeren Straßen. Keine Chance, zu ihr zu gelangen, keine Tipps. Finden Sie Ihre eigene Schwedin.

Sie weist ihm sein Zimmer zu, das direkt neben ihrem liegt, und auch dieses führt sie vor, er hat bis zu diesem Tag noch nie eine Tagesdecke gesehen. Sie hat einen großen Hund, daher der Geruch im Wagen. Der Hund hat langes Fell, als sie ihn von der Kette lässt, springt er an ihr hoch und bellt, er ist aufgeregt. Sie steht ganz ruhig und spricht leise auf ihn ein, fast flüstert sie und fährt ihm über den Kopf dabei, und wirklich beruhigt sich der Hund und leckt an ihren Fingern. Mit dem Tier spricht sie Schwedisch, worüber er für einen Moment erschrickt. Aber als sie nachher einmal aus dem Zimmer geht, spricht er den Hund in anderen Sprachen an, und er versteht es auch.

Sie hat das Frühjahr über im Holzstuhl in ihrem Garten gesessen, ihre Haut ist rotbraun verbrannt, nur unter den Brüsten haben sich weiße Halbmonde gebildet. Sie arbeitet an der Küste, in einem Obst- und Gemüseladen, der auch kleine Gerichte anbietet, wie sie ihm erklärt, das meiste davon werde direkt aus dem Angebot des Geschäfts zubereitet. Nach der Arbeit bringt sie mit, was übrig geblieben ist, und es gibt Salat oder Früchte zum Abendbrot. Sie stehen zusammen in der Küche und schneiden es klein, vor dem Essen springt sie noch kurz unter die Dusche und geht dann, in ein Handtuch gewickelt, in den Garten, ein paar Blüten pflücken, die sie über das Essen streut, er kennt das alles nicht.

Er bleibt den ganzen Sommer. Wenn sie morgens zur Arbeit fährt, nimmt er eines der Bücher aus dem Schrank und legt sich damit auf ihre Liege, er versteht kein Wort, aber es tut gut, nichts zu verstehen. Er liest das ganze Buch und manchmal liest er eine Seite zweimal, weil es so schön war.

Dann sind die Reifen auf der sandigen Piste zu hören,

die zum Haus führt, und sie kommt zurück. Er könnte noch nicht einmal sagen, was ihm besser gefällt, die Zeit mit ihr oder das Warten. In ihrem Garten regnet es tatsächlich kein einziges Mal. Vor dem Schlafengehen ziehen sie mit Eimern von Beet zu Beet, und sobald man sie abstellt, kommt der Hund, um daraus zu trinken.

Was man von ihr lernen kann: Autofahren, Nassrasur, Geduld. Man kann das Einzelreisen lernen und wann es damit zu Ende ist. Die eigene Schwedin hat einem voraus, dass sie weiß, was sie will, in allen Dingen. Im stillgelegten Steinbruch, wenn sie ihm in ihrem großen Wagen zeigt, wie man ausparkt (»Schau über die Schulter, nie in den Rückspiegel, im toten Winkel läuft immer gerade eine Großmutter über die Straße«) hat sie nicht ohne Hintergedanken einen verlassenen Ort gewählt. Als er es schafft, im Rückwärtsgang einen Kreis um den ganzen Platz zu drehen, gibt sie ihm zur Belohnung einen Kuss, und ihm fällt ein, dass sie genau so ist, wie er sich Schwedinnen immer vorgestellt hat. Sie lacht über den Flaum an seinem Kinn.

Am nächsten Abend bringt sie ihm etwas aus der Stadt mit, ein Geschenk, den ersten Rasierpinsel seines Lebens. Mit schwarzem Griff und diesen gestreiften Borsten, es dauert ein bisschen, bis ihm der Name des Tieres einfällt, Dachs, er stellt sich vor, sie habe die Haare einfach hinter dem Haus zusammenfegen können. Es ist ein schönes Gefühl, sich mit dem trockenen Pinsel über das Gesicht zu fahren, und als er ihr zeigen will, wie sich das anfühlt, schließt sie die Augen. Er hat nie darüber nachgedacht, dass er alt genug sein könnte für so etwas. Sie kommt mit einem Eimer Wasser und lacht, sie legt ihm das Handtuch über die Schultern, dann stellt sie sich hinter ihn. Sie führt seine Hand, zieht die Klinge einmal mit dem Strich und einmal dagegen. Er schneidet sich nicht.

Beim Einschlafen wünscht er sich, seine Barthaare wären länger und er könnte ihr zum Dank einen Pinsel daraus binden. Er kann sich nicht einmal vorstellen, dass sie jemals von hier verschwindet, sie wird immer hier sein. Und ebenso wenig kann er sich vorstellen, selber von hier zu verschwinden.

Mitten in der Nacht wacht er auf, und sie liegt neben ihm und sieht ihn an. Erst weiß er nicht, wo er ist, und greift einfach hinüber, noch halb im Schlaf. Sie macht Pschscht, sehr leise, und streicht mit der Hand über sein glattes Kinn, sie flüstert auf Schwedisch, im gleichen, ruhigen Ton, in dem sie mit ihrem Hund spricht, und auf einmal versteht er es.

Sie machen kein Licht, noch immer ist es hell genug. Ein Streifen weißer Himmel, wo knapp unter dem Horizont die Sonne steht, irgendwo hinter dem Nordkap.

Er wollte Mitglied im Royal North Cape Club werden, der die Bezwinger des Kaps versammelt, aber es hat nicht gereicht. Am nächsten Morgen schenkt er ihr eines seiner Hemden, das blaue, sie bringt ihn zur Hauptstraße. Nach ihrem Abschied bleibt der Hund bei ihm liegen, und sie muss noch einmal aussteigen, um ihn zu holen.

Während der Überfahrt nieselt es, sodass er unter Deck bleibt. Er gründet seinen eigenen Club, den niemand kennt und in dem er das einzige Mitglied ist. Zu

Hause trifft er sich manchmal alleine zur Vollversammlung und tauscht sich aus über das Erlebte. Sie schreiben einander nicht.

Wer seine Schwedin gefunden hat, kommt jedes Jahr wieder. Sie bleibt immer dort und wartet auf einen, wie man selbst darauf wartet, wieder bei ihr zu sein. Jedes Mal ist es Sommer, wenn man dort ist, er macht sich keine Vorstellung davon, wie sie im Winter lebt. Es wird ein Winterschlaf sein, in Kälte und Dunkelheit, bis sie im Frühjahr erwacht und sich in den Garten setzt, in die erste Sonne, und ihr blaues Hemd aufknöpft. Sie sieht ihren Blumen beim Knospen zu. Immer wird sie zehn Jahre älter sein als man selber, sodass man auf jeder Reise auch sich selbst besucht, in der Zukunft, die im Norden liegt, inmitten von Birken und Steinen und Moos.

ANNETTE PEHNT

Wie in Schweden

I

Kurz bevor sie nach Schweden wollten, platzte der Mutter das Gesicht.

Etwas ganz innen zerbarst, ein Blutgefäß, eine Ader, und das Blut platzte ihr aus der Nase, so erzählte es der Vater später, und stürzte überall hin. Jedenfalls fanden die Kinder überall Blut, auch in der Küche, im Flur. Dann musste sie im Badezimmer am Waschbecken gewesen sein, ein Taschentuch vor das Gesicht gepresst, es lag noch da, schwer von Blut; der Vater hatte aufgewischt, aber immer noch war Blut überall.

Sie wachten auf, viel später als sonst, der Morgen war schon warm und hell, und lagen eine Weile versonnen im Bett, die Geräusche anders als sonst beim Aufstehen, und dann schauten sie auf die Uhr und sprangen hoch. Niemand war da, kein Frühstück in der Küche, kein Zettel, sie standen im Flur herum und redeten leise, dann wischten sie mit Klopapier an den Flecken, aber es waren zu viele.

Wir müssen in die Schule.

Wir gehen heute nicht.

Meinst du – was meinst du, was los war.

Komm, wir gehen in die Schule.

Sie nahmen ihre Ranzen, die Schwester schmierte dem Bruder noch eine Stulle, bevor sie zögernd die Haustür zuzogen.

Hast du einen Schlüssel.

Vergessen.

Jetzt gehen wir erst mal in die Schule.

Es gab keinen Ärger. Die Lehrer fragten nach. Die Kinder schauten die Lehrer hilflos an und zuckten mit den Schultern.

Es war ja keiner da.

Einer nahm sie mit und telefonierte. Sie standen im verglasten Schulbüro und duckten sich, hier war man nur, wenn Not am Mann war, und es konnte ja nicht sein, dass plötzlich Not am Mann war bei ihnen, das hätte ihnen doch der Vater gesagt oder die Mutter.

Da wussten sie nicht, dass die Mutter drei Wochen nicht sprechen konnte, weil man ihr Gesicht zustopfen musste, damit das Bluten aufhörte.

Der Vater kam aus der Klinik gleich in die Schule und holte sie ab. Sie wollten aber nicht.

Wir haben doch Schule. Noch zwei Stunden. Wir kommen gleich.

Aber der Vater wollte sie nicht allein lassen und sich nicht allein lassen, ihr müsst euch nicht beunruhigen, jetzt kommt halt mit, aber sie hätten sich viel weniger beunruhigt, wenn sie in der Klasse hätten sitzen können wie immer, und der besorgte Blick der Lehrer störte schon nicht mehr, war schon fast schön, die Lehrer und auch die anderen Kindern schauten ab und zu unauffällig zu ihnen, fürsorglich, und sie machten geheimnisvolle Gesichter.

Du musst doch zur Arbeit.

Heute nicht.

Machen wir dann was Schönes?

Heute nicht.

Als sie nach Hause kamen, hatte er wieder aufgewischt, aber er hatte nicht viel Übung, er übersah immer etwas.

Sie gingen auf Spurensuche, es war ein Spiel. Bis sie sahen, dass der Vater unbeweglich in der Küche stand und auf den Herd starrte.

Willst du kochen? Wir helfen dir. Wir können schon Spaghetti.

Aber er hörte nichts, er drehte den Kopf nicht zu ihnen. Sie bewegten sich leise um ihn herum wie Spione, dann zupften sie an ihm. Aber er sagte nichts, er ging schweigend ins Wohnzimmer und saß im Sessel, länger als man glauben konnte.

Sie warfen sich Blicke zu, sie machten Hausaufgaben, sorgfältiger als sonst, weil niemand denken sollte, sie nutzten die Lage aus. Der Tag begann, anderen zu ähneln, der Vater sprach wieder, er erzählte von dem geplatzten Gesicht und von der Klinik und dass sie morgen alle zu Besuch hin könnten und dass man froh sein könnte, dass sie so nahe an der Klinik wohnten, und dass das Essen ein Problem sei, er könnte ja keine Dose aufmachen, ob sie nicht in der Schule essen könnten und ob sie Kuchen vom Bäcker holen könnten, und weil er ihnen einen großen Geldschein gab, kauften sie für das ganze Geld Kuchen, den sie dann auf dem Küchentisch auftürmten, und da musste der Vater lachen.

Abends sangen die Amseln mit einer Schärfe, die ihnen wehtat, und sie zerrten die Matratzen in den Keller, wo es kühl war und man die Amseln nicht hörte und wo der Staubsauger stand und die Waschmaschine, und da schliefen sie.

Ob es wieder gut wird?

Der Vater antwortete nicht, er wollte nicht lügen, aber er sollte lügen, er sollte es wenigstens versuchen, das konnten sie erwarten, alles andere war unzumutbar.

Sag es uns.

Stattdessen kam die Oma und übernahm das Haus, weil Not am Mann war, und da musste die Familie zusammenhalten, und der Vater musste ja auch wieder arbeiten, und sie waren immer noch kein einziges Mal in der Klinik gewesen.

Die Oma wollte, dass sie sich nach dem Essen bei ihr für das Kochen bedankten, indem sie sie küssten und sagten, wie gut es geschmeckt hatte.

Die Schwester versuchte, in der Schule zu essen. Aber weil sie niemanden kannte, denn all ihre Freundinnen, bei denen nicht Not am Mann war, aßen zu Hause, saß sie allein neben einer Gruppe älterer Jungen, die sie mit Pommes bewarfen und ihr, als sie kurz aufstand, um sich eine Serviette zu holen, Ketchup in den Schokoladenpudding rührten und ihr hinterherjohlten, als sie aufgab und ihr Tablett wegbrachte. Seitdem aß sie mit der Oma und dem Bruder, aber sie hatte keinen Hunger.

Nach dem Essen baute die Oma das Bügelbrett auf und schimpfte leise über die Mutter, weil sie nie bügelte und sich alles angestaut hatte. Die Kinder duckten sich und gingen in ihre Zimmer. Dann durfte die Oma mit dem Vater in die Klinik, weil sie die Mutter der Mutter war.

Ja und wir.

Wir sind doch die Kinder.

Sie kam zurück und weinte ausgiebig.

Das kann eine Mutter nicht ertragen, die eigene Tochter so zu sehen.

Wie zu sehen?

Ich erspare euch das, weinte die Oma, ihr könnt das nicht verstehen, aber der Vater kann froh sein, dass wir in der Familie so zusammenhalten.

Die Kinder sahen sich an, und dann schrieben sie eine Petition an den Vater.

Wir wollen morgen in die Klinik. Sonst fahren wir eben alleine hin.

Die Oma wischte sich nach dem Scheißen nicht richtig ab, man sah Spuren auf der Klobrille.

Als sie neben dem Bett der Mutter standen, bereuten sie es. Das Gesicht der Mutter war bewegungslos, weil es von innen zugestopft war, erklärte der Vater später, eine Maske mit dicker Stirn und aufgerissenen Augen.

Der Bruder fing an zu weinen.

Die Schwester stellte sich dicht neben die zugestopfte Mutter und sagte, in der Schule haben wir mit Afrika angefangen, wir müssen alle Länder auswendig lernen, und was glaubst du, wie viel Länder Afrika hat? Und morgen schreiben wir eine Lateinarbeit, ich muss nachher noch Vokabeln lernen, weißt du, und gestritten habe ich mich auch mit Birgit, die ist ein Arschloch.

Der Bruder stieß sie an, aber sie hörte nicht auf, einer musste ja etwas tun, und sie tat, was sie konnte, bis ihr nichts mehr einfiel und die Mutter sie mit aufgerissenen Augen anstarrte und der Vater die Kinder hinausschob.

Sie schliefen jetzt immer im Keller, die Oma schlief

im Bett des Bruders, der Vater im Bett der Mutter. Das hatten sie gemerkt, als der Bruder nachts weinend aufwachte und hochlief zum Vater, aber das Bett war leer, und er fing gleich gellend an zu schreien, bis der Vater verschlafen aus dem Zimmer der Mutter kam.

Warum schlaft ihr denn nicht in einem großen Bett?

Weil wir schnarchen.

Es stimmte, der Vater schnarchte, die Schwester hörte es manchmal, wenn sie nachts aufwachte und sich ins Treppenhaus setzte, weil es im Keller zu dunkel war. Sie saß auf der Treppe, die einen Teppichbelag hatte, und hörte, wie der Vater nach Luft schnappte, und die Straßenlaterne vor dem Haus stand in einem Kreis aus weißem Licht, und manchmal, weil ihr kalt war und niemand sie sehen konnte, umfasste sie ihre Schultern und streichelte sich an den Armen.

Dann wurde es sehr heiß, die Oma wollte mit ihnen ins Schwimmbad gehen, aber sie weigerten sich.

Wir haben keine Badehosen mehr, die alten passen nicht. Wir wissen auch nicht, wo die Handtücher sind.

Das wusste die Oma, sie hatte längst alle Handtücher gewaschen, gebügelt und neu gestapelt, und sie könnte auch neue Badesachen kaufen, aber die Kinder hatten jeden Nachmittag etwas vor, lange heiße Tage, bis sie wieder mit in die Klinik durften, kurz vor den Sommerferien.

Aber wir wollten doch nach Schweden.

Aber das war doch schon alles geplant.

Es geht eben nicht.

Aber alle fahren in Urlaub.

Der Vater musterte sie enttäuscht, wie sie an Urlaub denken konnten in der schweren Zeit, aber die schwere

Zeit dauerte schon lange und war zu heiß, und in Schweden könnte man in kalten Seen baden, so wie geplant, was sollten sie sonst in den Ferien tun. Im Freibad waren schon die Wiesen verbrannt.

Jetzt steigt ein, wir fahren zu ihr.

Ihr Gesicht war ihr wieder ähnlich. Nur die Nase war noch verstopft, ein dicker Klumpen zwischen den Augen. Der Bruder drängte sich hinter die Schwester, die sich noch kurz am Ärmel des Vaters festhielt, bevor sie zur Mutter trat, die sich im Bett halb aufgesetzt hatte.

Wir – wir haben dir was gemalt. Aber das haben wir zu Hause vergessen. Und die Oma soll nicht immer Obstsalat machen, er schmeckt bitter, weil sie alte Apfelsinen reinmacht, und sie – sie riecht nicht gut, nicht so wie du, und die Schwester wagte sich nach vorn und legte ihren Kopf an die Mutter, die nicht so roch wie zu Hause, aber auch nicht schlecht, eigentlich nach nichts. Die Mutter könnte die Kinder umarmen, sie konnte ja schon wieder aufsitzen, aber es war, als hätte sie vergessen, wie es geht, sie saß nur da und lächelte ungeübt und sprach auch ein bisschen, aber was sie sagte, hatten die Kinder vergessen, schon als sie wieder zu Hause waren, und sie stritten sich darüber.

Dann kamen die Sommerferien, sie fuhren nicht nach Schweden, aber der Vater versuchte, Ausflüge zu machen, die manchmal abgebrochen werden mussten, weil er etwas vergessen hatte, das Geld für den Zooeintritt, den Termin in der Klinik, Omas Geburtstag auch, der Tag ging vorüber, sie backte sich selbst einen Geburtstagskuchen mit Erdbeeren und hielt durch bis zum Abend, dann brach sie in Tränen aus, und die Kinder verstanden das. Geburtstage darf man niemals vergessen.

Dann kam die Mutter nach Hause, und sie bastelten Papierschilder und Girlanden. Die Mutter freute sich, aber etwas in ihrem Gesicht war schief geblieben und lächelte nicht mit.

Nach Schweden fahren sie nächstes Jahr.

II

Dieses Jahr wirklich, sie fahren wirklich nach Schweden, obwohl es anders ist, weil ein Jahr vergangen ist, sie sind ein Jahr älter, die Kinder, die Eltern und auch Schweden, ein Jahr älter. Sie wollen vielleicht nicht mehr so dringend nach Schweden wie letztes Jahr, aber jetzt geht es, die Gesichter sind wieder ungefähr so, wie sie sein sollen.

Wenn die Kinder die Mutter fragen, ob wieder alles gut ist, sagt sie, ja, alles sei sehr gut, und sie glauben es ihr.

Aber nicht so gut wie vorher.

Ein Rest Schmerz sei da noch.

Was heißt das? Tut dir noch was weh?

Da sei etwas beschädigt.

Wird das denn wieder heil, oder wie?

Das fragt die Schwester, sie will es genau wissen, nicht nur, ob es wieder heilt, sondern auch, wann und wie.

Ist doch egal, ruft der Bruder, das wird doch wieder gut, und er will sie wegziehen, aber sie stößt ihn zurück, dass er gegen die Mutter prallt.

Müsst ihr hier herumbalgen.

Eine unmerkliche Schiefe drückt den einen Mundwinkel ein wenig in die Höhe, den anderen etwas nach unten, aber es fällt nicht auf, man sieht es eigentlich gar nicht, nur sie sieht es, und die Mutter muss es sicher auch sehen, aber sie schaut nicht in den Spiegel, nicht wenn jemand dabei ist. Dabei haben sie seit letztem Weihnachten einen ausklappbaren Spiegel, den man an einer Metallvorrichtung bis ganz dicht vor das Gesicht ziehen kann, bis man die Nasenlöcher sieht und die winzigen Vertiefungen, die die Windpocken zwischen den Augenbrauen hinterlassen haben, die Lippen, die nicht ganz dicht abschließen, sondern einen feinen Spalt offen stehen, und all die anderen Löcher, ein Gesicht besteht aus einer Ansammlung von Durchlöcherungen, die erst aus der Nähe richtig ins Auge fallen. Die Augenbrauen wildern hinunter auf die Augendeckel und fransen an den Enden in die Haare hinein, die weiße Stirnhaut ist gemustert mit feinen schwarzen Pünktchen, die man entfernen muss, dafür gibt es in der blauen Plastikdose der Mutter ein kleines Metallstäbchen mit Loch, das man genau über den schwarzen Punkt legen muss und dann drücken, dann quillt ein winziger weißer Strang heraus wie ein Zuckerfädchen, die Mutter hat es ihr gezeigt, und es bleibt danach ein weiteres feines Loch in der Stirn, sichtbar nur im ausziehbaren Spiegel, den die Mutter nun nicht mehr benutzt.

Sie trägt auch keinen Lippenstift mehr auf.

Magst du keine roten Lippen mehr.

Doch.

Warum malst du sie dann nicht an?

Ich kann die Lippen nicht mehr spitzen.

Es stimmt, sie probieren es, sie bestehen darauf, dass die Mutter die Lippen zur Probe spitzt, und sie versucht es. Die Lippen zucken ein bisschen, die Oberlippe kräuselt sich, aber spitzen kann das niemand nennen, das müssen sie zugeben.

Dann kannst du ja nicht mehr pfeifen.

Brauche ich ja auch nicht, oder?

Gut, dass wir keinen Hund haben.

Gut, dass du nicht Flöte spielst.

Was ist mit Küssen?

Die Mutter drückt ihr einen Kuss auf die Backe, aber tatsächlich ist der Kuss breiter und weniger gezielt als früher, zumindest scheint es ihr so, aber wie soll sie es auch genau sagen, sie hat ja keinen Vergleich.

Also fahren sie nach Schweden, die Mutter packt wie immer, für Kinder Malsachen und viele Bücher, weil es in Schweden auch schon mal regnet, aber sicher nicht nur, und wenn, dann machen wir es uns eben gemütlich.

Der Vater fährt sie durch halb Europa, sagt er, und es ist so weit, dass man ihm glauben muss, auch wenn sie inzwischen alt genug sind, um die Entfernung genau auszurechnen. Sie kauern auf der Rückbank und pressen die Ohren an den Kassettenrekorder, in dem die Otto-Kassette läuft, die letztes Jahr noch neu war, aber man kann sie immer noch hören, und sie können froh sein, dass sie nun zusammen unterwegs sind nach Schweden, sie berühren sich ab und zu an den Zehen oder legen der Mutter eine Hand in den Nacken. Die Mutter dreht sich manchmal um, als wolle sie sichergehen, dass niemand ausgestiegen ist.

Wann sind wir endlich da?

Zum Quengeln seid ihr eigentlich zu alt. Schweden ist eben nicht um die Ecke.

Ihr könnt froh sein, dass wir überhaupt fahren.

Gehen wir dann auch in die Sauna? In Schweden hat jeder eine Sauna.

Sehen wir dann auch Elche?

Hinter Hannover mischt sich plötzlich ein hohes Dröhnen in die Fahrgeräusche. Das könnte der Asphaltbelag der Autobahn sein, oder einfach ein Nebengeräusch, oder doch der Asphalt. Aber dann hört es nicht mehr auf, sondern wird höher und dringender, und der Vater hält am nächsten Rastplatz. Sie steigen aus, nur die Mutter bleibt im Auto, lehnt den Kopf an die Nackenstütze und schließt die Augen. Sie stehen um das Auto herum, ungeschickt öffnet der Vater die Kühlerhaube, reibt sich die Hände mit einem Taschentuch und beugt sich ratlos über den Motor. Ein heißer Ölgeruch liegt über den Kabeln.

Wir fahren einfach weiter.

So können wir nicht weiterfahren.

Er geht in den Rasthof, um zu telefonieren. Die Mutter sitzt still im Auto, als sei sie eingeschlafen. Die Kinder schauen sich an, dann heben sie die Gesichter in den feinen Nieselregen.

Wie in Schweden.

INGO SCHULZE

Nach Finnland

Die Pässe verliehen dem Jackett, in dem sie auf Herzhöhe steckten, die Qualität einer kugelsicheren Weste. Doch das bedeutete nicht, unverwundbar zu sein. Unser Wagen folgte dem Asphalt, der über den Sand der breiten Waldschneisen gegossen war. Das Lämpchen neben dem Tachometer begann, jede Viertelstunde von Neuem zu flackern, und nach knapp einer halben Stunde leuchtete es wie ein Bremslicht rot vor unseren Augen. Wir schütteten Öl und Wasser mal gleichzeitig, mal im Wechsel in verschiedene Öffnungen unter der Motorhaube und löschten für eine Viertelstunde die angezeigte Gefahr. Dann aber endete der Asphalt. Ein paar hundert Meter weiter lag ein Mensch quer über der Trasse. Wir fuhren langsamer. Als wir den Körper passiert hatten, stieg einer von uns aus und überzeugte sich: kein Toter, eine Frau, sie hatte getrunken. Zu unserer Linken schimmerte das Meer durch die Bäume, und bald begann wieder der Asphalt.

Jedes Auto, das wir überholten oder das uns entgegenkam, war ein Verbündeter. Unsere besondere Liebe galt den finnischen Fernlastern. Jeder Wagen, der sich von hinten näherte und dessen Insassen beim Überholen herausgafften, bereitete Unbehagen. Wir zählten die Kilometer, um die wir uns aus dem letzten Dorf entfernten, schätzten aber gleichzeitig auch jene Entfernung, die uns noch vom nächsten auf der Karte markierten Namen trennte. Wir merkten kaum, dass es angefangen hatte zu regnen. Nach drei Stunden Fahrt erreichten wir die schöne Standt Wyborg.

Männer jeden Alters umzingelten uns, sobald wir den Wagen verlassen hatten. Mit diversen Offerten, teils russisch, teils finnisch, drängten sie näher heran. Anfangs winselten sie nahezu, jammerten. Doch als wir zurückwichen, unseren Wagen wieder öffneten, wurde ihr Tonfall stufenlos fordernd, schimpfend, gar drohend. Sie hetzten die Kinder los. Rasch verriegelten wir von innen die Türen und fuhren an – erst langsam, dass sie beiseitespringen konnten, dann schneller, Irgendjemand trat gegen unseren Kotflügel. Als Steine flogen, beschleunigten wir zur vollen Geschwindigkeit. Die Leute schrien und verwünschten uns.

Hinter Wyborg passierten wir die hohe, schmale Hängebrücke, auf der ein Soldat patrouillierte. Für die Dauer der Überquerung bot sich uns ein hinreißender Blick übers Land: hinter uns die Stadt mit ihren Türmen, neben uns sich weithin streckende Flußarme und Seen und vor uns ein endloser Wald. Wir waren noch voller Begeisterung für diese Silhouette, für diese Landschaft, da stoppte uns, wie zum Zeitvertreib, eine Bande von jungen Kerlen in Stiefeln, die neben der Straße lagerten. Sie verlangten, einzig legitimiert durch einen Schlagbaum, Einblick in unsere Pässe.

Ihr Hauptmann, oder was auch immer er war, beugte sich über die herabgelassene Scheibe des Beifahrers und bedeutete mit einer Geste, als finge er Mücken, den Motor abzustellen. Er befahl, das Fenster ganz herunterzudrehen. Erst dann war es ihm bequem genug. Im regelmäßigen Takt schnalzte er ein Streichholz zwischen den Mundwinkeln hin und her. Das ließ auf ein gutes Ende seines Eingriffs hoffen. Wir schwiegen. Plötzlich aber stand das Streichholz zwischen den Vorderzähnen still. Wessen Pass prüfte er gerade? Die anderen schlenderten am Straßenrand auf und ab, ließen uns aber nicht aus den Augen. Zwei von ihnen lehnten am Schlagbaum und grinsten.

Was würden sie verlangen, damit wir passieren konnten? Wir waren auf alles gefasst. Der Hauptmann spuckte das Streichholz zur Seite und ließ die Pässe in den Schoß des Beifahrers fallen.

Beim Anfahren konnten wir uns eines kurzen Grußes, aus dem Erleichterung und Dankbarkeit sprachen, nicht enthalten. Auf dem folgenden Abschnitt rückte der Wald dicht an die Straße heran. Trotz des dringenden Wunsches, Wasser zu lassen, fuhren wir zügig weiter.

Die zweite Sperre war schon von Weitem sichtbar. Linkerhand dehnte sich ein Moor, in dem, wie Stangen, abgestorbene Bäume steckten. Hier gab es kein Leben mehr. Auf der rechten Seite war der Waldboden kahlgefegt. Der Wagen rollte aus. Mit gleichgültigen Gesichtern näherten sich uns die Bewohner der Wache, umkreisten unseren Wagen und schoben ohne weitere Umstände die Gitter beiseite. Aus den Augenwinkeln sahen wir rechts den fein geharkten Sandstreifen, der als Schneise durch den Wald lief.

Wir fuhren weiter, achteten aber darauf, die vorgeschriebene Höchstgeschwindigkeit nicht zu überschreiten, und erreichten Sperre drei. Diese öffnete sich von selbst, ohne dass wir anhalten mussten. Dann reihten wir uns ein in die Schlange wartender Autos, zu denen heitere Touristen gehörten. Allmählich klarte der Himmel auf. Schnell erledigten wir die Formalitäten, gingen zu Fuß durch den Zoll und holten den Wagen nach. Es hatte keine Beanstandungen gegeben. Bevor wir die Fahrt fortsetzten, nahmen wir noch ein Toilettenhäuschen in Anspruch.

Flott passierten wir einen gehobenen Schlagbaum und freuten uns, wie sich der Asphalt zu einer Straße mit Mittel- und Randstreifen glättete. An den Seiten erschienen Leitplanken und Parkplätze, die Autos waren sauber und ohne Rost, die Wiesen saftig und die Häuser gepflegt. Wir hatten es geschafft!

Keine zwanzig Minuten später saßen wir auf der Terrasse eines hübschen Restaurants und bestellten Steaks, Herzoginnenkartoffeln und Champignons, als Vorspeise griechischen Hirtensalat, dazu einen herrlichen Chianti classico, anschließend Kaffee und gebackene Bananen mit Vanilleeis. Jetzt erst merkten wir, welche Spannung auf uns gelastet hatte.

Während wir rauchten und sich das Sättigungsgefühl einstellte, diskutierten wir darüber, dass wir unsere Mission letztlich erfolgreich durchgeführt hatten.

Allerdings mussten wir einräumen, dass nicht alles optimal verlaufen war. So hatte man beispielsweise Boris aus dem Wagen geholt. Mein Gegenüber fand jetzt auch Kraft zu der Aussage, dass er aus dem Rückfenster habe beobachten können, wie man Boris unter Kolbenschlägen, die ihn ins Stolpern brachten, in Richtung Moor trieb. Wir stimmten darin überein, dass dies kein gutes Zeichen für seine weiter Zukunft war, litt er doch schon seit Längerem an einer Herzschwäche.

THOMAS PLETZINGER

Quality for Life

Ich mache jetzt alles. Im Speisewagen kurz vor Göttingen, gelbe Hügel vor dem Fenster, rote Hügel, braune Felder, Sonne und Schatten, Straßen und Wanderwege, die Biomechanik der unteren Extremität! Ich bin unterwegs, um Jens-Uwe Wilhelms außerordentliche Geschichte aufzuschreiben. Zumindest im Sinne der Agentur (*the orchestra of ideas*). Ich mache jetzt also alles: Bild und Text. Sonst verfasse ich Konzeptpapiere, weil ich dafür ordentlich bezahlt werde. Aber jetzt haben wir eine Kampagne für einen Orthopädietechnikhersteller vorgeschlagen, samt Imagebroschüre und Mitarbeiterporträts, jemand muss sie schnellstens betexten und bebildern. Seit einer Woche sitze ich in Zügen, ich fahre nach Duderstadt und befrage kompetente Techniker, ich fahre nach Hannover und befrage erfolgreiche Vertreter, ich fahre nach München und fotografiere Vertriebsmitarbeiter im Außeneinsatz (*Otto Bock – Quality for Life*). Ich durchkämme ihre Leben und poliere stumpfe Lebensläufe ins Verkäufliche, dazu Stimmungsbilder mit der Digitalkamera. Heute der letzte Termin, heute Göttingen, der Zug hält, ich steige aus. Eine außerordentliche Geschichte: Jens-Uwe Wilhelm, Wunderkind der Prothesentechnik und Miterfinder des künstlichen Kniegelenks, Biomechaniker der unteren

Extremität, Hoffnung von Minenopfern in Angola und Afghanistan, Drahtzieher von acht paralympischen Goldmedaillen in Peking und Bock-Mitarbeiter des Jahres 2008, steht mit wackligem Blick am Gleis und wartet auf mich.

Jens-Uwe Wilhelm? Ich bin Maarit Hinrichsen.

Ich bin Billy, nennen sie mich Billy!

Versehrtheit aller Orten: Ein einarmiger Taxifahrer hat uns hierher gebracht, ein sterbender Vogel ächzt im Geäst, ein Schmetterling ertrinkt im Abendtau, der Herbst kommt mit aller Kraft. Billy Wilhelm bezahlt mit Kleingeld, wir steigen aus und stehen vor einem Ziegelhaus im Göttinger Ostviertel, hohe Fenster unter fast leeren Platanen, man sieht den Rasen gar nicht mehr vor lauter Gelb.

Willkommen!

Danke.

Nach Ihnen!

Ein geöltes Gartentor, ich gehe über die wilde, welke Wiese, zehn, vielleicht zwanzig Schritte. Hinter mir ein schiefes Pfeifen, ich drehe mich um, als wäre ich gemeint. Mitten im Laub: Billy mit Mantel und Mütze, ein rosiger Mann Mitte vierzig, ein eckiger Mann, einen Schlüssel in der Hand wie ein Schraubenzieher, ein Lächeln im Gesicht wie ein trauriger Clown.

Zigarette?

Hustet sich die Seele aus dem Leib und hat Schuhgröße 36 – Billy Wilhelm auf den Stufen seines Hauses (*Bildunterschrift 1*). Das sind die ersten Dinge, die Billy von sich erzählt: So kleine Füße habe die Welt ja wohl noch nicht gesehen! Er rauche nur selten! Die Zigaretten habe er für mich gekauft! Billy lächelt hinter irgendwie schief gehaltener Zigarette. Ich hätte am Telefon geklungen, als würde ich rauchen. Ich hätte überhaupt interessant geklungen, wenn auch ein wenig vorwitzig, ja, ›frech‹ sei wohl das bessere Wort. Frech, sagt Billy Wilhelm und versucht noch einmal dieses Lächeln, er habe am Telefon das Wort ›schön‹ gedacht, meine Stimme habe geklungen wie Sylvias Stimme.

Sylvia?

Billy steht neben mir und verliert sich in Erläuterungen, ein Mensch, der lange nicht gesprochen hat: das Problem mit dem Laub, mit der Reparatur der Tür, dem Gärtner, den Farben der Blätter, und die Möbel seien erst letzte Woche gekommen, alle auf einmal. Ob ich hier bereits Bilder machen könne, antworte ich, dann hätten wir das gleich hinter uns, dann seien wir schneller fertig. Billy Wilhelm drückt seine Zigarette aus:

Bilder? Jetzt schon?

Ja, warum nicht.

Reden wir nicht miteinander?

Billy zwischen zertretenen Kartons und Etiketten, Billy mit meiner Jacke an der skandinavischen Garderobe (*Tjusig*), Billy unter skandinavischen Lampen (*Beryll*), Billy in einer skandinavischen Einbauküche (*Faktum*), Billy mit einem Stück Kuchen auf einem skandinavischen Teller (*365+*), auf einem skandinavischen Tisch (*Bjursta*), auf einem skandinavischen Stuhl (*Gilbert*). Billy bietet mir den Platz am Fenster an, ich setze mich. Wieder sein Lächeln, eine saubere Fläche mit zwei Tassen und darauf die Sonne. Billy hat Kaffee gekocht und stellt eine Thermoskanne vor mir auf den Tisch (*Skaffa*), die Luft riecht nach Holz und nach Plastik. Er sei noch nicht lange hier, sagt Billy, er habe sich neu einrichten müssen, er komme viel herum, diesen Tisch beispielsweise habe er gerade gestern erst aufgebaut. Er danke Gott für den Inbusschlüssel, dieses einfachste aller Werkzeuge, er danke Gott für sein Gedächtnis, lächelt Billy, er danke für die Namen dieser Produkte, er kenne sie alle. Warum? Billy pustet leise, er trinkt in kleinen Schlucken und sieht mich an. Seine Theorie: Namen seien Nachrichten von zu Hause. Es helfe, die Dinge beim Namen zu kennen, denn selbst Spezialisten für Prothetik seien manchmal unterwegs, sagt Billy, auch Spezialisten kämen in der Welt herum. Der großen, weiten Welt. Das wisse ich, sage ich und schalte das Diktiergerät ein, deswegen sei ich hier, in zwei Stunden sei das Taxi wieder da. Zwei Stunden nur, sagt Billy und lächelt sein abschüssiges Lächeln: also gut.

Billy von Anfang an: 1960 geboren, sagt Billy, in Lübeck aufgewachsen, Moltkestraße, Lehre bei Dräger, Studium in Freiburg und Ulm, zweiunddreißig Jahre lang Jens-Uwe geheißen. Und ab Barcelona 1992 dann Billy, wegen des Nachnamens, wie das Regal, lacht Billy, ein Franzose habe ihm zur Taufe Bier in den Kragen gekippt. Wir essen Kuchen und mustern uns über den Gabeln. Ach was!, sagt Billy dann, nimmt mir den Kaffee halbvoll aus der Hand und kippt ihn in die Spüle (*Domsjö*). Billy sei praktisch und international. Unterschenkelarbeiten habe er in Barcelona hauptsächlich gemacht, erinnert sich Billy, klobige Dinger damals, heute könne man einen Prothesenträger gar nicht mehr am Gang erkennen. Billy Wilhelm holt eine Flasche Wein aus dem Kühlschrank, einen Korkenzieher (*Groggy*). Seit 1992 also Billy. Dieser Franzose habe ihm seinen Namen in der Nacht nach dem letzten Wettbewerb gegeben, im Hotel Marco, Lichterketten und seltsame Frisuren, ein Pianist ganz in Weiß, Gold für die Schweden, Bronze für Billy, Likör und süßes Obst. Billy schraubt und dreht und stellt ein Glas Wein vor mich hin, hebt sein eigenes und sieht an mir vorbei aus dem Fenster. Er sei im Hotel Marco von einem Franzosen getauft und von einer Schwedin geküsst worden, sagt Billy Wilhelm, er habe dort Sylvia zum ersten Mal getroffen.

Sylvia?

Verzeihung. Das gehört nicht hierher. *Skål!*

Wir verlassen das Berufliche, Billy in den leeren Hallen, die zweite Flasche Wein auf dem Parkett (*Bildunterschrift 3*), ich um ihn herum, samt Kamera, samt Glas. Seit Atlanta 1996 sei der Behindertensport eine Materialschlacht, sagt Billy, nach Barcelona sei er ins Team der Leichtathleten gewechselt, er habe dort seine ersten Goldmedaillen gewonnen, in Atlanta sei Karbon Standard geworden, Karbon federe besser, Karbon sei leichter, Karbon sei teurer. Billy steht in einem riesigen Zimmer zwischen Sofa (*Kramfors*) und Bücherregal (*Billy*), seine Stimme hallt um ihn herum. Karbon!, sagt Billy laut, Billy!, wir hören das Echo im Zimmer verebben, Atlanta!, sagt er und lacht, Luanda! Luanda? Recht leer hier, sage ich und Billy lächelt ungerade, das Glas in seiner Hand ein Würfelbecher. Klare Linien, sagt Billy, seien das einzig Wahre, und diese Linien zu kennen, sei sein Zuhause. Er würde Hotelketten bevorzugen, die in ganz Europa Filialen besäßen, erklärt Billy und leert den Wein in einem Zug, Hotelketten, in denen jedes Zimmer gleich aussehe. Billy stellt sein Glas in das Bücherregal ohne Bücher, er geht im Kreis um die Flasche herum, er folgt dem Knarren seiner Schritte. Klare Linien sind Diskretion, Diskretion ist ein einfacher Gedanke, und einfache Gedanken machen das Leben leichter.

Und Sylvia?

Sylvia hat Gold gewonnen.

Billy und ich an unterschiedlichen Enden des Zimmers (*Bildunterschrift 5*): Die Geschichte der Prothetik seit 1992, sagt Billy, ist unsere Geschichte. Sylvia und er hätten sich in Atlanta wiedergesehen, nach vier Jahren mit neuem Namen und ohne Frau, mitten in der Eröffnungsrede von Al Gore habe sie ihm seinen jetzt nicht mehr ganz neuen Namen ins Ohr geflüstert. Sylvia habe in Atlanta die medizinische Abteilung der Schweden geleitet, er sei für die deutsche Medizintechnik verantwortlich gewesen, sie hätten bei jeder gewonnenen Medaille eine Cola in der Bar des Hilton getrunken, das habe sie die Nächte gekostet, so viele Medaillen, so viel Koffein, so viel Whisky, solche Visionen, solche Euphorie und solche Liebe. Sylvia sei früher eine Frau mit Reserven gewesen, von moralischer Wucht und medizinischem Rückgrat, sie habe das Höher-schneller-weiter des Sports schlichtweg angekotzt, *ursäkta*, und er sei ihr gefolgt. Von da an sei er mehrere Jahre nach Göteborg gependelt, sie hätten provisorisch gewohnt, sagt Billy, alles von Ikea. Nach den Spielen von Sydney habe er ebenfalls dem Karbon gekündigt, dem Sport, und sie seien gemeinsam nach Stockholm gezogen. Er habe die Fronten gewechselt, er habe die Sportprothetik hinter sich gelassen. Sylvia und er seien mehr in Afrika und Afghanistan als in Schweden gewesen, sie hätte operiert und er zum Teil einfachste Prothesen angefertigt, wieder mit den Händen, sagt Billy, Unterschenkel, Oberschenkel, Arme und Hände. Essentials statt Hightech, sagt Billy, jeder habe seine idealistische Phasen. In einem Zelt nahe Kandahar seien sie bei Wintereinbruch einmal fast erfroren, Sylvia sei einfach sitzen geblieben und habe sich nicht bewegen wollen, sie habe danach vier Wochen lang mit dem Fieber gerungen. Billy blickt zurück in den Flur, in der Dämmerung hängen Rahmen an der Wand, die wolle mir er gleich zeigen. Sylvia habe überlebt, sagt Billy, diese zähe Person. Zunächst seien sie danach für die Firma SynthPart nach Aarau, später dann nach Memphis gezogen, sie hätten an Kinder gedacht, aber diese Gedanken immer weiter verschleppt, sie hätten ein Haus gekauft, sie hätten an einem Sommermorgen in Atlanta geheiratet und wieder ein ganzes Haus voller schwedischer Importmöbel gekauft, sagt Billy und lächelt quer durchs Zimmer, *Billy* und *Poäng* in Tennessee, *Chattanooga Choo Choo* im Wagen nach Hause. Sie hätten eine Knochenmühle entwickelt, eine Methode zum präzise rechtwinkligen Ansägen der Oberschenkelknochen, das beste Kniegelenk für reiche Arthrosepatienten sei aus purem Stahl. Gelenke seien im Westen die entscheidenden Stellen des menschlichen Körpers, sagt Billy und lehnt an der Wand, ein volles Weinglas in der Hand wie eine Handgranate. Ohne Gelenke kein Fortschritt, sagt Billy, er sei jetzt 48, und mit vielem habe er gerechnet, aber nicht mit Sylvias langsamem Verschwinden in Kliniken und Sanatorien, mitsamt ihrer Idee von Kindern und besseren Kniegelenken, mitsamt allem Fortschritt.

Billy bricht ab. Billy bittet um mein Verständnis. Jetzt sei er wieder hier, mehr wolle er nicht sagen, Göttingen habe hervorragende psychotherapeutische Einrichtungen. Er sei wieder zurück, wo er bereits einmal gewesen sei, in Peking habe er an der Laufbahn gestanden, Karbon sei wichtiger denn je, er habe nichts verlernt. Er sei jetzt in dieses neue Haus gezogen, er habe sich eingerichtet, in seinem Beruf sei Serienproduktion möglich, ergo wirtschaftliche Gewinne, ergo Raum für Forschung, ergo Raum für Produktentwicklung, ergo neue und bessere Produkte. Das helfe dann jedem Bedürftigen, dann gehe es weiter und weiter. Das können sie zitieren, sagt Billy Wilhelm, dann schweigt er, lächelt mich an und ich nicke, ich sehe weg, weil ich Billys Weinen nicht beobachten will. Das Gefühl, etwas von Grund auf zu kennen, erklärt Billy, sei das wichtigste aller Gefühle. Ikea als faltbare Heimat. Die Möbel seien erst letzte Woche aus Hannover gekommen, wie immer dieselben, wie immer in Kartons, wie immer mit Inbusschlüssel, weiß und gerade und unbenutzt.

Und Sylvia?

Alles muss ersetzbar sein.

Billy und Sylvia in den Bilderrahmen (*Erikslund, Erikslund, Erikslund*): Billy und Sylvia am Strand, Billy im schwarzen Anzug, Sylvia mit schrägem Pony (wie ich), Sylvia im blauen Kleid, Billy und Sylvia zwischen grünen Flechten und grauen Steinen, Billy und Sylvia vor einem Zelt, Billy und Sylvia in Olivgrün in einem afrikanischen Dorf. Vejers, sagt Billy, Malmö, Kandahar. Sylvia an einem grasgrünen Fluss zwischen steilen Wänden, Billy mit Saxophon, Billy und Sylvia auf einem Lastwagen in der Wüste. Luanda, wiederholt Billy, Republica Srpska, Memphis, Tennessee, sagt Billy und flüstert, *pardon me, boy, is that the Chattanooga Choo Choo, track twenty nine, boy, you can give me a shine*, der Herbst in den leeren Regalen, der Taxifahrer unten an der Tür.

Sie wollen schon gehen?

Ja.

Darf ich Sie fotografieren?

Was?

Sie.

Muss ich stillstehen?

Bewegen Sie sich, als sei ich die Sonne.

Ich muss, sage ich in Billys Gesicht, der Taxifahrer wartet, sage ich, mein Zug, meine Broschüre, ich muss nach Hause. Billy nimmt mir die Kamera aus den Fingern, Blitz und leises Gelächter, er streicht mir die Haare aus der Stirn, wir kreisen um die Flasche in der Mitte des Zimmers, Billy fotografiert mich vor seinen Möbeln, vor dem Klingeln im Flur, Billy und ich, Planeten auf dem Göttinger Parkett.

ROBIN THIESMEYER

Nowhere Man

Finde den Eskimo und bring mir den Schnee.

Es gab Tage, da liebte Rupert seinen Job. Einen Eskimo hatte er noch nicht getroffen. Die Schiebetür öffnete automatisch, und er trat aus dem Regen in die schmale Lobby. Leise Musik spielte um die holzgetäfelten Wände. Die Rezeptionistin lächelte und legte ihren Stift beiseite. Er setzte den Koffer ab und nickte dem Mädchen freundlich zu. Natürlich war sie blond, das mochte er hier, alle waren sie blond. Ihre Wangen waren weich. Aber sie würde mit den Jahren an Gewicht zulegen. Die Knopfleiste wölbte sich in gegenläufigen Bögen von Knopf zu Knopf um den Busen. Daran merkt man, dachte Rupert, dass man alt wird, wenn man ihr sagen will, was du jetzt nicht tust, Mädchen, tust du nie, genieße das Leben, man aber nur sagt, ja, ich bin geschäftlich in Kopenhagen, drei Tage. Das heißt zwei Übernachtungen. Rupert warf einen Blick in den Frühstücksraum. Der Teppich war sauber und grün, die Tischdecken gerade, die Zimmerecken mit Topfpflanzen veredelt. Hotel garni, dachte Rupert, wie er es mochte. Er bezahlte bar und unterschrieb mit dem Namen, der ihm einfiel, Carl Wendt, einen Namen, den sie vergessen würde, wie all die anderen.

Rupert legte den Koffer auf das Bett. Das Zimmer war kaum größer als eine Gefängniszelle, aber hell und mit Fenstern auf den Boulevard hinaus. Ein Tisch, ein Schrank, ein Bett, über dem ein Bild hing. Die Reproduktion einer Karte der Stadt und vom Sund. Das ist gut, dachte Rupert, da weiß man immer, wo man ist, wenn man aufwacht. Die Dusche war sauber und mit sanft perlendem Strahl. Überhaupt gefiel es ihm in Kopenhagen. Mit bewundernswerter Gelassenheit hatten die Dänen auf die Schauer reagiert, die den Sonnenschein unterbrochen hatten. Sie hatten sich, selbst auf dem Fahrrad, nur eine Zeitung über den Kopf gehalten oder waren für die kurze Dauer des Regens unter eine Linde getreten, während Rupert jedes Mal den Schirm ausgeklappt oder sich in Cafés geflüchtet hatte, nur um festzustellen, dass seine Reaktion übertrieben war und der Regen bald verflüchtigt, kaum der Rede wert.

In frischen Kleidern trat er in die Lobby. Der Schirm hing trotz allem, er war kein Däne, über dem Arm im Mantel, und er ließ sich den Weg zur Meerjungfrau beschreiben. Sie riet ihm zum Bus, aber ohne Nachdruck. Überhaupt schien sie nicht interessiert. In ihrer Nachlässigkeit schielte sie auf den Bildschirm, sodass Rupert ihr zurufen wollte, es ist nicht wichtig, was du tust, sondern wie. Sie ist jung, dachte er, und vielleicht auch ein bisschen blöde. Rupert winkte zum Abschied.

Rupert ging zu Fuß. Die Sonne streckte sich durchs Grau auf den Festungsgraben nieder, dass er grün glänzte. Dahinter wuchs ein Wall mit Vaubanschen Erkern vor den Häusern. Und aus den Dächern Christianshavns schraubte sich goldgeländert ein gewundener Kirchturm in einen goldenen Ball, der erst leuchtete und dann im Schatten der Wolkendecke wieder erlosch. Wie gerne, dachte Rupert, würde er tatsächlich Fotos machen und über die Brücke ins Zentrum der Stadt gehen, bis zum Hafen und der Meerjungfrau seinen Respekt zollen, ihr Bild mitnehmen, wie sie kniend, so zerrissen zwischen den Welten, dasaß. An das Museum dachte er und an die Oper. Doch wenn man nachdenkt, wofür man alles keine Zeit hat, wird man überhaupt nie froh, dachte Rupert und freute sich darauf, den Eskimo zu finden. Er öffnete und hob den Schirm. Er sah zum Torbogen auf. CHRISTIANA stand da in großen roten Lettern. Die freie Stadt, dachte Rupert, das hatte er gelesen. Dicke Tropfen schlugen auf dem Schirmstoff auf.

Er wusste seine Adresse in Christiania nicht. Sie haben wohl ihr eigenes Postsystem, dachte Rupert. Alle Bewohner teilten sich hier eine Anschrift. Es war Rupert völlig unklar, wie der Eskimo aussehen würde, ob er Fellstiefel tragen würde, ob er einen Hund hatte. Und er fragte sich, ob es ein gewöhnlicher oder ungewöhnlicher Name für einen Eskimo war, wenn er Motzfeldt hieß.

In Christiania gelten die Gesetze des Staates Dänemark nicht. Christiania ist autonom. Das mag einer der Gründe sein, warum Motzfeldt hier war. Es mochte andere geben, dachte Rupert, wie dem auch sei, der Eskimo wohnte hier. Rupert würde ihn hier finden. Er würde ihn daran erkennen, dass er ein Eskimo wäre, und wenn man Eddies Wortlaut Glauben schenken konnte, ein stinkender, ein Überschwein und Übeltäter, der ohne Ehre unter dem Namen Olaf Motzfeld geboren wurde und der Eddie, das war hier der springende Punkt, um 15 Kilo *Coca negra* erleichtert hatte. Das war selbst in Christiania illegal.

Rupert ging über die Kopfsteinpflasterstraße, wo der Haschischverkauf geduldet wurde. Ein großes Wandbild wies darauf hin, dass es in der Straße verboten war, zu fotografieren. Andere Wandbemalungen waren phantasievoller und bunt auf den Backsteinwänden. Holzbuden lehnten sich an die ehemaligen Kasernengebäude. Einige waren Verkaufsstände, andere waren zu Kneipen ausgebaut. Musik spielte darin und Rauch. Wer noch im Regen ging, trug Kapuze. Das fiel auf, fast alle trugen Kapuzen, die aus Pullovern, aus Ponchos oder aus Windjacken wuchsen, aus Krägen von Lederjacken, wenige hatten sie um das Gesicht zusammengeschnürt, die meisten über Baseballkappen oder Filzlocken gezogen. Wer niemanden an der Hand hielt, trug die Hände in den Taschen und den Kopf gesenkt. Rupert trug Schirm. Er war hier ein Outsider, dachte er und faltete den Schirm zusammen, als er unter ein tropfendes Vordach trat.

Ein hagerer Händler mit Ballonmütze und Ohrring deckte den Rand seiner Auslage unter klares Plastik. Rupert betrachtete die Ware, während der andere die Traumfänger ins Trockene holte. Es gab kleines Kunsthandwerk, afrikanische Gnome mit Baströcken und Borstenhaaren, geschnitzte Haschischpfeifen, Perlenketten und verzierte Dosen. Kaum etwas Besonderes; bis auf ein Ensemble geschnitzter Dämonen, aus dem eine Fratze mit irrem Blick herausstach. Als griffe der Blick ihm mit warmen Händen in die Brust, beugte sich Rupert der Figur entgegen. Ausgehöhlte schwarze Pupillen, die ihn aus großen weißen Tellern anstarrten; aus einem konischen Kopf bleckten aufgerissene gerade Zahnreihen mit langen Fangzähnen. Es war schwierig zu beurteilen, ob er lachte, biss oder schrie. Ein zweites, gleichgültiges Gesicht eines Fuchses war untrennbar mit dem Ganzen auf einem Sockel verbunden. Eine zornige Metamorphose, dachte Rupert. Er stand da, und sie schauten einander an. Rupert beachtete die anderen, ähnlichen kaum, die ebenfalls diese drahtige und doch phallische Form besaßen und anderen Tieren angeschlossen waren. Es war der Fuchs, der Rupert rührte.

Er hängte den Schirm in die Armbeuge, wartete bis der Hippie ihm einen aufmerksamen Blick aus runden Gläsern schenkte, und ließ sich den Fuchsgeist geben. Tupilak, sagte der Hippie, als Rupert die geschnitzte Figur in den Händen drehte. Es sei ein Tupilak. Es war Horn. Walrosszahn. Island?, fragte Rupert. Grönland, antwortete der Händler, ein Rachegeist der Inuit. Fair gehandelt, sagte er. Rupert kaufte. Und es wurde ihm sein zweifelhaftes Talent offenbar, sich das teuerste Objekt in einem Geschäft zielsicher zu wählen. Aber es gefiel ihm. Tupilak, der Rachegeist. Ein Glückstreffer.

Ob er viele Grönländer kenne, fragte Rupert. Der andere, der gerade die Figur in Papier einschlug, zuckte mit den Achseln. Ein paar. Er lächelte, als habe er eine schöne Erinnerung und sah Rupert in die Augen, als er ihm das Paket gab. Rupert fragte nach Motzfeldt, ob er einen Olaf Motzfeldt kenne. Der Hippie überlegte. Er kenne nur Johann Motzfeldt und schien stolz darauf. Sein Blick blieb ungebrochen und fröhlich. Gerne hätte Rupert ihn gefragt, ob es gut sei, ob sein Leben der Hippietraum sei, wie er ihn vor dreißig Jahren hatte, ob es noch dem entspräche, wenn er hier Tinnef an die Touristen verkaufte.

Es gebe einen Asu Motzfeldt, einen Sänger, aber einen Olaf kenne er nicht. Er spielte mit der Hand am Ohrring, als dächte er weiter. Rupert bedankte sich. Er wünschte alles Gute.

Vielleicht hätte er Motzfeldt einfach bei den Kommunarden verpfeifen können, dachte Rupert, sie hätten den Inuit vielleicht ausgehändigt und auch das Koks. Aber das war nicht Ruperts Stil. Er wollte ihn persönlich treffen. Rupert fragte sich, ob der Eskimo ein Kajak hatte.

Der Rest des Abends war enervierend. Rupert fragte in einer Bar, brauchte die Länge von zwei Bier, um mit dem glatzköpfigen Barkeeper eine Unterhaltung anzufangen, und auch sein langhaariger Gesprächspartner am anderen Ende der Theke kannte Motzfeldt nicht. Es half ja auch nur, echte Bürger von Christiania oder Stammgäste zu fragen. Schwer zu beurteilen, wer von den wenigen Gästen, die ihre Kapuzen über dem Rücken trugen, dazugehörte. Ruperts Kleidung unterschied sich deutlich, schon die Schuhe, schon die machten Hemmungen, mit anderen ins Gespräch zu kommen. Er bestellte sich noch ein Bier. Fremde, die Fragen stellen, sind selten beliebt. Ohnehin saßen die meisten auf den Bänken vor der Bar. Zu zweit oder zu dritt in Sitzgruppen, die unter tropfenden Dächlein um eine Grillstelle auf dem Hof mit der dunklen Bühne standen. Sie rauchten im Dunkeln, redeten leise oder gar nicht.

Auf der Kopfsteinpflasterstraße brannte Feuer in einer Öltonne. Es ließ dynamische Schatten am Mauerwerk, über die Verzierungen an den Buden tanzen, auf den Skulpturen in den Büschen und auf den Steinen. Jugendliche mit Kappen standen um die Tonne und legten Scheite nach.

Rupert setzte sich zu zwei Schwarzen. Der eine mit Wollmütze und Daunenjacke, der andere in einem verlebten schwarzen Anzug und weißem Hemd, am Kragen eine Schleife.

Was sie für ein Leben führten? Der eine war vielleicht Musiker, ein Bluesman, der andere ein Drogendealer. Seine Augen waren schwefelfarben angelaufen. Wie viel?, fragte er. Und Rupert kaufte für einen Hundertkronenschein einen Würfel biegsames Haschisch. Er rollte etwas mit dem Fingernagel ab und zerrieb den Fussel mit der Zunge am Gaumen. It's my best, sagte der Bluesman. Es schmeckte bitter. Er bedankte sich, aber einen Olaf Motzfeld kannten sie nicht.

Rupert trank noch etwas. Er stellte sich vor, wie hier an Wochenenden bei schönem Wetter Feste gefeiert wurden. Wie alte Frauen tanzten und junge Paare sich küssten. Jetzt war es kalt und er fror. Feuchtigkeit zog unter den Mantel und in die Schuhe. Er lud sich zum Feierabend noch auf einen Anis ein.

Die Christiania wirkte ein wenig gespenstisch, als er sie verließ. Die Schatten des entfernten Feuers an den bemalten Kasernenwänden. Aus einer Hütte mit beschlagenen Scheiben drang Musik. Man sang ein Geburtstagsständchen. Happy Birthday, lieber Tunu. Gläser stießen zusammen. Rupert prostete mit der Flasche, die er aus der Bar mitgenommen hatte, gegen das leuchtende Fenster. Er stellte sich vor, wie man ihn anstarren würde, wenn er in Mantel und schwarzen Schuhen in den Schankraum treten würde, und ersparte sich den Anblick. You are now entering the EU stand über dem Torbogen am Ausgang. Und Rupert hatte schon eine Idee für den nächsten Tag.

Er hatte die Schiebetür zur Lobby des Hotels mit der Chipkarte geöffnet; so auch seine Zimmertür. Rupert lag, den Mantel abgelegt, im Anzug auf dem Bett. Es gab Nächte, da hasste er seinen Job. Er hätte gerne ein Mädchen, dachte er. Und sank Richtung Schlaf. Er würde früh aufstehen müssen, wenn er den Postboten erwischen wollte. Vielleicht war es falsch, einen Eskimo zu töten. Eine bedrohte Menschenart, dachte Rupert; andererseits jagten Eskimos Robben und Wale. Er stellte sich vor, wie er noch mal aufstünde und auf die Geburtstagsfeier ging, wie er einen Bierkrug hob und lachte, und schlief ein. Er hatte einen Traum.

Es war eine Eskimofrau, die ihm die Stirn küsste. Sie hielt ihn bei den Wangen, die Augen weit aufgerissen und den Mund zu einem schmalen Kreis geöffnet. Sie blies Rauch hinaus. In einem langgezogenen Basslaut sang sie. Tupilak. Sie spuckte ins Feuer, dass Stichflammen stoben. Er fand sich gefesselt in einem Drachenboot, wie er den Fjord hinaustrieb. Er konnte die Arme und Beine nicht bewegen. Rupert wachte auf.

Zerknirscht setzte er die Füße neben das Bett. Unter

der Dusche wurde er wach. Er wickelte die Figur, den Tupilak, aus, als er nur ein Handtuch um die Hüften hatte. Er betrachtete ihn noch eine Weile, während er sich anzog. Dann legte er ihn mit in den Koffer.

Im Frühstücksraum saß er mit zwei Vertretern an einem Tisch. Kollegen, hatte Rupert gelächelt. Und es folgte ein Ritual, das er bisher nur von Abenden kannte, wenn Vertreter beim Whiskey ihre Musterkoffer öffneten und ironisch, schlimmstenfalls bierernst, denn prinzipiell ist jeder Freund ein Kunde, die Ware vorführten. Der dünne Erfolgreiche vertrat Stofftiere und war so schön, dass Frauen wohl etwas kauften, wenn er die kleinen Hasen, Schildkröten und Schimpansen auf dem Arm hielt. Der erfolglose Dicke vertrat einen Toaster. Einen Toasterhasen, den er auf den Tisch stellte, der, wenn man mit dem Hebel auf der Schiene den Stummelschwanz herunterdrückte, auch die Ohren senkte. Wenn der Toast getoastet war, schnellte beides nach oben. Er fand eine Steckdose, und sie aßen Toast mit eingebranntem Hasenkopf. Rupert kaufte einen Mustertoaster und legte ihn in seinen Koffer, bevor er den Tupilak vorführte. Erst seit kurzer Zeit mache er in Kunsthandwerk, erklärte Rupert. Angewidert starrten die beiden auf den Tupilak.

Rupert hatte ein gutes Gefühl auf dem Weg nach Christianshavn. Nebel lag über dem Festungsgraben, aber aus der Wiese sah man Krokusse stechen. Tupilak, dachte Rupert und wiegte ein wenig das Rückgrat, der Schirm baumelte in der Armbeuge. Er schloss die Augen einen Moment im Gehen. Tupilak. Er trug den Koffer über die Brücke und lächelte. Es war wichtig, positiv zu denken. Finde den Eskimo und bringe den Schnee.

Er musste eine Weile warten, bis die Postbotin zum Briefkasten der Christianiapost kam, neben dem Rupert, den Hacken in eine Backsteinfuge geklemmt, an der Wand lehnte. Sie trug eine lila Haube und schob ein blaues Postfahrrad. Vorne und hinten waren Plastikkisten auf die Gepäckträger geschnallt, und das Rad hatte bereits Rost angesetzt. Sie war sehr jung, die Wangen von der Kälte rot. Braunes lockiges Haar drehte sich aus der Filzhaube. Sie trug eine Cordjacke und einen Wollrock. Auch sie würde noch dicker werden, dachte Rupert. Ihre Hüften waren gepolstert.

Ob sie einen Brief mitnehmen könne, fragte Rupert, für Olaf Motzfeld. Die Postbotin dachte nach. Kenne sie jetzt gar nicht, Olaf Motzfeldt. Er sei ein Eskimo, ergänzte Rupert. Ach, Tunu. Die Botin lachte und wurde gleich wieder ernst. Es heiße Inuit. Eskimo heiße Rohfleischesser. Es gab Tage, da hasste Rupert seinen Job im gleichen Maß, wie er ihn liebte.

Könne sie aber machen, sagte sie. Es sei ein Paket, gab Rupert zu. Ein Geschenk. Aber es sei gar nicht verpackt, vielleicht könne sie ihm sagen, wo er wohne, dann bringe er es selbst vorbei. Die Postbotin lächelte, sie würde ihn schnell hinführen.

Die Sonne kam heraus. Die Postbotin schob das Rad und führte ihn ins Hinterland von Christiania. Rupert war überrascht, wie grün es war. Die Leute hätten hier meist ihre eigenen Christiania-Namen, erklärte sie, das sei nicht ungewöhnlich. Leider bekämen viele hier Post unter ihren Geburtsnamen, also müsse sie sich immer beide merken, das sei nicht immer einfach.

Es musste schön sein, so jung zu sein, Postbotin zu sein, dachte Rupert, in der freien Stadt, wie viel bekam sie dafür? Er fragte nicht, ob sie davon leben konnte. Vielleicht war es nur ein sozialer Dienst an der Gemeinschaft. Sie nennen es Arbeit, dachte Rupert.

Fast wurde es warm, aber ein kalter Wind wehte.

Manche Häuser waren solide, andere waren phantasievoll, fast obskur gebogen in die Graslandschaft, aus Bauresten zusammengezimmert, und keins glich dem anderen. Eines einer gelandeten Untertasse, in den Bäumen, aus Schrott zusammengebaut, der Postkasten an einem Flaschenzug. Das sei ja wohl das Mindeste, scherzte sie. Sie sei übrigens Silja, Hi. Eddie, sagte Rupert. Gab ihr die Hand und folgte weiter ihren Wildlederschuhen.

Was bekommt Tunu denn von dir?, fragte Silja, als sie auf einen ausgetretenen Trampelpfad aus einem Haselstrauchdickicht traten.

Aus dem Schatten von Pappeln sahen sie auf ein Holzhaus mit blauen Wänden und roten Fensterläden. Es stand auf Pfählen im Schilf des Kanals. Im Halbdunkel darunter schwamm ein Kajak. Ein zweites stand im Kiesbett aufgebockt. Ein kleiner stämmiger Mann in einer hellblauen Windjacke wachste den Rumpf und winkte. Rupert hielt an. Rohfleischesser, dachte er.

Tunu winkte. Er winkte nicht Rupert, der sich über den Koffer bückte und aufschaute, und nicht Silja, die auf ihn zeigte. Tunu winkte der Frau, die in einem grauen Kleid dünn und groß auf der Terrasse des Pfahlhauses stand und einen Schatten auf die Tür warf. Sie hatte eine Strickdecke um die Schultern und winkte ihm. Auch Silja winkte. Tunu sah sie nicht. Rupert hielt sie zurück, zog sie zu sich in die Hocke, den Kopf unter die Spitzen des hohen Grases. Er legte den Finger auf die Lippen. Eine Überraschung, flüsterte er. Silja lächelte. Gemeinsam späten sie durch die Halme.

Tunu nahm das Kajak, trug es mit der Sitzöffnung über dem Kopf zum Wasser und ließ es ab. Tunu bestieg das Boot und nahm das Paddel. Sie sahen, wie in sanften Schlägen, wechselseitig, der Keil in den Kanal glitt. Schön, dachte Rupert, als die Frau mit den langen grauen Haaren sich zur Tür wendete.

Er nahm Koffer und Schirm wieder auf. Er verabschiedete sich von Silja und dankte ihr. Eine Weile schaute er noch in die Wellen auf dem Kanal. Dann stieg er die Holzstufen zum Haus hinauf, den Koffer in der rechten Hand, den Schirm in der linken Armbeuge. Eine Bachstelze stakste am Ufer. Auf dem Kanal schwammen Blesshühner. Silja fuhr die Post aus, und die meisten Menschen, die er gestern gesehen hatte, lagen noch in den Betten. Die Dielen knarrten. Rupert klopfte gegen seinen eigenen Schatten an die Tür.

Sie öffnete und hielt sich die Hand gegen die Sonne über die Augen. Ihre gegerbte Haut war dunkel. Leichte Falten zweigten in den Mundwinkeln, als sie lächelte. Die Haare fielen über die Schultern. Ich bin Rupert, sagte Rupert. Hi. Sie trat einen Schritt zurück und ließ den Arm sinken. Rupert stellte den Koffer ab und hielt ihr die Hand entgegen. Sie sah etwas müde, aber gütig aus blassen Augen; unter dem rechten eine violette Schwellung. Kraftlos, aber elegant, dachte Rupert, wie sie ihre weichen Finger in seine Hand legte und im Gelenk einknickte. Er hielt sie einen Moment. Alles an ihr schien leicht. Im Ausschnitt ihres Kleides sah man das Brustbein. Spitz drückte sich ein kleiner Busen gegen das Kleid, und Hüftknochen stachen hervor, wo es zu einem sanften Bogen ausholte, bevor es schmaler wurde und über ihren Knöcheln endete. Ich bin Whale, sagte sie, den Namen englisch betont. Rupert dachte daran, sie an der Hüfte zu fassen, ließ ihre Hand aber los und schwang sich in einem Walzerschritt, den sie langsam mitverfolgte, an ihr vorbei in die Wohnung. Sie lachte. Du willst wohl zu Tunu?, fragte sie. Rupert lächelte. Ja, ich bringe ein Geschenk.

Die Stube war warm. Rupert schloss die Tür hinter sich, legte den Mantel auf einen Ledersessel und nahm auf dem Sofa Platz. Neben sich auf die bunte Strickdecke legte er den Koffer. Das Haus war durch einen einzigen Raum fast ausgefüllt. Eine niedrige Tür an der Landseite. Sonnenlicht fiel durch ein Fenster. Trotzdem brannte vor dem Vorhang, der das Bett vom Raum trennte, matt eine Lampe. Ein aus gelber und brauner Wolle gehäkelter Zylinder, der an der Decke hing. Zwei schwere Truhen standen an der Wand. Whale wandte sich zum Regal neben einem Holzofen auf der anderen Seite, wo ein Kessel leise kochte. Sie nahm mit beiden Händen ihr strohiges Haar zu einem Bündel, schlang es in einen Knoten und ließ es den Rücken herunterfallen. Tunu kommt gleich wieder, sagte sie über die Schulter und öffnete eine Schublade.

Zeichenblätter lagen auf dem Glastisch zwischen Sessel und Sofa, Skizzen, die einen lachenden Mann mit dünnem Schnurrbart und mit breiten Wangen zeigten. In dicken Strichen eines Kohlestifts, fast immer mit einer schraffierten Mütze. Rupert hob ein paar Blätter an, manchmal mit Kapuze, selten mit glatten Haaren auf dem Kopf. Stets war eine Falte oder Narbe zwischen seinen Augenbrauen betont, unter denen die dunklen Augen aus einer schmalen Tropfenform den Betrachter ansahen. Kein schöner, aber ein fröhlicher Mann, dachte Rupert. Wie geht's ihm so?, fragte er. Gut. Sie schob die Blätter zusammen und teilte zwei Teeschalen zwischen ihnen auf. Gestern ein bisschen viel Rotwein.

Sie setzte sich in den Sessel und begann, von einer Ingwerwurzel Scheiben vor sich in die Schale zu schneiden. Woher kennt ihr euch?, fragte sie. Eddie, antwortete Rupert. Sie tauschte die Schale mit dem Ingwer mit der leeren Schale aus. Wir kennen uns über Eddie, sagte Rupert lauter. Sie kappte weiter in ruhigen Schnitten die Arme der Wurzel mit dem kleinen ausgewetzten Messer. Die Haut ihrer Finger war etwas trocken, aber die Nagelspitzen zu ordentlichen Halbmonden gestutzt. Eddie, kenn ich nicht. Sie legte das Messer auf den Tisch.

Sie stand auf und ging zum Ofen. Rupert streckte die Beine aus. Es gefiel ihm, wie sie sich bewegte. Überhaupt gefiel Rupert das Haus, in dem es nach warmem Holz roch. Er fragte sich, wer es gebaut hatte. Tunu? Würde sie sagen, dass sie ihn liebte, wenn er sie fragen würde?

Sie brachte den Kessel zum Tisch und goss den Ingwer auf. Der Strahl der Kanne warf kurze Wellen. Sie war entweder sehr übernächtigt oder leicht nervös, dachte Rupert.

Sie stellte sich mit dem Kessel in der Hand vor ihn, das angelaufene Metall passte nicht zu ihr, als sie sagte: Hör mal Robert. Rupert. Rupert, ich kenn dich nicht. Du magst ein Freund von Tunu sein, aber du siehst nicht aus wie einer. Du bist ein Deutscher, oder? Es ist ..., setzte Rupert an, aber sie unterbrach ihn. Bitte sag mir die Wahrheit. Ihr Blick zeigte eine Angst, die keine Angst vor ihm war. Schuldet Tunu dir Geld? Rupert lächelte sie an. Es war Angst vor dem, was Tunu tat, von dem sie nichts wusste. Die Angst, dass er sie belogen hatte, wie schon zuvor. Angst vor der Antwort, die Rupert geben könnte, vor etwas, das sie an der Liebe zweifeln lassen würde. Rupert lächelte, schüttelte den Kopf und stand auf. Er nahm ihr den Kessel aus der Hand und stellte ihn auf die Dielen. Er fuhr ihr mit den Fingerspitzen über den Nacken. Keine Angst. Ihre Augen waren noch in gleicher mädchenhafter Starre. Einzelne Haare lösten sich aus dem Knoten und fielen ihr über die Wange, vor die Augen. Rupert nahm sie in seine Arme. Keine Angst, Mädchen. Er legte ihr seine Hände auf den Rücken, der zu zucken begann. Keine Angst. Er streichelte ihren Kopf und drückte ihn dabei auf seine Schulter. In ihrer Brust begann es bis in den Hals zu beben. Keine Angst, flüsterte Rupert in ihr Schluchzen. Er nahm sie bei den Händen und führte sie zum Fenster. Keine Angst, nicht weinen. In den Pappeln warf der Wind Wellen, und der Kanal glitzerte. Keine Angst. Er stellte sich hinter sie und legte den Unterarm vor ihre

Kehle. Keine Angst, ich finde den Eskimo und bringe den Schnee.

Es gab Tage, da hasste er seinen Job. Er legte den Koffer auf die Knie und ließ den Verschluss aufschnallen. Rupert nahm den Tupilak heraus, stellte ihn neben sich auf die Stufen und wartete. Er sah auf den Kanal. Einen Eskimo hatte er noch nie getroffen.

MAIKE WETZEL

Trollst du dich

So wie du denkst, dass du glaubst, dass du bist, bist du nicht.

Du bist männlich, Mitte vierzig, mit dichtem Haar und ohne Frau.

Halb schlafend riechst du die feuchte Rinde eines Baums. An deiner Wange, auf dem Kissen, fühlst du blind etwas Struppiges, Buschiges. Ein nasser Pinsel streicht dir übers Gesicht. Du schielst unter einem Lid hervor, reißt die Augen auf. Neben dir liegt ein langer, fellbedeckter Schwanz im Bett. Er könnte zu einem Löwen gehören. Das Schweifende klopft abwartend auf das Kissen. Du siehst keinen Löwen. Mit den Händen tastest du an dem taudicken Schwanz entlang. Du stoppst, ungläubig, knapp oberhalb des Pyjamagummis, an deinem Steiß. Dort wächst dir der Trollschwanz aus der Hose. Du hältst ihn für einen schlechten Scherz. Entschlossen, die Attrappe zu entfernen, reißt du daran. Vor Schmerz jaulst du auf. Der Schwanz ist echt, bereits verwachsen mit deinen Nerven. Der alte Norweger im Zimmer nebenan grunzt. Du hörst ihn durch die offenen Dachluken. Mit zittrigen Fingern suchst du nach Operationsnarben und Fäden auf deiner Haut, rund um den Schwanz. Du findest nichts. Nur dein festes Fleisch und dann diese haarige Schlange, garniert mit der Quaste, die erwächst daraus. Gleich wirst du aufwachen oder dich erinnern an die Pilze zum Abendessen. Doch du hattest nur ein Käsebrot und du schläfst nicht. Du bist gestraft mit einem tanzenden Trollschwanz und weißt nicht, warum. Du hast keine Kontrolle über den Schwanz. Er zuckt und peitscht, ohne Verstand. Stärker, wenn du erregt bist, wie in diesem Moment, in dem dir das Blut in den Schläfen pocht, die Gedanken rasen. Um halb neun bist du an der Ruine verabredet. Es ist fast acht. Du riechst deinen schalen Atem, den feuchten Geruch des Schwanzes. Du stopfst ihn in das linke Hosenbein deines Anzugs. Er fällt nicht weiter auf. Du läufst ein paar Schritte. Der Schwanz benimmt sich. Er bleibt ruhig, beult die Hose nicht aus. Du vollführst ein paar Kniebeugen. Die Schweifspitze lugt unten am Saum heraus. Seufzend verstaust du den Fellpuschel erneut im Hosenbein.

Du blickst hinaus auf den See, den tiefsten, schwärzesten, kältesten See Dänemarks. Ein dunkles Nass. Vielleicht ist der Trollschwanz von dort hervorgekrochen und heftete sich an dein Rückgrat? Gestern hast du mit der Unterwasserkamera die Pfosten entdeckt. Gut zweitausend Holzpfähle staken kranzförmig verteilt unter der Wasseroberfläche, unsichtbar. Sie sind älter als die Ruine der Burganlage an Land. Es muss eine weitere, größere Befestigung gegeben haben, vielleicht aus dem frühen Mittelalter. Woher der Trollschwanz stammt, weißt du nicht. Du überlegst, mit einem Arzt zu telefonieren. Doch kein Däne wird dir glauben. Trolle gehören nach Norwegen oder Island, und die Dänen erklären einen schon bei der Verwendung von Naturheilmitteln für verrückt. Du würdest eingesperrt. Vielleicht willst du das selbst? Wahrscheinlich bist du ein Ungeheuer, zu gefährlich für dich selbst? Über wankende Pontons läufst du zu der Zitadelle auf der kleinen Insel. Schafe weiden davor. Bei jedem deiner Schritte auf dem feuchten Gras stieben Mücken hoch, ein flirrender Schleier. Du riechst das Zitronellenöl auf deiner Haut. Die Mücken haben wohl Schnupfen. Sie umschwirren dich. Deine Haut ist zerkratzt, Quaddeln zieren deine Stirn. Hastig atmest du ein. Du vergisst, die Luft wieder abzugeben. Dir brummt der Schädel. Vier Wochen verbringst du hier in einer Kammer unter dem Dach des Herrenhauses. Die Denkmalbehörde hat dich nach Hald bestellt. Du sollst die Ruine unmittelbar neben dem Gut aufmessen, ihre Baugeschichte erkunden, die Instandsetzung planen. Warum sie damit nicht einen dänischen Architekten beauftragten, ist dir schleierhaft. Plötzlich vermutest du magische Kräfte hinter der amtlichen Auftragsvergabe. Du glaubst nicht an Hokuspokus. Du zeichnest technisch, du rechnest, du legst fest. Du hast dir eingeredet, auch die Dänen sähen darin verlässliche deutsche Fähigkeiten. Du glaubst an den Fortschritt. In zehn Jahren wird die Fehmarn-Brücke das deutsche Puttgarden mit Rødby auf Lolland verbinden. In tausend Jahren, vielleicht sogar früher werden nur noch Überreste dieser zwanzig Kilometer langen Brücke stehen. Du stellst dir vor, wie Archäologen und Restauratoren dann an den Steinen kratzen. Menschen wie du werden überlegen, welche Bedeutung die einzelnen Überreste hatten. Vielleicht gibt es zu diesem Zeitpunkt überhaupt keine Menschen mehr? Das erinnert dich an den Schwanz. Er lässt sich nicht verdrängen. Er zappelt kurz, hängt dann wieder. Beim Aufatmen entdeckst du die Frau auf dem Wall. Sie verdeckt die Sonne, ihr Schattenriss glüht. Du beschirmst deine Augen.

Zuerst erkennst du ihre Brille. Die Gläser blitzen. Der Rahmen ist durchsichtig, geformt wie zwei Libellenflügel. Im Halbschatten machst du ihr Gesicht aus. Die Brille passt nicht zu ihr. Sie ist viel zu apart. Ihre Züge wirken streng, dabei entrückt wie auf alten Gemälden. Die fast blonden Brauen, ihre Nase, ihr Mund, sogar ihr karamellfarbener Haaransatz – alles steht fix und gerade in ihrem Gesicht. Ihre Bewegungen aber sind rund. Sie klemmt die Zunge zwischen ihre Lippen, als sie den Steinhaufen auf dem Boden vor sich knipst. Von ihrem Wall aus schaut sie jetzt zu dir hinunter.

Es gibt nur diese Augen.

Sie bilden einen Tunnel zwischen euch. Der See, die Gräser, Himmel, Schnaken, Schafe – alles wirbelt am Rand. Eure Pupillen saugen sich fest aneinander. Ihr fließt zusammen.

Der Trollschwanz schlägt aus. Die Hosennähte ächzen.

Schnell drückst du dich gegen den nächstbesten Busch. Der Tunnel bricht ab.

Die Frau runzelt die Stirn, ruft laut: Are you okay?

Bestens, bestens, sagst du, doch sie kommt näher, und das willst du nicht, solange du nicht weißt, was der Trollschwanz als Nächstes vorhat. Weil du ratlos bist, beginnst du zu husten. Sie läuft schneller, will dir zur Hilfe eilen, den Rücken tätscheln. Du fürchtest, diese Berührung wäre zu viel für den Trollschwanz. Er würde ausflippen, dein Geheimnis verraten. Also steigerst du das Husten zum Würgen, spuckst ins Gras. Mit dem gewünschten Erfolg. Sie stoppt, angewidert, wendet sich ab. Du bist gerettet. Du willst aber nicht gerettet werden. Du willst untergehen mit Haut und Haar. Du stellst dir das schön vor mit ihr. Du musst dich benehmen. Zuerst einmal setzt du dich und schlägst ein Bein über den unter dem Anzugstoff versteckten Trollschwanz. Du hältst ihn im Zaum. Misstrauisch, weil sie den Auswurf weiterer Schleimpfropfen fürchtet, bleibt die Frau etwas entfernt von dir stehen.

Sie sagt, sie warte auf dich.

Du hast es gewusst. Der Trollschwanz kämpft gegen die um ihn geschlungene Kniebeuge. Dein Knie siegt.

Die Frau fährt fort, sie sei Lene, die bestellte Kunsthistorikerin.

Du möchtest wissen: Denkst du dir das aus?

Sie schüttelt stirnrunzelnd den Kopf. Du hast wohl laut gesprochen. Sie zeigt hinaus auf den See und bittet um die Aufnahmen der Pfosten darin. Du hast die Bilder nicht bei dir. Sie sind in deinem Zimmer im Haus.

Möchtest du mitkommen?

Sie will. Aber sie kann nicht. Sie muss zum Bus, ihr Kind sei krank. Später wird sie sich melden, um einen neuen, ausführlicheren Termin zu vereinbaren. Weg ist sie. Deine Magengrube pocht. Der Schwanz schmiegt sich an dein Bein. Du fühlst das Fell. Du musst etwas unternehmen.

Du läufst zurück zu dem Herrenhaus am Ufer des Sees. Früher war es nur ein Nebenhaus. Die Kutscher wohnten hier, direkt neben den Pferdeställen des Guts.

Heute versammeln sich Gruppen in dem umgebauten Gebäude. Bauern, Übersetzer, Möbelverkäufer, Juroren. Jede Branche ist willkommen, solange sie zahlt. Im Moment tagen Unternehmerinnen in dem Haus. Nur ihre schnellen Schritte auf dem Holzfußboden im Obergeschoss hast du bisher gehört, ein paar zwitschernde Rufe. Du stellst dir die Unternehmerinnen in grauen Kostümen und mit strengen Brillen unter mit Haarlack zementierten Hochsteckfrisuren vor. Ihre Luxusansprüche aber scheinen nicht sehr hoch zu sein. Die Zimmer sind klösterlich karg. In den Gemeinschaftsbädern gibt es keine Duschkabinen, nicht einmal einen Vorhang. Lediglich ein Duschkopf hängt an der Decke, in den gekachelten Boden ist ein Abfluss eingelassen. Bei jeder Benutzung setzt du den Raum unter Wasser. Wenn du die Luke öffnest, um die Dampfschwaden zu entlassen, schwirren die Mücken herein und saugen sich fest an deiner feuchten Haut. Fast freust du dich darüber. So begehrt warst du schon lange nicht mehr. Du bist Mitte vierzig, alleinstehend, selbstständig. Ein Self-made-man. Was für ein lächerliches Wort. Ein selbst gebastelter Mann. Du bist immer am Kurbeln, knüpfst Kontakte. Du hältst sie, mal mehr, mal weniger. Was fehlt dir? Es geht dir gut. Du ruderst im Treibsand mit den Armen. Nachts versicherst du dich deines Körpers. Jedes Mal vor dem Einschlafen und manchmal vor dem Bildschirm, allein. Du wiederholst die Worte, die Bilder, die Ausschnitte der fremden, der kopflosen Körper im Kopf. Du feuerst dich an, damit die Unruhe sich steigert, verpufft. Du verströmst dich. Erschöpfst. Die Scharniere des offenen Fensters quietschen. Du schreckst auf, schließt das Fenster, erstickst. Kannst nicht versinken im Schlaf, so stickig ist die Luft. Du döst. Draußen auf dem Flur tappen nackte Füße. Zum Bad? Zu deiner Tür? Sie ist fest verschlossen. Niemand sonst benutzt seinen Schlüssel hier. Das ist dir bereits aufgefallen. Verwaiste Geldbörsen liegen auf den Ablageflächen der großen Industrieküche im Erdgeschoss. Der Vollmond scheint auf das Podest unter dem Fenster. Inge fällt dir ein. Die wilde Inge. Deine dänische Kommilitonin. Wie sie auf dem Tisch tanzt an deinem Geburtstag vor zehn Jahren und dem schüchternen Tiroler Haarmodell ihre nackten Zehen entgegenstreckt, um ihn zum Küssen ihrer Zehen zu nötigen. Sie weidet sich an seiner Scham. Dennoch will sie ihn wirklich. Du weißt es. Du sitzt dabei. Der Tiroler, gerade zurück von etlichen Friseurmessen auf der ganzen Welt, wo er Haar gelassen hat, das anscheinend aber im Handumdrehen nachwuchs, denn sein Schopf ist dicht und die einzelnen Strähnen mehr als fingerlang, der Tiroler ist überfordert von Inge, dem tanzenden Derwisch auf dem Plastiktisch vor ihm. Er weigert sich, ihr die Füße zu küssen. Inge trinkt Wodka mit Maß. Gewissenhaft zählt sie die Schlücke. Auch als sie in die heiße Badewanne in deinem Apartment eintaucht, weiß sie noch immer, wie viele Schlücke sie hatte. Sie trompetet die Zahl, wendet ihren Körper quietschend auf dem Keramikgrund und pustet Schaum in deine Richtung. Sie spielt Seejungfrau im Bad, schlägt mit den Flossen und behauptet, die Typen aus der Freistadt Christiania schlügen der Nixenskultpur in Kopenhagen ständig den Kopf vom Hals, obwohl sie aus Bronze ist und schwer. Du quetschst dich zu Inge in die Wanne. Du hinderst sie nicht, als sie dänisch spricht. Du hinderst dich nicht.

Das ist lange her. Damals warst du nicht geschlagen mit einem Trollschwanz. Dieses Land hat dich verhext. Es ist alles faul im Staate Dänemark. Du weißt nur nicht, wo der Schwindel beginnt. Die Gegend scheint so malerisch. Der Giebel des Herrenhauses steht quer zum See, davor liegt der Park mit den breiten Rasenterrassen. Zwei hohe Baumkegel bewachen die Treppe zum Ufer. Ihre Symmetrie wiederholt sich in den beiden Bootshäuschen neben dem flachen Wasserbassin, und in den weißen Zwillingsbänken, die thronen an den Stufen zum See. Niemand könnte hier rasen und wüten. Niemand einen Trollschwanz entwickeln. Niemand bist du. Vorm Spiegel verrenkst du dir den Hals beim Betrachten deiner Kehrseite. Der Schwanz wedelt. Du seufzt. Das Handy piept. Lene schickte eine Nachricht. Sie kommt am Nachmittag.

Du fragst dich, ob du den Trollschwanz besprechen lassen musst wie eine Warze oder ihn lieber gleich amputieren solltest. Ein schneller Schnitt – narkotisiert, keimfrei. Eins ist klar: Er muss weg. Du kannst jetzt nicht Baupläne ordnen, Grundrisse zeichnen – dir brennt der Leib. Der Trollschwanz tanzt, während du im Internet die Seiten umblätterst. Der Computer steht in der öffentlichen Bibliothek des Herrenhauses auf dem Giebelgang. Sobald sich dort jemand nähert, setzt du dich auf das wilde Ding an deinem Steiß und zerrst den Mantel über deine Beine. Trolle stören. Sie lärmen, stinken, stehlen Kinder und legen ihre Bälger ins Bett. Sie haben dicke Knubbelnasen, lange Schwänze, einige besitzen nur ein Auge. Sie sind als gutmütig, fast einfältig bekannt. Doch wenn sie wütend werden, bebt die Erde. Auch die Märchen über die anderen, die weissagenden, dienstbaren Trolle helfen dir nicht weiter. Du holst dir Einmachgummis aus der Küche. Unter der Hose bindest du dir damit den Trollschwanz ans Bein.

Lene vermutet, die überfluteten Holzpfähle seien uralt, das Wasser habe sie konserviert. Die Zitadelle an Land habe Bischof Jören Friis vor rund fünfhundert Jahren errichten lassen. Die Anlage, auf die die Holzpfähle hinwiesen, müsste demnach älter sein.

Du nickst. Du weißt das alles schon, aber du bewunderst Lenes Gang. Wie sie stramm marschiert und dabei mit den Händen Häuser baut, Balken zeichnet und Kirchen zerstört. Ihr wandert durch die Klamm neben dem Wirtshaus. In der Mitte staut sich brackiges Wasser, umgestürzte Bäume und Laub lagern darin. Etwas unwirklich Türkises zischt knapp über der Oberfläche des Tümpels vorbei. Ein Eisvogel. Eine Krähe kreischt. Unter euren Schritten knacksen kleine Äste, raschelt Laub. Abseits der Klamm wölben sich die Hügel der Dollerup Bakker, löst sich der Wald in karge Heidelandschaft auf. Lene pflückt einen Strauß aus Kamille und Butterblumen. Ein Pony trabt an den elektrischen Zaun seiner Weide heran. Du streckst ihm die leere Hand entgegen und lächelst über das Kitzeln der vergeblich suchenden, weichen Nüstern auf deiner Haut.

Lene rügt, du seiest grausam. Du hättest dem Tier wenigstens Eicheln anbieten können.

Du posaunst unvermittelt, im Mittelalter wären Menschen wie du verbrannt worden.

Lene ist unbeeindruckt. Du musst höher pokern. Den

Trollschwanz kannst du ihr nicht zeigen. Auf ihn spieltest du an.

Fern jeder Vernunft behauptest du, du wärst damals auf das Rad gespannt, in die Eiserne Jungfrau gesperrt oder im Käfig gehalten worden.

Lene erkundigt sich arglos nach dem Grund für diese Folter.

Darauf hast du gewartet, doch du weißt trotzdem nicht, was du entgegnen sollst. Du druckst herum, stocherst mit einem Ast im trockenen Laub, schnippst schließlich mit den Fingern und singst: For he's a jolly good fellow. / For he's a jolly good fellow. / For he's a jolly good fellow! / Which nobody can deny. Lene schüttelt den Kopf. Sie schaut hinauf in die Wipfel der Bäume. Du schweigst. Du hast dir selbst den Weg verbaut. Ihre schlenkernde Hand zu ergreifen, ist jetzt unmöglich geworden. Du gibst an mit etwas, das du versteckst. Was hast du gelernt in all den Jahren? Weißt du nicht viel zu viel?

Lene lenkt das Gespräch erneut auf die Ruine. Du gähnst. Ihr lebt nicht in derselben Welt. Lene möchte einen reibungslosen Arbeitsablauf. Sie möchte planen, arbeiten, regeln. Eigentlich magst du deinen Beruf und die Gebäude, mit denen er dich in Berührung bringt. Es gefällt dir, herauszufinden, welchem Zweck die alten Steine dienten. Du stapfst gern in zerfallenen Häusern mit wolldicken Spinnweben herum und fragst dich, wo die Feuerstelle war.

Doch auf einmal findest du, alles solle verrotten. Die Ruine solle im Sumpf versinken, das Herrenhaus auch.

Du kickst einen Stein vom Weg in die Tiefe hinab. Er

kullert übers Holz. Ein Eichhörnchen flüchtet einen Stamm hinauf.

Lene mahnt, du solltest dich beruhigen.

Du willst dich nicht beruhigen. Deine Wut erregt ihre Aufmerksamkeit. Du polterst weiter, schimpfst. Die Behörde sei ein Misthaufen, der Job schlecht bezahlt, die Anweisungen lückenhaft und viel zu kurzfristig erteilt. Ihr solltet klagen.

Lene hat sicher vier Kinder zu Hause, dazu einen gutaussehenden, sanften dänischen Mann mit hohen Wangenknochen und blassblauen Augen, der liebend gern den Müll runterträgt, die Fahrräder der Kinder flickt und Lene nachts in seinen schlanken sehnigen Armen hält.

Lene pustet mit geschlossenen Augen Löwenzahnsamen über die Wiese, als höre sie nichts von deiner Meuterei. Sicher denkt sie an ihn, den lieben Hünen, der keinen Ärger macht. Der verständnisvoll nickt, nie seine Stimme erhebt und trotzdem lacht. Glucksend und gutmütig. Du überlegst, dich den Abhang hinunterzukullern wie der Stein, den du gerade weggeschossen hast. Versuchsweise trittst du mit einem Fuß vom Weg und fühlst wie nah das Stolpern ist. Du wirst Lene nicht mehr belästigen. Du wirst deine Aufgabe erledigen. Den Trollschwanz verstecken, brav sein. Den Lohn dafür malst du dir aus. Er heißt nicht Seelenfrieden. Der Trollschwanz, der sich vorher beim Laufen ruhig verhielt, drängt plötzlich wieder gegen den Stoff deiner Hose. Es ist dir egal. Lene schreitet voran. Sie kann dich nicht sehen. Der Trollschwanz kämpft. Er klopft unten an deine Fesseln. Die Einmachgummis stauen das Blut. Du schüttelst das Bein. Das verbessert die Lage nicht.

Ein Gummi platzt, reißt einfach unter dem Druck und dann das nächste. Schnalzend springen sie von deiner Haut.

Der Trollschwanz bäumt sich auf.

Lene schaut irritiert.

Du stöhnst und murmelst etwas über Krämpfe, während du vorgibst, dein Bein zu massieren und dabei mit den Händen den Trollschwanz zu bändigen versuchst.

Lene sagt etwas.

Du verstehst: Hinsetzen! und plumpst auf einen Baumstumpf. Sie kniet zu deinen Füßen. Das ist gefährlich. Der Trollschwanz lugt schon wieder unten am Saum heraus.

Lene fragt, was ist los?

Du denkst: Du gefällst mir, und ich möchte, dass ich dir auch gefalle, aber wenn das nicht so ist, dann möchte ich, dass du dich gleich und sofort in Luft auflöst. Dass du nie gewesen bist.

Lene lächelt. Du ziehst deine Mundwinkel hoch, während du dir vorstellst, wie Lene verpufft. Den Trollschwanz regt das auf.

Schnell erinnerst du dich innerlich an die Zutatenliste für Vanillekipferl. Mehl, gemahlene Mandeln, Zucker, Butter, eine Prise Salz. Das hilft.

Gelangweilt sinkt der Trollschwanz herab.

Doch Lene, die auf dem engen Weg voranschritt, dreht sich plötzlich um. Du windest dich unter ihrem Blick, dann gibst du ihn zurück.

Sie blickt dir gerade in die Augen, und wieder dreht sich der Wald um euch, rotiert wie ein Karussell. Nur ihr seid still und leise, und auch der Trollschwanz verharrt in Andacht, und du weißt, dieser Augenblick endet nicht. Der dauert und bleibt.

Auf einmal scharen sich Schafe um euch. Ein dichter Pulk. Sie drängen ihre wolligen Körper, dicht an dicht, rücken nah heran, ihr seid eine Herde. Die türkisen Schatten zweier Eisvögel stürzen knapp über den Bach in der Tiefe hinweg, die Baumkronen ächzen, Blüten öffnen sich in Windeseile, im nächsten Moment sind sie verblüht, kleine Staubpartikel wirbeln, tanzen im Licht. Die Sonnenstrahlen fallen fleckig durch das Dach aus Laub, Hirschkäfer bedecken eure Füße. Walderdbeeren verschmieren auf eurer Haut. Ihr wälzt euch im Laub. Der Stoff eurer Kleider schmilzt, löst sich auf wie Rauch.

Plötzlich hält Lene inne, sie stutzt. Du erstarrst. Sie umgreift den Trollschwanz wie eine Puppe, schaut ihn an, scheint mit ihm sprechen zu wollen. Die Quaste winkt erst und neigt sich dann in ihre Richtung. Lene schnüffelt daran.

Hmmm ... nasse Ahornrinde, bemerkt sie.

Deine Lider klaffen weit. Du weißt nicht, was dir peinlicher ist – der Trollschwanz, oder dass du nicht seine Duftnote kennst. Du greifst nach Lene, willst sie an dich ziehen und durch diese Nähe das Aussehen deines Leibs vergessen machen, jeden Zweifel aus ihr reiben. Doch als du sie umfasst, streifst du etwas Haariges, Borstiges. Deine Bewegung stockt. Lene merkt es. Sie wendet sich stumm, rollt sich auf den Bauch. Und da, endlich, beim Anblick ihres nackten Rückens erlischt dein Zweifel. Eure Trollschwänze verflechten sich.

HANS-ULRICH TREICHEL

Dänemark war überwältigend

Gleich nach dem Abitur war Thomas nach Jugoslawien, genauer: auf die Halbinsel Istrien gereist, um von dort aus weiter nach Krk und Rab zu fahren. Allein, mit einem Einmannzelt und zwei Taschenbüchern von Albert Camus im Rucksack: *Der Fremde* und *Heimkehr nach Tipasa*. Es schien ihm die passende Lektüre für jemanden, der sich vorgenommen hatte, allein zu reisen, ohne Eltern, ohne Freunde oder Mitschüler. Er war noch nie allein gereist, und es war geradezu eine Mutprobe für ihn. Eine Probe darauf, ob er überhaupt die Fähigkeit hatte, mit sich allein zurechtzukommen. Und sich dabei gut zu fühlen.

Im Zug waren vor allem jugoslawische Gastarbeiter sowie Schüler und Studenten, die mit Interrail reisten. Die Gastarbeiter fielen nicht weiter auf: erschöpfte, unrasierte Männer, die vor sich hin dösten. Nur die Schüler und Studenten lärmten herum, spielten Karten oder machten Musik. Was Thomas aber nicht sonderlich störte. Oder nur ein wenig. Er hätte, wenn er ehrlich war, auch gern Karten gespielt.

Schlimmer waren die verliebten Pärchen. Auch im Abteil neben ihm saßen zwei Verliebte. Der Junge war einer von diesen sportlichen Typen mit weißen Hosen und Polohemd, die er schon auf dem Gymnasium gehasst hatte. Sobald sie den Führerschein besaßen, kamen sie mit einem Cabrio zur Schule gefahren und gingen nach dem Abitur mit der Klassenschönsten auf Reisen. Nach Frankreich und Italien. Oder auch nach Jugoslawien. Nach Krk. Oder Rab. Hier war es ebenso warm wie am Mittelmeer, kostete aber nur halb soviel.

Der Schönling im Nachbarabteil reiste zusammen mit einer Blonden, die ausgefranste Jeans und ein weißes Herrenhemd trug. Und nichts darunter. Das hatte Thomas schon beim ersten Hinsehen bemerkt, obwohl er gar nicht so genau hatte hinsehen wollen. Aber so war es nun mal. Er wollte an Camus oder Sartre oder sonst etwas Höherstehendes denken, und stattdessen sah er ein blondes Mädchen in einem weißen Herrenhemd, durch das zwei Brustwarzen schimmerten.

Die beiden saßen allein in ihrem Abteil. Thomas teilte sich seines mit fünf Jugoslawen, die eine Elendsmenge an Gepäck, Koffern, Taschen, Tüten und Kartons bei sich hatten. Zum Glück saß er an der Tür und konnte sich die Beine auf dem Gang vertreten. Und das Pärchen im Vorbeigehen beobachten, das eng umschlungen mit dem Austausch von Zärtlichkeiten beschäftigt war. Als er das erste Mal an ihnen vorbei und in Richtung Toilette ging, rückten sie erschrocken ein wenig auseinander. Beim zweiten Mal konnte er sehen, wie sie förmlich aufeinanderhockten und der Junge seine Hand unter das Hemd des Mädchens geschoben hatte. Diesmal rückten sie nicht auseinander, obwohl Thomas sehr langsam an ihnen vorbeigegangen war und die Augen nicht von ihnen abgewandt hatte. Sollten sie ruhig sehen, dass er sie anstarrte. Thomas ärgerte sich über die Nötigung, mit niedergeschlagenen Augen an ihrem Abteil vorbeigehen zu müssen. Er schlug die Augen nicht nieder. Er gaffte hinein. Er starrte auf das Pärchen. Er sah, dass die zweite Hand des Jungen ebenfalls unter dem Hemd des Mädchens verschwunden war und sich mit ihren Brüsten zu beschäftigen schien.

Thomas setzte sich wieder in sein Abteil, wo die Jugoslawen aus dem Dämmerschlaf erwacht waren und ihren Reiseproviant ausgepackt hatten. Schließlich ging er ein weiteres Mal zur Toilette. Niemand konnte ihm verbieten, zur Toilette zu gehen. Dass er dabei am Nachbarabteil vorbeigehen musste, war nicht seine Schuld. Also tat er es. Also ging er daran vorbei. Und musste feststellen, dass die beiden inzwischen die Vorhänge zugezogen hatten, obwohl es noch vier freie Plätze in dem Abteil gab. Er hätte am liebsten vier Jugoslawen in das Abteil geschickt. Aber er hatte nicht die Macht, vier Jugoslawen irgendwohin zu schicken. Er fühlte nur, wie eine Wut in ihm aufstieg, die er auch früher schon des Öfteren gespürt hatte und aus Regionen seines Inneren aufstieg, die ihm verschlossen waren und die ihn manchmal dazu brachte, sich wie ein Amokläufer kurz vor der Tat zu fühlen.

Aber er war kein Amokläufer, wollte auch keiner sein. Er wollte nur in Ruhe in Urlaub fahren und das tun, was man Zu-sich-selbst-Kommen nannte. Jetzt war er alles andere als bei sich selbst. Bei Camus konnte er lesen, wie ein Mann einen anderen ohne Not erschoss. Er hätte jetzt auch nach nebenan gehen und den Schnösel erschießen können. Ein Loch ins gelbe Polohemd schießen. Bei Camus nannte sich solch eine Tat *Acte gratuit*. So stand es zumindest im Nachwort, das er gleich als Erstes gelesen hatte.

Wie übersetzte man das? Französisch war nicht seine Stärke. Als er in der zehnten Klasse wegen mangelhafter Leistungen in Französisch und Latein sitzengeblieben war, hatte er die Möglichkeit gehabt, in einem der Fächer eine Nachprüfung zu machen. Er entschied sich für Französisch. Die letzte Prüfungsfrage war die nach dem Adverb von *bon*. Er hatte es nicht gewusst. Oder besser: Es war ihm nicht eingefallen. Die Antwort war so naheliegend, dass sie ihm nicht eingefallen war. Die Frage war eine Fangfrage gewesen. Die Lehrer hatten ihn mit der leichtesten aller Fragen reingelegt – mit dem Ergebnis, dass er die zehnte Klasse wiederholen musste. Danach hatte er monatelang unter einer Art Zwangsdenken gelitten: *Bien, bien, bien*, sagte eine Stimme in seinem Kopf, *bien, bien, bien*. Dutzende Mal. Hunderte Mal. Ganze Schulstunden lang. Oder auch abends im Bett. Damals war er auch nicht zu sich selbst gekommen. Er war sein ganzes Leben lang noch nicht zu sich selbst gekommen. Nun reiste er nach Jugoslawien und litt unter einem Liebespaar im Nachbarabteil. Dabei wollte er nichts als seine Ruhe haben. Reisen, lesen und über sein Leben nachdenken. Am Strand von Krk aufs Wasser schauen. Die Sonne untergehen lassen.

Doch bis Krk hatte er es gar nicht mehr geschafft. Nachdem sie in Rijeka angekommen waren, ist er erst einmal übermüdet und verschwitzt auf die Bahnhofstoilette gegangen, um sich zu waschen. Der Waschraum war überfüllt, es herrschte ein enormes Gedränge, und er musste vor einem der Waschbecken regelrecht anstehen. Als das Becken frei war, stellte er seinen Rucksack ab und hielt den Kopf unter den Wasserhahn. Das kalte Wasser tat ihm gut. Er atmete tief und gleichmäßig und ließ das Wasser minutenlang über seine erhitzte Schädeldecke laufen. Als er den Wasserhahn zudrehte und mit noch geschlossenen Augen nach seinem Rucksack unter dem Waschbecken tastete, um ein Handtuch herauszunehmen, das er dort ganz zuoberst verstaut hatte, griff er ins Leere.

Der Rucksack war nicht mehr da. Er wusste schon in dem Sekundenbruchteil, als seine Hand vergeblich nach dem Rucksack tastete, dass er gestohlen war. Einschließlich des Einmannzeltes. Zum Glück hatte er seine Papiere und sein Geld in einem Brustbeutel verstaut gehabt und diesen während seiner Kopfdusche zwar abgenommen, aber in den vorderen Hosenbund gesteckt. Und er wusste zugleich, dass es sinnlos war, nach dem Dieb zu suchen oder zur Polizei zu gehen. Er brauchte nicht einmal eine Minute, um die Entscheidung zu fällen, zurück nach Deutschland zu fahren. Mit dem nächsten Zug. Der Urlaub war ohnehin verdorben. Er war ihm schon während der Fahrt verdorben worden. Ein wenig war er sogar erleichtert, als er bald darauf wieder im Zug Richtung Deutschland saß und nicht mutterseelenallein nach Krk und Rab fahren musste.

Trotzdem hatte er seinen Reiseabbruch als Niederlage empfunden und sich zwei Jahre später erneut allein auf den Weg gemacht. Nun nicht mehr als Abiturient, sondern als Psychologiestudent nach bestandenem Vordiplom. Ein Kommilitone hatte ihm von Dänemark vorgeschwärmt. Er sei schon mehrere Male dort gewesen. Das Licht, die Landschaft, das Meer, der Wind. Und die Mädchen natürlich, die einen nicht gleich hochmütig abblitzen ließen, wenn man sie ansprach. Der Freund empfahl ihm, zuerst Kopenhagen zu besuchen und dann ein paar Tage am Meer zu verbringen.

Er war dem Rat des Freundes gefolgt und mit dem Zug nach Kopenhagen gefahren, um sich die Stadt anzuschauen – und dann weiter nach Marielyst zu fahren, einen Ferienort auf der Insel Falster. Er reiste wieder mit Rucksack, aber nicht mit Einmannzelt. Und ohne Camus. Stattdessen hatte er ein Buch dabei, das zur Zeit alle Welt las und *Haben oder Sein* hieß. »Selbstfindungskitsch« hatte er gedacht, als ihm jemand von dem Buch erzählte. Zwei Tage später hatte er es sich gekauft.

In Kopenhagen war er wegen der erschwinglicheren Zimmerpreise in einem sogenannten Missionshotel abgestiegen. Dort übernachteten vor allem Seeleute, die auf ihr Schiff oder einen neuen Job warteten. Es war eine Herberge für einsame Reisende – und zum Trost lag auf dem Nachttisch nicht nur eine Bibel, sondern ein ganzer Stapel religiöser Erbauungsschriften. Die brauchte er nicht, er hatte ja *Haben oder Sein* und außerdem einen Polyglott-Reiseführer, der ihm bei den Stadtbesichtigungen durchaus nützlich war.

Am meisten hatte er sich auf Christiania gefreut, die Hippiestadt. Die hob er sich bis zum Schluss auf, nachdem er Kopenhagen in alle Richtungen durchwandert hatte. Doch er fühlte sich nicht willkommen in Christiania, die Menschen dort ignorierten ihn, die Hippies zeigten ihm die kalte Schulter. Selbst die Hunde und Katzen, von denen es ziemlich viele in Christiania gab, gingen ihm aus dem Weg. Vielleicht hatte er sich falsche Vorstellungen gemacht. Vielleicht hatte er gedacht, er brauche nur das Viertel zu betreten und würde gleich in eine fröhliche Hippierunde aufgenommen werden.

Aber er war kein Kandidat für Christiania, er war ein deutscher Tourist mit Polyglott-Reiseführer. Die Hippies schienen das zu wittern, auch wenn er nicht mit dem Reiseführer oder einem Fotoapparat in der Hand herumlief. Einmal allerdings war ein sandfarbener Hund, der vor einem gelb und blau angestrichenen Holzhaus lag, das mehr einem gestrandeten Schiff als einem Haus ähnelte, aufgesprungen und mit wedelndem Schwanz auf ihn zugelaufen. Als hätte der Hund auf ihn gewartet. Als würde Hippie-Herrchen nach Hause kommen. Thomas war gerührt. So ein Hund brauchte nur mit dem Schwanz zu wedeln, und gleich waren seine Einsamkeitsgefühle gelindert.

Die beiderseitige Freude währte allerdings nur kurz. Während Thomas dem Hund, der sich vor lauter Freude im Staub wälzte, den Bauch kraulte, erschien seine Besitzerin vor dem Haus und rief den Hund im Befehlston zu sich. Gar nicht hippiehaft. Der Hund, der eine Hündin war und offenbar Fee hieß, sprang sofort auf. Noch einmal ertönte ein kommandohaftes »Fee«, und der Hund wendete sich schuldbewusst von Thomas ab und trottete mit eingezogenem Schwanz zurück zu seiner Besitzerin.

Thomas hatte bis jetzt nur die Stimme der Frau gehört. Nun sah er auf und erblickte eine Art Hippiekönigin: So groß, so bunt gekleidet, mit so vielen Perlen und Silber geschmückt und so rothaarig war die Frau. Und eine mütterliche Schönheit obendrein. Thomas wäre am liebsten auf allen vieren dem Hund gefolgt, um sich zu Füßen der Frau niederzulassen. Das war zumindest der eine Impuls, den er in sich spürte: ein Leben lang im Schoß der großen Mutter von Christiania ruhen. Und ab und zu mit Fee spielen, wenn die Mutter es denn erlaubte. Der zweite Impuls war eher von panikartiger Natur: Nichts wie weg. Bloß raus aus der Hippiestadt.

Thomas gab dem zweiten Impuls nach. Nicht ohne Fee einen letzten wehmütigen Blick zuzuwerfen, machte er sich auf den Rückweg in die Stadt. Die Sonne ging ohnehin gerade unter, der Himmel über dem Øresund verfärbte sich, und er hatte Durst auf ein Bier. Auf der Suche nach einer passenden Kneipe ging er durch die Altstadt, in der mehr Touristen als Einheimische unterwegs waren. Er verließ die Altstadt, er hatte keine Lust auf eine Touristenkneipe, er wollte eine Kneipe, in der die Einheimischen ihr abendliches Bier tranken. Solch eine Kneipe gab es anscheinend nicht, er fand zumindest keine, vielleicht war er auch in der falschen Gegend gelandet.

Das Viertel, durch das er jetzt ging, schien ein reines Wohngebiet zu sein. Er sah kleine, gepflegte Häuser mit ebensolchen Gärten und Veranden. Aus einem der Häuser, das allerdings keinen Garten, sondern einen geklinkerten Vorbau hatte, ertönte Musik. Ein Messingschild an der dunkelgrünen Holztür trug die Aufschrift »Club 12«. Der Musik nach musste es sich um einen Jazzclub handeln. Thomas hörte Saxophonmusik. Dann sah er, dass die Tür nur angelehnt war.

Was konnte ihm schon passieren? Er betrat den Club beziehungsweise einen Vorraum mit einer Garderobe. Niemand war zu sehen. Er folgte der Musik in einen weiteren halbdunklen Raum, an dessen Ende ein Podium war, auf dem ein Musiker stand und Saxophon spielte. Der Musiker war allein, obwohl auch ein Schlagzeug und ein Klavier auf dem Podium standen. Thomas lauschte der Musik. Er war kein Jazz-Kenner, aber ein paar Standards kannte er schon. *Misty* zum Beispiel oder *They say that falling in love is wonderful.* Letzteres mochte er besonders. Die Stücke waren auf einer Lionel-Hampton-Platte, eine der wenigen Jazzplatten, die er überhaupt besaß. Aber es war nicht *Misty* und auch nicht *They say that falling in love is wonderful*, was der Mann dort oben auf dem Podium spielte. Vielleicht improvisierte er auch nur. Thomas wusste es nicht. Aber es hörte sich professionell an. Wie auf einer Schallplatte. Es fehlte nur die Begleitung. Wo waren Schlagzeuger und Pianist?

Thomas spürte einen Lufthauch hinter sich, und in dem Moment, als er sich zur Tür umdrehen wollte, legte sich eine Hand auf seine Schulter und drückte fest zu. So fest, dass es zu schmerzen begann. Seine Schulter war im Polizeigriff. Seine Schulter wurde verhaftet. Thomas drehte sich um und sah in das gerötete Gesicht eines Mannes, der einen Kopf größer war als er und der ihn auf Dänisch ansprach. Thomas konnte sich denken, was der Mann wissen wollte, und sagte auf Deutsch: »Die Tür stand offen. Tolle Musik.«

Das genügte offenbar, um den Polizeigriff zu lockern. Schließlich ließ der Mann ganz von ihm ab, wies mit dem Kopf in Richtung des Musikers und sagte: »Dexter Gordon«. Mehr sagte er nicht. Dann machte er ein Gesicht, als seien damit alle Fragen dieser Welt beantwortet und als könne die Menschheit von nun an auf jeden weiteren Gebrauch der Sprache verzichten. Insofern war es nur konsequent, dass er sich eine Zigarette ansteckte und Thomas auch eine anbot, die er bereitwillig annahm. Rauchend hörten sie dem Musiker zu, der noch ein wenig weiterspielte, keine ganzen Stücke, sondern irgendwelche Tonfolgen, die er immer wiederholte, dann das Instrument auf einen Ständer stellte und das Podium verließ. Er ging direkt auf den Ausgang beziehungsweise auf den Mann und Thomas zu und sagte »Hi«. Der Mann erwiderte den Gruß, Thomas sagte erst einmal nichts, besann sich aber eines Besseren und rief dem Musiker ebenfalls ein »Hi« nach, der aber schon durch die Tür verschwunden war. Dann sagte der Mann, er habe zu tun, schmiss Thomas aber keineswegs aus dem Lokal, wie er es eigentlich erwartet hatte, sondern ging in den Vorraum und kam mit einem Buch zurück, das er bereits aufgeschlagen in der Hand hielt.

Er reichte Thomas das Buch, bei dem es sich um ein Jazz-Lexikon in englischer Sprache handelte. Der aufgeschlagene und mit einem Porträtfoto versehene Artikel war dem Mann gewidmet, dem Thomas gerade ein »Hi« nachgerufen hatte: Dexter Gordon, ein Tenorsaxophonist, der dem Lexikonartikel zufolge mit Leuten wie Lionel Hampton oder Louis Armstrong zusammengespielt hatte. Thomas war beeindruckt. Er hätte dem Mann gern ein Kompliment gemacht. Er hätte ihm gern dazu gratuliert, dass ein so berühmter Musiker in seinem Club auftrat. Falls es überhaupt sein Club war. Aber der Mann war verschwunden. Er hatte Thomas hier allein gelassen, was für Thomas ein Beweis dafür war, welch harmlosen Eindruck er anscheinend auf manche Leute machte.

Thomas trug das aufgeschlagene Lexikon mit beiden Händen in den Vorraum und legte es auf dem Tresen der Garderobe ab. Nachdem er den Club verlassen hatte und Richtung Missionshotel ging, versuchte er sich an die Tonfolgen zu erinnern, die der Musiker gespielt hatte. Er erinnerte sich nicht, stattdessen begann die Melodie von *The shadow of your smile* in seinem Kopf zu kreisen. Obwohl ihm der Song nie besonders gefallen hatte, drehte er sich des Öfteren in seinem Kopf. Er musste sich unbedingt eine Platte von Dexter Gordon besorgen, vielleicht noch in Kopenhagen.

Er war dann ohne Platte nach Marielyst weitergereist. Die Platte konnte er auch in Berlin kaufen. Und was war schon eine Platte gegen das, was er erlebt hatte. Er hatte dem Mann zwar nur ein »Hi« nachgerufen, aber in seiner Erinnerung verwandelte sich die Episode in eine sehr persönliche Begegnung mit Dexter Gordon. Und er sich selbst in einen Dexter-Gordon-Kenner, der nun in Marielyst in einer Zimmervermittlung stand und sich ein kleines Ferienhaus vermieten ließ, das besonders billig war, weil es eine Belegungslücke gab. Das Haus war nur für drei Tage zu mieten, was Thomas recht war. Falls er länger in Marielyst bleiben sollte, würde er sich eben irgendwo ein Zimmer suchen.

Das Haus stand am Rande eines kleineren Waldes in Strandnähe. Er brauchte nur durch das Wäldchen zu gehen, dann einen von blühenden Rosenbüschen bestandenen Weg entlang, bis er einen Pfad erreichte, der durch die Dünen ans Meer führte. Schon als er das Haus betreten und sich einen Moment ausgeruht hatte, wusste er, dass er es besser nicht hätte treffen können. Er lag auf dem Bett und hörte das Meer rauschen, durch das Fenster sah er ein Stück des sonnenblauen Himmels, und wenn er sich konzentrierte, dann konnte er die Schreie der Schwalben hören, die den Himmel durchkreuzten. Als er am Nachmittag zum Strand ging, jagten die Schwalben im Tiefflug über den Weg zwischen Wäldchen und Dünen und manchmal so dicht über seinen Kopf hinweg, dass er ihn unwillkürlich einzog.

Der Strand war nicht sehr belebt. Er suchte sich einen Platz am Rand einer Düne und schaute auf das Meer und die Badenden, die im Gegenlicht der langsam untergehenden Sonne nur noch schwer zu erkennen waren, steckte sich eine Zigarette an und ließ den Rauch in den Himmel steigen. Die ersten Badenden verließen bereits den Strand. Und andere kamen erst jetzt. Möglicherweise Einheimische, die nach Feierabend schwimmen gingen. Zumal die Stimmung jetzt am schönsten war, wenn das Meer sich erst rötlich und dann goldfarben verfärbte. Thomas war beinahe glücklich. Keine nervöse Unruhe trieb ihn fort, kein Einsamkeitsgefühl nagte an ihm. Er rauchte, blickte auf das Meer und war für ein paar Minuten der gelassene und in sich ruhende Mensch, der er so gern sein wollte.

Sein Glück währte bis zu dem Moment, als drei Personen durch die Düne kamen und sich ganz in seiner Nähe niederließen. Es waren zwei ungefähr zwölfjährige Jungen und eine Frau, die zu jung war, um die Mutter der beiden zu sein. Vielleicht war sie die ältere Schwester, die ihre Brüder an den Strand begleitete. Während die Jungen sich umkleideten und sogleich ins Wasser gingen, setzte sich die Frau auf die mitgebrachte Decke und zündete sich eine Zigarette an. Sie rauchte mit geschlossenen Augen, die Arme um die angezogenen Knie gelegt, und Thomas konnte sie in aller Ruhe betrachten.

Sie war ebenfalls blond, wie das Mädchen damals im Nebenabteil, aber sie hatte das Haar hinten zusammengebunden und auch keine Jeans an, sondern nur eine Art Tuch um die Hüfte gebunden und darüber ein Bikinioberteil. Sie war zum Glück keine Hippiemutter, vor der man sich fürchten musste. Dazu schien sie zu zart, obgleich Thomas sofort ihre trainierten Waden und der flache Bauch aufgefallen waren, als sie sich auf die Decke gesetzt hatte. Vielleicht war sie Tänzerin. Tänzerin des Königlich Dänischen Balletts, dessen Plakate in Kopenhagen überall zu sehen gewesen waren. Auch Balletttänzerinnen rauchten. Sie waren geradezu bekannt dafür. Es gab kettenrauchende Balletttänzerinnen. Vielleicht aber war die Frau auch nur eine ganz normale junge dänische Frau, von der Thomas trotzdem oder gerade deshalb kaum seinen Blick lassen konnte.

Irgendwann kamen die beiden Jungen zurück. Sie waren im Wasser gewesen und zogen sich nun ohne Umstände ihre nassen Badehosen aus, trockneten sich ab und legten sich völlig nackt in den noch warmen Sand. Die Frau kümmerte sich nicht weiter um die beiden, sondern nahm ihr Hüfttuch ab, darunter trug sie ein Bikinihöschen, und ging nun, nach einem letzten Zug an der Zigarette, ebenfalls hinunter zum Meer und ins Wasser. Thomas schaute ihr nach und sah, dass sie noch im Sand einen federnden Gang hatte. Dann war sie verschwunden, Thomas konnte sie aus der Entfernung weder am Strand noch im Wasser ausmachen. Er beobachtete eine Zeit lang die beiden Jungen, die sich ein paarmal im Sand hin und her gewälzt hatten und nun, nackt wie sie waren, in den Dünen verschwanden.

Thomas gab es auf, weiter nach der Frau zu spähen, er streckte sich auf seinem Handtuch aus, schloss die Augen, lauschte den Möwen und dem sanften Wind, der vom Meer herüberwehte, schlief irgendwann ein und träumte von einer jungen dänischen Frau, die genauso aussah wie die Frau, die gerade mit federndem Gang über den Sand und zum Wasser gegangen war. Er ging ihr nach, und je näher sie ans Wasser kam, umso mehr zog sich das Wasser zurück, sodass sie weiter und weiter ging und er ihr weiter und weiter folgte.

Als er wieder erwachte, wusste er nicht, wie lange er geschlafen hatte. Es hätten Stunden sein können, aber vielleicht war es auch nur ein Sekundenschlaf gewesen. Auf jeden Fall glaubte er sich daran zu erinnern, dass ihn im Schlaf ein Schatten gestreift hatte. Jetzt, als er die Augen öffnete, bildete er sich ein, dass es ihr Schatten gewesen war. Die Frau stand tropfnass und splitternackt neben der Decke und blickte in Richtung Dünen. Offenbar hielt sie Ausschau nach den Jungen. Irgendwann hob sie den rechten Arm und winkte. Vielleicht hatten sich die beiden gezeigt. Sie schien jedenfalls beruhigt, griff nach einem Handtuch und trocknete sich in aller Seelenruhe ab. Und zwar von unten nach oben, was Thomas ungewöhnlich fand. Erst die Füße, Zehe für Zehe, und dann alles andere bis zu den Haaren.

Thomas lag weiter in seiner schlafähnlichen Stellung und sah der Frau mit blinzelnden Augen und möglichst unauffällig zu. Sie aber schien sich gar nicht um ihn zu kümmern. Vielleicht war es ihr egal, ob er sie beobachtete oder nicht. Vielleicht gefiel es ihr sogar, dass sie jemandem eine Einführungsstunde in die weibliche Anatomie erteilen konnte. In die Anatomie einer jungen Dänin, die sich in aller Ruhe und mit äußerster Sorgfalt den Körper abtrocknete. Thomas war überwältigt. Dänemark war überwältigend.

Die Frau zog sich noch immer nicht an, sondern warf das Handtuch auf die Decke und begann in ihrer Tasche zu kramen. Sie holte eine Zigarettenpackung aus der Tasche, nahm eine Zigarette heraus, steckte sie sich in den Mund und suchte ihr Feuerzeug. Sie fand es nicht. Sie drehte sich um und blickte zu den Dünen, als ob sie die beiden Jungen in Verdacht hatte, das Feuerzeug mitgenommen zu haben. Doch von den Jungen war nichts zu sehen. Dann blickte sie zu Thomas, sie blickte direkt in seine blinzelnden Augen. Sie sah, dass er sie beobachtete. Er konnte sich nun nicht mehr verstellen, sondern richtete sich ein wenig auf und schaute sie an. Sie nahm die Zigarette aus dem Mund und ging auf ihn zu. Vollkommen nackt und nur mit einer Zigarette in der Hand ging sie auf ihn zu. Und noch ehe er sich gänzlich aufrichten konnte, stand sie vor ihm und fragte nach Feuer.

Er sah ihre Füße, ihre Knie, ihre Oberschenkel, und auch das gekräuselte Haar ihrer Scham sah er, es schimmerte rotblond vor seinen Augen. Es schien ihr nichts auszumachen, sie schien es nicht einmal zu bemerken. Sie musste eines dieser skandinavischen Naturkinder sein. Ein rauchendes Naturkind. Thomas suchte auf einen Ellenbogen gestützt nach seinem Feuerzeug. Schließlich fand er es und reichte es ihr. Sie zündete sich ihre Zigarette an, während er weiter auf ihre Scham starrte. Dann gab sie ihm das Feuerzeug zurück, bedankte sich mit einem »Tak«, lächelte ihn ein paar Sekunden länger an, als es gut für ihn war, und ging zurück zu ihrem Platz, wo gerade auch die beiden Jungen eintrafen, die merkwürdigerweise nicht mehr nackt, sondern mit ihren Badehosen bekleidet waren. Sie wickelte sich ihr Hüfttuch um, sagte irgendetwas zu den

Jungen, setzte sich auf die Decke, rauchte die Zigarette zu Ende, bohrte die Kippe in den Sand und zog sich dann ihr Bikinioberteil an. Jetzt erhob sich auch Thomas. Er raffte seine Sachen zusammen, ohne sich noch einmal nach der Frau und den Jungen umzudrehen. Er war in Dänemark gewesen. Er war im Paradies gewesen. Das Paradies lag gleich neben der Hölle. Thomas hatte plötzlich Kopfschmerzen. Und sein Herz schlug wie wild. Er wollte so schnell wie möglich zurück nach Berlin.

Nach einer unruhigen, aber traumlosen Nacht packte er seine Sachen zusammen. Den Polyglott-Reiseführer ließ er im Haus. Der konnte noch jemandem nützlich sein. Erich Fromms *Haben oder Sein* warf er in den Papierkorb, obwohl er das Buch noch nicht mal angelesen hatte. Auf dem Weg zum Bahnhof begann wieder die Melodie von *The shadow of your smile* in seinem Kopf zu kreisen. Er mochte die Melodie nicht. Vielleicht hasste er sie sogar. Und er musste alle Kraft zusammennehmen, um sie nicht laut vor sich hin zu summen.

MAREIKE KRÜGEL

Kleiner Eingriff

Das Zelt hatte nachts an den Nähten nicht ganz dicht gehalten, aber damit musste man rechnen. Jetzt schien die Sonne, ich kroch aus dem Zelt und streckte mich, alles war taufrisch und irgendwie ein bisschen wie bei Astrid Lindgren, jedenfalls wenn man in die eine Richtung guckte, ins Gebüsch, und dabei vergaß, dass man Wohnwagen und Zelte im Rücken hatte. Ich trug einen sehr keuschen Schlafanzug, mit dem ich nicht nur nachts nicht frieren würde, sondern notfalls auch jederzeit quer über den Platz zur Toilette gehen konnte.

Als Erstes hatte ich vor, mir ein Café zu suchen, um ein nettes Frühstück einzunehmen. Später konnte ich dann einkaufen, die Gegend erkunden, vielleicht am Strand liegen. In den kommenden Tagen würde ich mir dann nach und nach die Umgebung erwandern, lange einsame Spaziergänge, Picknick am Wegesrand und ganz viel Schonensommer, und am Ende würde ich braungebrannt, sommersprossig und entspannt aus allem hervorgehen, irgendwie erneuert. Beim Strecken spürte ich die Narbe an meinem Oberschenkel, unwillkürlich presste ich die Beine zusammen.

Es tat nicht weh, es ziepte höchstens, ich hatte Schlimmeres erwartet. Die Narbe musste winzig klein sein, der Fleck war nicht größer gewesen als eine Linse, wie viele Stiche brauchte es da? Ich hatte mir die Sache noch nicht angesehen. Ein großes Pflaster klebte darüber, wasserdicht, Blut und Lymphe waren ausgetreten, rundherum waren Verfärbungen wie von einem Bluterguss. In dreizehn Tagen sollten die Fäden gezogen werden, dann musste ich wieder zurück sein. Ich hatte die ganze Angelegenheit in meinen Urlaub gelegt, so musste ich mich wegen der Arzttermine nicht einmal abmelden.

So früh am Morgen hatte sicherlich kein Café geöffnet. Ich ging Zähne putzen. Als ich wiederkam, wartete die Tochter des Campingplatzbesitzers vor meinem Zelt auf mich und erzählte mir freudestrahlend auf Englisch, sie könnten mir einen schöneren, größeren, besseren Platz anbieten, bis zwölf sollte ich bitte umgezogen sein. In der Tat bekam ich die größte Parzelle des ganzen Areals, genau in der Mitte, kahl wie ein Felsen (der Rasen sah aus wie pubertärer Bartwuchs), leicht abschüssig. Ich stellte mein Zelt so, dass im Liegen mein Kopf höher lag als meine Füße. Zweimal wehte mir das Überzelt davon. Währenddessen erwachte der Rest des Campingplatzes und sah mir bei der Arbeit zu. Als alles geschafft war, setzte ich mich auf meine riesige Parzelle und trank Leitungswasser aus einer Feldflasche. Ein Café würde ich mir morgen suchen. Ich aß auch ein paar Gummibärchen, die ich als eiserne Ration im Rucksack hatte, dann zog ich los, um Lebensmittel einzukaufen. Ein paar Tütensuppen hatte ich von zu Hause mitgebracht, eine Dose Thunfisch und ein Päckchen Zahnpflegekaugummi.

Der Ort war idyllisch, eine ehemalige Fischersiedlung an der Ostküste Schonens, die in den letzten Jahren von reichen Ökos erobert worden war, die die alten Katen und Hütten saniert und ausgebaut, Bauerngärten angelegt und Fensterrahmen gestrichen hatten, es gab eine Weberei, eine Töpferei, tatsächlich auch ein kleines Café, über dem Sporthafen hingen ein paar Wolken, die Bootsschuppen waren rot gestrichen, falunrot, darüber hatte es im Schwedischlehrbuch beim Volkshochschulkurs ein ganzes Kapitel gegeben. Ganz am Rand, an der Landstraße, fand ich einen Supermarkt.

Ich hatte mir schon immer vorstellen können, eine Töpferei aufzumachen. Leider konnte ich nicht töpfern. Oder eine Buchhandlung. Aber wie machte man so etwas? Außerdem hatte ich einen guten Job, etwas Beständiges, was gab es in diesen Zeiten Sichereres als die Agentur für Arbeit; ich hatte mich über die Jahre hinweg kontinuierlich in meinem Bereich nach oben gearbeitet, so weit, wie man mit meinen Voraussetzungen eben kam. Ich war vielleicht nicht brillant, aber ich war zuverlässig, fleißig, teamfähig und konnte Verantwortung übernehmen. Seit kurzer Zeit hatte ich ein eigenes Büro mit Blick auf eine Linde.

Ich hätte den Arzt, der mir vor zwei Tagen meinen Fleck entfernt hatte, gerne gefragt, ob ihm sein Job gefiel, ob er seinen Arbeitsplatz mochte und seinen Kittel, und ob es ihn zufrieden machte, Tag für Tag kleinere oder größere Teile von Leuten zu entfernen. Wir waren aber nicht ins Gespräch gekommen. Die ganze Angelegenheit hatte keine Viertelstunde gedauert, inklusive Betäubung. Als ich fertig war und rausging, sah ich im Wartezimmer sechs weitere Menschen sitzen. Wahrscheinlich hatte jeder von ihnen einen Fleck, linsengroß, an irgendeiner geheimen Stelle seines Körpers, den er an diesem Nachmittag loswerden wollte, und der Chirurg würde geduldig und ruhig in jeden Einzelnen dieser Menschen hineinschneiden und seine Arbeit erledigen, sich die Hände waschen und zu Hause beim Abendbrot den Tag Revue passieren lassen – so und so viele Flecken entfernt, so und so viele Spritzen gesetzt, so und so viele Stiche genäht.

Im Supermarkt kaufte ich Knäckebrot und Käse. Alles andere war mir zu teuer. Mit Knäckebrot und Käse kam man weit. Das hielt sich, das war schwedisch, das war als Picknick ebenso geeignet wie als Sättigungsbeilage zur Tütensuppe. Und auch den Käse kannte ich aus dem Schwedischkurs (Herrgårdsost). Obst und Gemüse konnten warten, bis ich wieder in Deutschland war, mit Vitaminen konnte ich mich versorgen, indem ich im Wald eine ergiebige Blaubeerstelle fand. Hier musste es überall Blaubeerstellen geben, dies hier war schließlich Schweden. Ich beschloss, am nächsten Tag als Erstes einen Wald ausfindig zu machen.

Am Nachmittag fing es an zu regnen, ich zog mich in mein Zelt zurück. Ich aß die restlichen Gummibärchen und las eines der beiden Bücher zu Ende, die ich mitgebracht hatte. Darin ging es um den Untergang der Titanic mitsamt ihrer Kapelle, die natürlich am Ende, kurz bevor das Schiff so kippte, dass alle wie auf einer Rutschbahn in den kalten Ozean glitten, etwas Sakrales spielte. Ich zögerte, bevor ich das zweite Buch anfing. Es begann zu dämmern (ich schob es auf den Regen, der es irgendwie schaffte, die vielgepriesenen schwedischen Sommerabende zu verdüstern), und ich wollte die Batterie meiner Taschenlampe nicht leichtfertig verbrauchen.

An diesem Abend lag ich wach auf dem Rücken (wenigstens mit dem Kopf höher als mit den Füßen), lauschte auf den Regen, der langsam aber sicher den Kampf gegen die Imprägnierung gewann, und auf alle anderen Geräusche, die der Campingplatz machte. In einem Waffenladen hatte ich mir zu Hause Pfefferspray besorgt, es lag griffbereit neben dem Zelteingang. Der Verkäufer hatte mir gesagt, der Einsatz sei nur gegen Hunde erlaubt, aber es sei das Einzige, das wirklich jeden außer Gefecht setzen könne; Gas wirke nicht bei Besoffenen.

Die Narbe juckte, ich schubberte vorsichtig auf dem Pflaster herum. Mir war es unangenehm gewesen, mich vor dem Chirurgen auszuziehen, ich hatte mich vorher besonders sorgfältig rasiert und lange überlegt, welche Unterhose ich anziehen sollte. Als alles vorbei war, fühlte ich keine Erleichterung, ich entspannte mich erst, als ich im Vorzimmer meine Hose wieder sah. Es war, als wartete dort nach einer schweren Operation ein enger Verwandter auf mich, mit dessen Auftauchen ich nicht gerechnet hatte. Ich konnte es kaum erwarten, meine Hose wieder anzuziehen. Aber als ich sie anhatte, als ich mich endlich wieder sicherer fühlte, froh, alles einigermaßen würdevoll überstanden zu haben (immerhin war ich nicht in Ohnmacht gefallen, und der Chirurg hatte keine unpassende Bemerkung über den Zustand meines Bindegewebes gemacht), kam der Arzt, gab mir die Hand und sagte: »Wir schicken das jetzt ins Labor und informieren Sie dann über das Ergebnis. Fäden ziehen in vierzehn Tagen.«

Während ich dem Regen lauschte und meine Taschenlampenbatterie schonte, stellte ich mir meinen kleinen, linsengroßen Fleck vor, der in irgendeiner Flüssigkeit eingelegt oder in ein winziges Kistchen mit Trockeneis gebettet in ein Labor geschickt wurde. Immerhin war dieser kleine Fleck ein Teil von mir gewesen, viele, viele Jahre lang, ich konnte mich nicht daran erinnern, dass es ihn jemals nicht gegeben hatte. Ich hatte ihn irgendwie gemocht, mit Interesse seine Veränderungen verfolgt und ihn insgeheim für ein besonderes Kennzeichen gehalten, eines, das man in einen Reisepass hätte eintragen können, wenn mich je einer danach gefragt hätte. Die Vorstellung, dass er alleine, ohne mich, getrennt von mir, irgendwohin unterwegs war, dass er irgendwo herumlag, neben anderen Gläschen oder Kistchen mit Körperstückchen anderer Leute, verursachte bei mir Beklemmungen. Der Grund, weshalb ich noch nicht gewagt hatte, unter das Pflaster zu schauen, war, dass ich befürchtete, einen tiefen Krater zu entdecken und feststellen zu müssen, dass man sehr viel mehr von mir entfernt hatte, als ich annahm.

Am nächsten Tag frühstückte ich vor meinem Zelt Käse und Knäckebrot. Die Sonne schien, ich hängte mein Handtuch zum Trocknen über eine Zeltleine und machte mich auf den Weg, um einen Wald voller Blaubeeren zu finden.

Die Tage ähnelten sich. Abends und nachts Regen, morgens Sonne und nasser Rasen (oder schlammiger Untergrund). Für mein zweites Buch brauchte ich anderthalb Tage. Ich lag ein bisschen am Strand, und weil ich mit meinem Pflaster nicht ins Wasser gehen wollte, döste ich. Aber ich versuchte, tagsüber nicht zu schlafen, um abends früher müde zu sein. Ich unternahm mehrere Wanderungen, um einen Blaubeerwald zu finden oder ein Hünengrab, eine Schiffssetzung, ein Bauerncafé (all das sollte es in dieser Gegend geben). Aber immer, wenn ich eine gewisse Zeit lang keine Besiedlung gesehen und keinem anderen Wanderer begegnet war, kehrte ich um. Ich fürchtete, mir ein Bein zu brechen oder von einer allergieauslösenden Wespe gestochen zu werden, irgendwo in Schonen, wo niemand mich retten konnte. Gelegentlich wurde ich vom Regen überrascht. Meine Kleidung ließ ich über den Zeltschnüren trocknen. Abends aß ich eine Tütensuppe, indem ich mir in dem kleinen Aufenthaltsraum neben den Toiletten in der Mikrowelle Wasser heiß machte. Die übrigen Mahlzeiten bestanden aus Käse und Knäckebrot, die ich in regelmäßigen Abständen nachkaufte.

Einmal versuchte ich, in dem Café zu frühstücken. Es hatte nur nachmittags geöffnet. Später kam ich wieder und stand direkt vor einer Zimtschnecke hinter Glas, auf die ich mit dem Finger zeigte, während ich in stotterndem Englisch erklärte, was ich wollte, nicht verstanden wurde, zweimal das Falsche bekam und meinen Schwedischkurs verfluchte, der mir alles über die roten Anstriche der Häuser und Schwedens beliebtesten Käse beigebracht hatte, aber keine Vokabeln, die mir eine Zimtschnecke verschafften.

Am fünften Abend begann der Regen früher als gewöhnlich. Ich kam durchnässt zu meinem Zelt, an dessen Leinen meine triefende Wechselkleidung hing. Ich setzte mich in meinem keuschen Schlafanzug in den Aufenthaltsraum und trank heißes Wasser, weil meine

Tütensuppen aufgebraucht waren. Dazu aß ich ein bisschen Käse. Irgendwann bekam ich Gesellschaft.

Jürgen und Per waren aus ihrem Zelt geflüchtet, weil es durchregnete, und sie hatten Bier dabei. Sie luden mich ein. Beide sahen in Ordnung aus, ich hörte ihnen zu, während sie erzählten, und überlegte, welcher mir besser gefiel. Jürgen war blond und groß, Per war klein und dunkel, Jürgen war Deutscher, Per war Schwede, Jürgen war herumgekommen, Per war bodenständig. Sie lobten meinen Schlafanzug. Ich stellte mir vor, wie ich Jürgen meine Narbe zeigte, wie er mir das Pflaster abzog und mit dem Finger die einzelnen Stiche antippte. Ich stellte mir vor, wie Per meine Beine auseinanderbog, um eine bessere Sicht auf alles zu haben, wie er meine Einwände lachend beiseitewischte und mir sagte, ich solle mich nicht anstellen, nur um später sehr behutsam und vorsichtig ein neues Pflaster aufzukleben.

Jürgen war auf Weltreise. In Deutschland war er Angestellter gewesen (er sagte nicht, für was). Eines Tages hatte seine Frau ihn verlassen, da hatte er den Job gekündigt, seinen Bausparvertrag aufgelöst und war losgefahren. Er wollte so lange wie möglich wegbleiben, sein Geld war fast alle, er wollte lieber nicht wieder zurück, obwohl oder gerade weil sein Chef ihm in Aussicht gestellt hatte, er könne jederzeit seinen alten Job wiederhaben. Aber Jürgen wollte nicht in dem gleichen Land sein wie seine Exfrau.

Ich entschied, dass Per mir besser gefiel. Ein Schwede, der durch Schweden fuhr und nicht auf der Flucht vor etwas war, dazu dieser Akzent und der leichte Silberblick. Per kam von einem Bauernhof, dort hatten sie Pferde. Per war ein guter, ein leidenschaftlicher Reiter, jawohl, leidenschaftlich. Andererseits ritt er inzwischen nicht mehr so viel. Seit dem Sturz sei er vorsichtiger geworden, sagte er. Eine Kopfverletzung, das Kurzzeitgedächtnis habe gelitten. Wahrscheinlich werde er sich morgen schon nicht mehr an mich erinnern. Die beiden lachten.

Ich fühlte, dass eine Erkältung im Anzug war. Später erzählte Jürgen von seiner Reise, von Neuseeland und Kanada und von den Japanern. Überall, wo er hingekommen war, waren Japaner. Und keine Touristen, nein, nicht die lustigen Lächelmenschen mit den Kameras, sondern Studenten. In jeder größeren Stadt der Welt wimmelte es von japanischen Studenten. Sie verließen Japan, um sich Wissen anzueignen, später gingen sie zurück und nahmen das Wissen mit. Es war eine Verschwörung. Die Japaner schickten ihre jungen Leute in alle Länder der Welt, um sie auszuspionieren, damit sie sie später mit ihren eigenen Waffen schlagen oder wenigstens auf dem Forschungssektor überholen konnten, was heutzutage aufs Gleiche hinauslief. Jürgen hatte es mit eigenen Augen gesehen. Sie waren überall. Er hätte es ja selbst nicht geglaubt. Merk dir meine Worte, sagte er.

Später am Abend versuchte Jürgen mich zu küssen. Als ich aufstand, um zu gehen, haute Per mir auf den Hintern, aber er traf nicht besonders gut. Die beiden wollten am nächsten Tag weiterziehen, sie luden mich ein, mit ihnen zu kommen. In dieser Nacht lag ich wach, das Pfefferspray im Anschlag, bis morgens gegen halb vier die Vögel zu zwitschern anfingen.

Nach einer Woche wechselte ich das Pflaster. Meine Kleidung trocknete überhaupt nicht mehr, jeden Morgen musste ich mich entscheiden, welche Hose sich weniger klamm anfühlte. Inzwischen war auch alles ziemlich dreckig, aber ich hatte keine Lust, irgendetwas zu waschen. Das Pflaster hatte gelitten. Die eine Hose, die engere, hatte darauf herumgescheuert, sodass die Kanten sich ablösten, es war ebenfalls bei verschiedenen Gelegenheiten ziemlich nass geworden, und als ich auf einer meiner Wanderungen zu einer heidnischen Kultstätte, bei der ich nie ankam, aus Versehen ein bisschen dagegenpinkelte (ich hockte im Unterholz und wich einer kleinen Kröte aus, als es passierte), kam es mir sinnvoll vor, ein neues Pflaster aufzulegen. Ich hatte für viel Geld eines im Supermarkt erstanden, zog mich damit in mein Zelt zurück und säbelte es mit meinem Taschenmesser zurecht. Das Licht der Taschenlampe war funzelig geworden, die Batterie würde höchstens noch ein paar Stunden überstehen. Ich legte die Lampe zurecht, der Regen pladderte auf das Zeltdach, es war schon ziemlich dunkel draußen, ich hatte so lange gewartet wie möglich.

Das alte Pflaster ließ sich sehr leicht abziehen. Ich betrachtete die Narbe und den Bluterguss, der sich darum herum gebildet hatte. Von draußen konnte man wahrscheinlich meine Silhouette durch den Zeltstoff sehen, eine sitzende Frau, die die Innenseite ihres Oberschenkels untersuchte. Ich zog mir den Schlafsack wie einen Mantel über, die Kapuze über den Kopf, sodass mein Umriss mehr dem eines unförmigen Monsters glich oder dem eines dicken Mönchs.

Es waren immerhin vier Stiche. Die Fäden waren blau

und fürchterlich dick. Im Bluterguss konnte man die Einstichlöcher der Betäubungsspritze erkennen. Alles in allem sah es nicht schlimm aus. Kein Krater, kein Eiter, keine feuerrote Piratennarbe. Es sah auch gar nicht so aus, als fehlte etwas. Man hatte aus mir etwas herausgeschnitten und alles so wieder zusammengenäht, dass es wirkte, als sei da nie etwas gewesen. Ich musste heftig niesen. Als ich versuchte, das neue Pflaster sehr genau zu platzieren, zitterten meine Hände. Das kam von der Konzentration.

Sehr bald hatte mich die Erkältung fest im Griff. Der Supermarkt hatte geschlossen, ich klaute mir Klopapier von der Campingplatz-Toilette, unterwegs schnäuzte ich mich in große Blätter oder zog geräuschvoll die Nase hoch. Vielleicht hatte ich leichtes Fieber, ich konnte auf jeden Fall mehr schlafen als sonst, das war eine Erleichterung. Meine nasse und ziemlich verschmutzte Kleidung fing an, um mich herumzuschlackern; nachdem ich mein Taschenmesser auf einer meiner Wanderungen verloren hatte, musste ich vom Käse abbeißen, aber ich hatte nicht allzu viel Appetit. Mein Geld ging zur Neige, eines Morgens stand wieder die Tochter des Campingplatzbesitzers vor meinem Zelt und teilte mir mit, bei Zelturlaubern werde die Platzmiete nach spätestens zehn Tagen fällig, nicht erst ganz am Ende. Als sie mir den Betrag nannte, bekam ich einen Schreck.

Aber ich blieb. Den Termin zum Fädenziehen ließ ich verstreichen, das Ende des Urlaubs überzog ich, meine Chefin wusste nicht, wo ich war, ein Mobiltelefon hatte ich nicht, sie würden schon ohne mich auskommen.

Nach zweieinhalb Wochen war das Geld dann endgültig alle. Ich blieb noch zwei Tage, bis auch das Knäckebrot aufgegessen war. Dann packte ich meine Sachen zusammen, ehe die Campingplatztochter wieder auftauchen konnte, ließ mein durchgeweichtes Zelt mit dem Müll und den gelesenen Büchern darin stehen und machte mich frühmorgens aus dem Staub (ich wartete auf die Helligkeit, weil meine Taschenlampe nicht mehr funktionierte). Ich wusste nicht genau, wie ich nach Hause kommen sollte, aber ich war sicher, mir würde schon etwas einfallen. Ich war fleißig und teamfähig. Bestimmt konnte ich ein paar Blaubeeren finden.

Als Anhalter hatte ich keine Chance. Meine Kleider waren feucht und standen vor Dreck, meine Haare hatte ich in den letzten Tagen gar nicht bändigen können, der salzige Meerwind hatte Nester darin gebaut, mein Geld hatte für Warmwassermarken nicht mehr gereicht, deshalb hatte ich auch das Duschen aufgegeben, trotz Zähneputzen roch ich immerzu leicht nach Käse, das Pflaster über der Narbe an meinem Oberschenkel war arg mitgenommen, aber ohne Taschenmesser konnte ich kein neues zurechtschneiden, außerdem hatte es vor ein paar Tagen angefangen, unter dem Pflaster irgendwie zu pochen. Das Ganze ließ sich sicher wieder in Ordnung bringen, nur nicht jetzt, jetzt hatte ich Urlaub. Ich hob den Kopf, mein Nacken war verspannt, sodass ich leicht gebeugt ging. Außerdem musste ich auf den Boden sehen, weil der Riemen meiner einen Sandale gerissen war und der Schuh abzufallen drohte, sobald ich den Fuß zu weit hob. Ich blieb stehen und schaute zum Wasser. Die Sonne ging über der idyllischen Fischersiedlung an der Ostküste von Schonen auf und versuchte, ein Loch in den Frühnebel zu brennen.

Bei der Voruntersuchung hatte der Chirurg den linsengroßen Fleck mit einem kleinen Lämpchen durchleuchtet, das aussah wie ein Kugelschreiber. Er hatte ihn angestupst, zwischen Daumen und Zeigefinger genommen und draufgedrückt, und dann hatte er seine große, ruhige Chirurgenhand auf meinen Arm gelegt und gesagt: »Kein Grund zur Sorge. Das ist nur ein ganz kleiner Eingriff.«

Ich lief weiter, immer an der Landstraße entlang, damit man mich finden würde, falls ich zusammenbräche, und eigentlich hoffte ich beinahe, dass es passierte.

ROBERT LÖHR

Skaldenmet

Auf dem Weg zum Haus des Literaturnobelpreisträgers (1955) sitzen zwei Literaturnobelpreisträger hinter mir im Bus. John Coetzee (2003) und Daniel Kehlmann (2031) unterhalten sich über den Holocaust, herrlich. Also natürlich ist nicht der Holocaust herrlich, sondern vielmehr die Tatsache, dass die beiden sich eben ein Thema gewählt haben, das man von ihnen erwarten würde. Ich hätte gar nicht die intellektuelle Traute, John Coetzee anzusprechen. Und wenn doch, hätte ich ihn wahrscheinlich irgendwas zur Fußball-WM in Südafrika gefragt.

Wir drei und noch zahlreiche andere sind zu Gast bei der *Bókmenntahátið*, einem literarischen Festival, das alle zwei Jahre in Reykjavík stattfindet. Auf Island, der schwimmenden Bibliothek, wo die Literatur quasi erfunden wurde, wo wegen der langen Winternächte mehr geschrieben wurde und wird als sonst wo auf der Welt. Von allen fünf Kontinenten sind Autoren zur *Bókmenntahátið* eingeladen, dazu Übersetzer, Lektoren und Verleger, und eine Woche lang gibt es öffentliche Lesungen, Diskussionen und Interviews. Und weil diese Insel inmitten des Nordmeers so exotisch ist und die Liste der ehemaligen Gastautoren so beeindruckend, gibt es kaum einen Autor, der der Einladung nicht folgt. Selbst wenn es an und für sich öffentlichkeitsscheue Menschen wie John Coetzee sind: In Island gibt es so wenig Öffentlichkeit, dass man sich quasi unbeobachtet vorkommt.

Wenn man zwanzig Autoren in irgendeine Großstadt einladen würde, würden sich die meisten außerhalb des Pflichtprogramms allein herumtreiben. In Reykjavík ist das anders, denn das Pflaster ist fremd und gleichzeitig so einladend, dass man sich am besten zusammentut und die Stadt gemeinsam erlebt. Dadurch bekommt die Veranstaltung etwas von einer Klassenfahrt, und wie bei einer Klassenfahrt schweißt die Fremde die einzelnen Reisenden zusammen. Keiner ist sich in dieser Gemeinschaft für irgendetwas zu schade, und so steht man plötzlich am Rand eines Vulkankraters und macht mit einigen der gefeiertsten Autoren der Welt einen Wettbewerb im Steinweitwurf. Oder badet gemeinsam in der Blauen Lagune. Oder stöbert im Sitz des isländischen Staatspräsidenten durch die hässlichen Gastgeschenke anderer Staatsoberhäupter, ständig in der Angst, der Präsident könnte seine Willkommensrede vorzeitig beendet haben und einen beim Schnüffeln in seinen Regalen erwischen. Wie bei einer Klassenfahrt eben.

Höhepunkt dieser Klassenfahrt ist zweifellos die Busfahrt den Golden Circle entlang; *das* touristische Pflichtprogramm mit Wasserfällen, Geysiren und Vulkanen. Und vorneweg eben ein Besuch im Haus von Halldór Laxness, einziger Nobelpreisträger Islands, der größte isländische Dichter seit Sagakönig Snorri Sturluson. Laxness' Haus liegt auf halber Strecke zwischen Reykjavík und Nirgendwo. Dafür, dass ringsherum kilometerweit nichts als Heidekraut und damit viel Platz ist, ist das Haus erstaunlich klein ausgefallen. Die vielen kleinen 50er-Jahre-Zimmer darin erwecken den Anschein, als handele es sich nicht um eine Literaturgedenkstätte, sondern vielmehr um ein Museum für Innenarchitektur. Die Möbel, die Teppiche, Gardinen und Fliesen, die Kunst an den Wänden, sogar die gut gepflegten Gummibäume – man kommt sich vor wie in einem Heinz-Erhardt-Film. Da man sich frei in den Räumen bewegen kann, trifft man immer wieder andere Autoren in den Zimmern: im Wohnzimmer Marina Lewycka, die jeder Brite seit ihrer *Kurzen Geschichte des Traktors auf Ukrainisch* kennt. In der Küche den vielumjubelten Saša Stanišić (*Wie der Soldat das Grammofon repariert*) mit seinem stets neugierigen Blick. Oder vor dem Klo Sjón, der einige von Björks Liedern geschrieben hat, aber auch den Luftgitarren-Kracher *Luftgitar*.

Draußen: Island. Keine Bäume, keine Tiere, keine Sonne. Stattdessen treibt der Wind die ersten Schneeflocken über die Ebene – im September. Umso mehr verwirrt es, dass Laxness einen Swimmingpool im Vorgarten hat. Ich habe eine Alpintourenjacke an und sehe scheiße aus und friere – wie soll es da erst Saša Stanišić in seinem Mäntelchen gehen? Oder Daniel Kehlmann mit seinen dünnen Turnschuhen und seiner Basecap mit der Aufschrift DRAMA?

Am Gullfoss-Wasserfall kommt zum Wind auch noch die Gischt hinzu. Windchill und Gischtchill, eine böse Mischung. Tropfen sammeln sich in Coetzees grauem Bart. Saša Stanišić und Daniel Kehlmann sind definitiv zu kalt angezogen. Beide werden sich bis zum Ende der

Woche erkältet haben und wieder daheim im schönen deutschen Altweibersommer einige Wochen an ihren Islandgrippen herumlaborieren. Alle frieren, nur Kristof Magnusson nicht, der Islanddeutsche, der offensichtlich beweisen will, dass Sturlungenblut durch seine Adern fließt, indem er sich in lockerer Pose Wind und Wasser entgegenstellt. Wie ein Fels in der Gischt bleibt er stehen, bis alle anderen gegangen sind. Kristof Magnusson hat die Unsterblichkeit übrigens durch seine schöne Formulierung erlangt, Island würde aus der Luft aussehen »wie eine verunglückte Laubsägearbeit«.

Die reizvollste Station des Ausflugs ist zweifelsohne Þingvellir, am Rande eines Sees ein langer Graben, der in die Erde gerissen wurde und immer noch wird, weil hier die Kontinente auseinanderdriften. Links die Nordamerikanische Platte und rechts die Eurasische; Neue Welt und Alte entfernen sich jedes Jahr ein paar Zentimeter, wie symbolisch, und alle paar Jahrhunderte sickert Lava in die Wunde, verschorft und bildet neues Fleisch, und zurück bleibt eine schwarze Narbe. Dieser Eingang zum Mittelpunkt der Erde ist gleichsam Islands Mittelpunkt, denn hier wurde 930 das erste isländische Parlament gegründet, das Althing, das noch bis heute tagt, allerdings an anderer Stelle. Damals versammelten sich die isländischen Häuptlinge und ihre Männer einmal im Jahr um die Sommersonnenwende im Þingvellir, um die Gesetze zu rezitieren und Recht zu sprechen. Rund ums Althing wurde gehandelt, geschwatzt und gefeiert; hierhin kam man, um Arbeit zu finden oder ein unverheiratetes Weib. Hier hatten Schmiede ihre Stände und auch Gerber, Weber, Met-Brauer, Torfstecher und Händler.

Thor Vilhjálmsson, wahrscheinlich der älteste Dichter Islands (und in keinem anderen Land der Erde werden die Männer älter) führt den Weg voran, wo einstmals die kurzlebigen Thingbuden der versammelten Männer aufgebaut waren: einfache, flache Hütten mit Wänden aus Felsen und Torf, darüber ein Giebel aus Holz, mit Stoffplanen bedeckt. Ich folge Coetzee, Daniel Kehlmann, Sjón, Kristof Magnusson, Marina Lewycka und Saša Stanišić hinab in den Graben.

Hier steht auch die Hütte von *Jóhann Graubart*, den sie auch den *Von Fremden Unerkannten* nennen, ungekrönter König der Skalden, der einmal im Jahr, wenn die Nacht am hellsten ist, sämtliche Skalden der Insel um sich schart, damit sie eine Woche lang ihre Lieder austauschen und ihre Sagas fortführen, damit sie vom Leben an den vier Küsten und den Westfjorden berichten, damit sie vortragen, zuhören und ein Horn Met nach dem anderen miteinander leeren, derweil ihre Goden am Gesetzesfelsen disputieren. Auch an diesem Abend sind sie wieder um ihres Königs Torffeuer versammelt:

neben Jóhann dem Bewanderten wie eh und je *Daniel*, den man den *Ernte-Skalden* heißt, der wortgewandte Sitz- und Redegeselle Jóhanns;

dann *Sigurjón Schattenfuchs* der Sänger, freilich ohne seine vielgeliebte Harfe Þrym, da ihm diese an der Furt von Reykholt von den Fluten des Hvítá aus den Händen gerissen und in den Borgarfjord gespült wurde;

ferner *Kristof der Schmied*, den sie den Trinkfesten nennen, oder auch – so sehr er dann zetert und droht – den Unheils-Schmied, weil seine Waffen zwar vollendet geschmiedet sind, sich aber im Kampf selten so gebärden, wie man es sich von ihnen wünscht;

ferner *Marína die Spinnerin*, die einzige Frau der Runde, die ihre Lieder stets beim Spinnen erdenkt und vorträgt und auch hier mit Spindel und Wolle wirkt;

ferner *Sasja Langbein* der Schildträger, der schlanke Krieger mit den schwarzen Augen, dessen Klinge Ratatöskr zwar schneller ist als seine Zunge, dessen Zunge aber die tieferen Wunden schlägt;

und schließlich *Róbert des Wurmes Gegner*, der den Spottnamen seiner Arbeit als Torfstecher verdankt, bei der er mit seiner Schaufel schon so manchem Wurm das Haupt vom Kopfe trennte.

Einzig der alte *Thor* fehlt der Runde zu ihrer Ganzheit; der erste Liederschmied, den sie *Gevatter Graumoos* nennen, der Langbärtige, der in seinem Leben mehr Winter erlebt hat als so manch anderer warme Mahlzeiten. Während die Skalden auf Thor warten, schweigen sie und lauschen – dem Knistern des Feuers, dem Sirren der Spindel und dem Knacken der Knochen in den Mäulern von Freki und Geri, den treuen Hunden zu Jóhanns Füßen. Daniel der Ernte-Skalde friert trotz des kostbaren Robbenpelzes um seine Schultern, aber auch Sasja Langbein tritt von einem Bein auf das andere.

Schließlich wird die Decke vorm Eingang zur Seite geschlagen, und Thor tritt herein. In seinen Händen hält er einen von Gold geschmiedeten Kelch, und an der Art, wie der Langbärtige seine Schritte mit Bedacht wählt, erkennt ein jeder, dass kein Tropfen des Inhalts verschüttet werden darf. Auf dem Schemel, den Sasja Langbein ihm ans Feuer rückt, nimmt Thor nicht Platz, und mit dem Kelch am Ende der ausgestreckten Hand spricht er:

»Als Asen und Wanen nach langem Ringen endlich miteinander Frieden schlossen, sammelten sie in einer Schale ihren Speichel, darin all ihre Weisheit war. Aus ihrem Speichel formten sie Kvasir, den weisesten aller Männer, der die Menschen fortan sein Wissen lehrte. Einst aber luden die beiden bösartigen Dunkelalben Fjalar und Galar Kvasir zu Gast, und noch während der arglose Kvasir speiste, erschlugen die Zwerge ihn hinterrücks. Sein Blut fingen sie in Kesseln auf, gaben Honig hinzu und brauten daraus einen Met, den sie *Odrödir* nannten, den Skaldenmet, der einen jeden, der davon trinkt, zum vollendeten Dichter macht. Von den Zwergen gelangte der Skaldenmet an Suttungr den Riesen, der ihn in einer Höhle verbarg, aber in der Gestalt einer Schlange stahl ihn Odin, um ihn nach Asgard zu bringen, wo er seither verwahrt wird. Wen Odin der Allvater für würdig erachtet, dem schenkt er einen Trunk vom Met der Zwerge. Dies ist er: Odrödir.«

Schweigen folgt der Rede des ersten Liederschmieds, und die erstaunten Antlitze aller spiegeln sich im goldenen Kelch, bis Róbert der Torfstecher zu fragen wagt: »Kann man das wo kaufen?«

»Mit Gold nicht und nicht mit Silber, Wurm-Gegner«, erwidert Thor. »Als ich ein Bad in den Wassern des Ìngvallavatn nahm, landete ein Adler dort, wo ich meine Gewänder abgelegt hatte. Als ich zurückgeschwommen war, war der Adler fort, aber an seiner Stelle stand auf dem Felsen dieser Kelch. Und jener Adler war niemand Geringeres als –«

»Odin«, beendigt Marína die Spinnerin, die längst Spindel und Wolle abgelegt hat.

»So ist es. Wer von Odrödir trinkt, erlangt göttliche

Weisheit und Inspiration. Kein Trank ist so kostbar – das Blut des Heilands der Christen ausgenommen, welches ewiges Leben verleiht. Aber auf seine Weise macht auch Odrödir unsterblich.«

»Hast du davon getrunken?«

Thor schüttelt das graue Haupt. »Ich verlange nicht nach diesem Trunk, denn ich bin alt und speise bald von Bragis Tafel, wo es noch köstlichere Tropfen hat. Aber ich werde, da ich der Älteste dieser Runde bei Weitem bin, den unter euch auswählen, der würdig ist, von Kvasirs Blut zu trinken.«

»Wie, Thor Langbart, willst du entscheiden, wer würdig ist?«, fragt Jóhann, ohne die Augen vom Kelch zu nehmen.

»Mit einem Wettstreit um die beste Umschreibung. Wie wir statt Schwert *Wundengräber* dichten und statt Schiff *Wogenpferd*, so will ich euch einen Begriff nennen, den ihr darauf in kunstvolle Worte einkleiden sollt. Wenn die Runde beendet ist, wähle ich den Empfänger des göttlichen Mets.«

»Nur eine einzige Umschreibung?«, fragt Daniel. »Warum nicht ein Preislied? Eine Göttergeschichte? Eine Saga?«

»Weil das die ganze Nacht dauert, junger Skalde. Schon graut im Osten der Morgen.«

»Das ist die Abenddämmerung.«

»Meinetwegen. Durchschaue da einer die verwünschten Tageszeiten zu Mittsommer.«

Kristof der Schmied fragt: »Warum lassen wir den Kelch nicht kreisen und jeder bekommt einen Schluck von Kvasirs Blut? Dann werden wir alle ein wenig besser.«

»Nicht doch«, poltert Jóhann. »Lieber ein perfekter Skalde als sieben mittelmäßige. Und wie ich dich kenne, trinkfester Kristof, ließest du uns eh keinen Tropfen im Becher.«

So wird denn Thors Vorschlag angenommen, der Empfänger Odrödirs solle in einem Wettstreit um die schönste Kenning gefunden werden. Jeder der Barden schreibt seinen Namen auf ein kleines Stück Leder, und diese Namen werden in Daniels Helm, auf dem die Runen SAGA stehen, gegeben und gemischt, und in der Reihenfolge, in der Thor sie zieht, müssen die Skalden eine Kenning auf den Begriff *Wolke* zum Besten geben.

Sasja des Schildträgers Name wird als Erster gezogen, und er nennt die Wolke »Rahm am Gewölbe«; bei Jóhann dem Bewanderten heißt sie »Sonnen-Schild«; Daniel der Redegeselle erntet großes Lob für den Stabreim in »Bragis Brodem« und Kristof einiges Gelächter für »Himmelsschimmel«. Marínas Kenning lautet »der Asenherden Schur«, und es überrascht keinen ihrer Sangesbrüder, dass sie die Wolle zum Motiv macht. Sigurjón Schattenfuchs umschreibt die Wolke als »der weiße Wandler der Gestalten«, und wie um seine kunstvolle Kenning zu unterstreichen, will er kraftvoll in seine Harfe schlagen – nur liegt Þrym ja längst am Boden des Meeres, weswegen er ins Leere greift und auf einer unsichtbaren Harfe spielt. Gegen diese Albernheit protestieren nun Jóhann und einige andere, denn schließlich ward lediglich nach einer Kenning gefragt und nicht nach Poetry Slam –

– und der Lärm, der durch diesen Streit entsteht, verwirrt Róbert so sehr, dass er seine meisterhaft gedrechselte Kenning von einem Moment auf den nächsten komplett vergisst und schlicht »Wolke« sagt. Als Thor nachfragt, sagt Róbert erneut »Wolke«, und schon spürt er, wie ihm das Blut zu Kopfe steigt – nicht so sehr, weil er weiß, dass der Göttertrunk nun für ihn verloren ist, sondern vielmehr, weil er sich damit auf zahllose Winter zum Gespött dieser Runde gemacht hat.

Als sich das Gelächter gelegt hat, verkündet Thor, wer den Skaldenmet erhalten soll. Große Wirrsal legt sich auf die Gesichter aller, als er den Kelch just Róbert des Wurmes Gegner überreicht: »Er hat in der Probe eindeutig bewiesen, dass er der Geringste unter uns Skalden ist. Er hat göttliche Hilfe am bittersten nötig. Einem guten Skalden Odrödir zu geben hieße, einem satten Mann ein Festmahl vorzusetzen. Es einem schlechten Skalden zu geben heißt aber, einen hungrigen Mann zu sättigen.«

Empörung füllt die Hütte wie der Rauch des Torffeuers. Die Skalden springen von ihren Plätzen auf, aber Thor ruft sie zur Besinnung: »Hey, ich hab nie gesagt, dass ich die *beste* Kenning prämiere. Aber wo wir gerade davon reden: Da waren ein paar tolle dabei. *Bragis Brodem, der Asenherden Schur* – das kann man sich schon mal merken.« Doch auch dieses Lob dämpft den Zorn der Sänger nicht.

Róbert der Torfstecher weiß noch immer nicht, wie ihm geschieht. Als Einziger rührt er sich nicht von der Stelle. Ungläubig blickt er auf den Kelch in seinen Händen. Der Saft darin schaut aus wie gewöhnlicher Met. Aus der Hand geben will er nicht, was ihm nach den Worten des ersten Liederschmieds zusteht, aber davon zu trinken getraut er sich ebenso wenig.

Jóhann König der Skalden zweifelt noch immer die

Wahl des Thor an und fragt: »Wann eigentlich, Gevatter Graumoos, hat Odin *dich* zum Richter über uns bestellt? Gib mir den Trank der Zwerge, ich will ihn verwahren, bis wir Einigung gefunden haben.«

Jetzt erwacht Róbert. Schnell wie der Schatten greift er nach seiner Schaufel, die an der Wand aus Torf und Felsen lehnt, und droht Jóhann: »Legst du die Hand auf diesen Kelch, soll meine treue Schaufel Yggr sie dir vom Arme trennen, so helfe mir Tyr! Du wärst nicht der Erste, den sie zum Krüppel macht!«

Jóhann setzt einen Schritt zurück, aber Sasja fragt: »Wen hat sie denn noch zum Krüppel gemacht, deine Schaufel?«

»Beispielsweise Einar Falkenhemd, um nur ein Beispiel zu nennen.«

»Einar mit dem steifen Finger?«

»Zum Beispiel.«

»Einar mit dem steifen Finger ist doch kein Krüppel.«

»Doch.«

»Ist er nicht.«

»Natürlich! Seine Hand ist missgestaltet!«

»Der kleine Finger ist steif, mehr nicht.«

»Er wird nie wieder Wikingerschach spielen können!«

»Er hat doch auch vorher nie Wikingerschach gespielt.«

»Wortklauber! Ich sage nur: Kommt mir nicht zu nahe, während ich diesen Becher stürze, oder meine Schaufel soll euch den Hirnkasten zertrümmern«, sagt Róbert und hebt den Kelch. »Skål, ihr Versager.«

Róbert der Torfstecher führt den Kelch zu seinen Lippen, doch bevor auch nur ein Tropfen des heiligen Tranks sie benetzt, hat Daniel einen Satz nach vorne gemacht, um nach dem Kelch zu greifen. Nun geht alles schneller, als ein Hase seine Haken schlägt: Róbert langt nach Yggr. Sasja Langbein zieht sein Schwert Ratatöskr aus der Scheide, aber da es sich um ein Fabrikat aus Kristofs des Unheil-Schmiedes Esse handelt, schlägt er dabei Sigurjón Schattenfuchs, der hinter ihm steht, den Ellenbogen ins Gesicht. Sigurjón der Sänger will sich, wie er es immer zu tun pflegt, mit seiner Harfe Þrym verteidigen, doch Þrym ist längt Walfraß, also greift er nach der nächsten Waffe, die er finden kann, welche ein Knochen ist, an dem Freki unlängst nagte. Der Hund aber lässt sich diesen Diebstahl nicht gefallen, und noch bevor Sigurjón den Hieb auf Sasja ausführen kann, hat sich Freki in seinen Arm verbissen, wo glücklicherweise festes Leder das Fleisch schützt. Jóhann eilt zur Hilfe, den Hund vom Skalden zu trennen. Róbert hat derweil Daniel von sich gestoßen, aber so heftig, dass er selbst stolpern muss – schon schwappen die ersten Tropfen Met über des Bechers Rand – und Marínas Versuch, Odrödir vorm Sturz zu bewahren, behindert Róbert darin, das Gleiche zu tun: Der Kelch entgleitet seinen Fingern und fällt zu Boden. Mit einem Wutschrei wirft sich Róbert des Wurmes Gegner auf die Knie, um den kostbaren Skaldenmet vom Boden zu schlürfen, aber längst hat die schwarze Erde den Göttertrunk in sich aufgesogen. Und als Róbert auf die Idee kommt, den Met von den Innenseiten des fallengelassenen Bechers zu klauben, ist es bereits zu spät, denn inzwischen hat Geri die restlichen Tropfen aus dem goldenen Kelch geleckt.

Alle Streitigkeiten erlöschen angesichts dieser Tragödie. Sasja lässt von Ratatöskr ab, Sigurjón vom Knochen, Freki von Sigurjón und Jóhann von Freki.

Róbert der Torfstecher springt wieder auf und packt mit Tränen der Wut in den Augen Daniel den Ernte-Skalden am Kragen. »Weiche von hinnen, du Sohn einer Wölfin, du Mörder meiner goldenen Zukunft!«, ruft er. »Wolltest mir frevelhaft den Trank der Götter rauben!«

»Nein. Im Becher war eine Biene«, sagt Daniel und weist auf das Insekt, das mit metverklebten Flügeln am Boden liegt und ihr Leben aushaucht. »Die hättest du mit Odrödir geschluckt und wärst an ihrem Stachel bitterlich erstickt. Idiot.«

Zum zweiten Mal in dieser Nacht fehlen Róbert dem Torfstecher die Worte. Langsam löst er die Hände von Daniels Robbenpelzkragen. Keiner spricht. Geri bellt. Alle sehen immerfort auf den goldenen Kelch und auf den Fleck im Gras. Und so wären sie wohl bis Ragnarök stehen geblieben, wäre nicht Thor der Langbärtige in schallendes Gelächter ausgebrochen: »Bevor ihr euch alle an die Kehle geht oder euch vor Gram in die Öxará stürzt, wisset dies: Im Kelch war nie Skaldenmet, sondern nur ein ganz gewöhnlicher Tropfen, den ich heute bei Bjarki Bienenfeind erstand. Ich wollte erproben, ob allein der Glaube, den Göttertrunk geschluckt zu haben, der Weisheit und Inspiration verleiht, tatsächlich Weisheit und Inspiration verleiht. Ob der Glaube allein reicht, gute Dichtung in die Welt zu rufen. Verzeiht mir mein Spiel. Verzeih, Wurm-Gegner.«

Geri bellt, wie um gegen Thor Langbarts Abbitte zu protestieren, bis ihm Jóhann einen Schlag versetzt.

Róbert nickt, hebt den Kelch vom Boden auf, wischt ihn an seinem Wams sauber und reicht ihn dem ersten Liederschmied zurück.

Kristof der Trinkfeste meldet sich nun zu Wort: »Den

ganzen Abend sprechen wir schon über Met, betrachten Met, dichten und kämpfen um Met. Das hat mich durstig gemacht. Bjarki Feind der Bienen will, so hört man, heute Abend sein bestes Fass anstechen. Wer begleitet mich?«

Groß ist die Zahl der Zustimmungen, und Jóhann der Bewanderte verspricht, dass die erste Runde auf ihn geht. Geri bellt lauthals. Kristof zieht schon jetzt sein enormes Trinkhorn aus dem Gürtel. Im Herausgehen entschuldigt sich Sasja Langbein bei Sigurjón Schattenfuchs, und Marína die Spinnerin klopft Róbert tröstlich auf den Rücken.

Als Letzter verlässt der greise Thor die Hütte. Bedauernd ist sein Blick auf den Fleck am Boden, denn in Wahrheit befand sich eben *doch* Skaldenmet im Kelch – und seine Erklärung, er habe die Skalden nur prüfen wollen, war nichts als eine eilig zurechtgelegte Lüge, damit keiner seiner Sangesbrüder Trauer oder Wut über den unnötigen Verlust von Odrödir empfindet. Aber vielleicht wollte Odin auch, dass es so geschieht und nicht anders? Denn Skaldenmet ist mehr Fluch als Segen, wie uns zwei Beispiele lebhaft veranschaulichen sollen:

Geri, Hund des Jóhann, genügten bereits die wenigen Tropfen, die er aus dem Kelch schleckte, um zum wahren Skalden zu werden. Sein Herz war so voll von Liedern, dass ihm das Maul überquoll, und seine Dichtung ging zuerst Freki auf die Nerven, dann aber auch seinem Besitzer Jóhann König der Skalden, der vor lauter Gebelle des Nachts nicht schlafen konnte und des Tags sein eigenes Wort kaum verstand – sodass er keinen anderen Ausweg fand, als Geri zum Teufel zu schicken. In die Missetäterwüste ward Geri schon einen Mond nach dem Althing verbannt, wo ihn sein fortwährendes Bellen nicht nur entkräftete, sondern auch noch einen verirrten Eisbären auf seine Spur führte, zwischen dessen Reißzähnen er dichtend den Tod fand. Denn der Bär schätzte die Lieder Geris zwar sehr, aber sein Hunger war letztlich größer als sein Kunstsinn.

Der größere Skalde bei Weitem aber war Magnus Maðkurson, ein Wurm, der sein Leben in den Wiesen und Mooren von Ìngvellir unauffällig fristete, bis er sich eines Mittsommerabends zur richtigen Zeit am richtigen Ort befand und viel von jener Erde in sich aufnahm, die von Odrödir getränkt war wie ein Schwamm. Bald schon wurde er zum gefeiertsten Skalden seiner Würmersippe, zum König der Kenningar, zum Lord der Lieder, zum Star des Stabreims. Sein Ruhm breitete sich über die Insel aus wie der Flug der Vögel, und er lebt in der Gemeinschaft der Würmer fort bis zum heutigen Tage – ein Ruhm, der vor allem durch Magnus' frühen und tragischen Tod ins Unermessliche gesteigert wurde: Eines Torfstechers Schaufel – oder, wie Magnus noch in der Minute seines Todes dichtete, »ein Wasserfall aus schwarzem Eisen« – teilte den Wurmskalden in zwei ebenmäßige Teile. – Die Schaufel aber war keine geringere als Yggr und der Torfstecher niemand anderes als Róbert der Torfstecher, der unwissentlich also jenen tötete, dessen Weisheit und Inspiration *er* hätte besitzen sollen. Soviel zur galligen Ironie der Götter.

Zurück in Reykjavík sind wir ins Verbandshaus der Schriftsteller und Verleger Islands eingeladen, wo es Fischhäppchen gibt und die Weichen dafür gestellt werden, dass Island 2011 Gastland der Frankfurter Buchmesse wird. (Wenn man nur die Einwohnerzahlen betrachtet, wäre das in etwa so, als würde Bielefeld Gastland der Buchmesse, wobei die Literatur hier natürlich einen ganz anderen Stellenwert hat als in Bielefeld.) Ich aber halte mich nicht lange im Verbandshaus auf, denn mein isländischer Verleger hat mich und einige andere Autoren ins beste Fischrestaurant der Stadt eingeladen, wo es fünf verschiedene Sorten Fisch gibt. Ich hasse Fisch, daran ändert auch die Sortenvielfalt nichts, aber natürlich esse ich trotzdem artig auf und spüle jeden Gang mit einem Becher Brennivín herunter, dem isländischen Kultschnaps, der wie die meisten Kultschnäpse scheußlich schmeckt.

Weise macht Brennivín bestimmt nicht. Und dass Alkoholika zum Dichten inspirieren, das ist eine Legende, gegen die ich schon lange ankämpfe.

ARIANE GRUNDIES

Makrelen angeln im Oslofjord

Ein seltsames Land, findet Gustav. *Wenn man es etwas nach links dreht, sieht es aus wie eine Klobürste, dabei könnte hier ein kleiner Linksdreh nicht schaden. Weißt du was Kristian gesagt hat?*

Nein, sage ich. Ich will es nicht wissen. Ich ahne nämlich, was kommt.

Er meint, Runa kann das Geld gut gebrauchen.

Oh. Ich bin erleichtert. *Bei mir ist auch Ebbe im Portemonnaie. Kristian hat vielleicht nicht unrecht, wenn er das Gefühl hat, dass Runa deinen Halbbruder …*

Ja, unterbricht Gustav, *da ist wahrscheinlich Ebbe.*

Wir zwei tuckern allein in Kristians kleinem weißen Boot durch den Oslofjord vor Tjøme und angeln Makrelen.

Ich steuere. Ich bin der Kapitän. Gustav zieht ein Stück wurmzerfressenes Holz, an dem die Angelschnur befestigt ist, vor und zurück und sieht damit aus, wie die winkenden asiatischen Glückskatzen. Sechs fiese Widerhaken zieht er durchs Wasser. Der Himmel ist dunkelblau und so nah, dass ich kurz überlege, den Kopf hineinzustecken, um zu sehen, ob uns die bösen oder die guten Geister in den Oslofjord begleitet haben. Neben Gustav liegt das blanke Filetiermesser. Daneben steht ein grauer Putzeimer, in dem acht silberne Makrelen die Augen weit aufreißen; Herz, Darm, Luftblase sind bereits über Bord.

Aber, sagt Gustav, *Runa und Mats haben geheiratet, immerhin.*

Und ihr Kleid war ziemlich gewöhnungsbedürftig, wenn ich das so sagen darf, füge ich seiner glorreichen Zusammenfassung der neuerlichen Ereignisse hinzu. Ich weiß, worauf er hinauswill.

Gustav steht auf, ich nehme das Gas weg. Wir gleiten geräuschlos durch das spiegelglatte Meer. Er wickelt hektisch die Schnur auf den Holzstab und zum Teil um sein Handgelenk. Alles verheddert sich. Seine Ungeschicktheit finde ich abstoßend wie eh und je. Ich habe ihn mir gelassen und souverän gewünscht. Aber es gibt Gustav nur hektisch und ungelenk, auch in seinen Urteilen. Das habe ich inzwischen eingesehen, und ich klopfe mir dafür ganz gerne mal zwischendurch auf die Schulter, wenn das schon sonst niemand tut. Er hievt vier blanke Fische ins Boot. Sie zappeln. Ihre Wehr ist natürlich lächerlich. Ich helfe, sie von den Haken zu machen. Das macht mir nichts aus. Ich würde auch ein Reh abknallen. Gustav zu verlassen, fiel mir hingegen nicht besonders leicht. Er schüttelt sich die Angelsehne vom Handgelenk. Eine Makrele nach der anderen bekommt den Griff des Filetiermessers von ihm auf den Kopf gehauen. Dann liegen sie alle im Boot. Eine schlägt noch mal wütend den Schwanz auf den Plastikboden, dann sieht auch diese Makrele ein, dass das der Anfang vom Ende ist. Gustav rammt den Fischen das Messer in den Bauch, schlitzt sie bis zum Kopf auf, kratzt umständlich die Eingeweide heraus. Unser Freund Kristian macht das anders, geschickter. Er knickt den Kopf ab und zieht alles in einem Schwung heraus. Das ist eben ein alter Wikinger, der kann so was. Unsereins hat andere Qualitäten. Gustav wirft die blutigen Klumpen über Bord. Gierig stürzen die Möwen ins Meer. Ich bin sicher, die nehmen sich später, wenn nichts mehr zu holen ist, uns vor, sodass Hitchcock seine helle Freude daran hätte. Gustav spritzt mit dem Wasserschlauch das Blut von der Bank und dem Boden und dem Messer. Das rot gefärbte Wasser fließt durch das Abflussloch zurück, dahin wo's herkommt. Das kann die Natur halten, wie sie will, mit ihrem Kreislauf, aber ich drehe mich nicht gerne im Kreis, ich habe lieber eine Entwicklung nach vorn. Ich hätte auch lieber, dass es fix geht und nicht, dass man mühevoll versucht, alles loszuwerden, und unnötigerweise kratzt und kratzt. Aber auch mir ist die Fähigkeit der souveränen Enden leider nicht vergönnt geblieben. Gustav lächelt. Das macht ihn glücklich – ein Fang.

Findste gut, dass du uns ernähren kannst?, frage ich.

Klar, sagt er. *Find ich natürlich super.*

Kleiner Held! Ich nehme seinen Kopf in meine Hände und küsse ihn auf die Stirn. Ich wage mich zurzeit nicht näher an seinen Mund heran. Gustav guckt kurz wie ein toter Fisch, dann wickelt er die Schnur umständlich auf das Holz. Ich gebe Gas. Kaum hat er alles ordentlich aufgewickelt, lässt er die Angelsehne vom Stab zurück ins Wasser, beginnt erneut zu winken wie eine Glückskatze und hofft.

Dass die auf so blanke Teile gehen, ohne Wurm, nix, wundert er sich.

Das ist Glück, sage ich. *Reines Glück.*

Ich finde, das hat eigentlich nichts mit Glück zu

tun, rein gar nichts. Es ist eher Zufall oder Schicksal, wenn man so will. Wir durchkreuzen einen Millionenschwarm, und ein paar arme Schweine bleiben hängen, weiter nichts. Aber erzähl Gustav nichts von Zufällen. Der verdreht dann die Augen, dass dir schlecht wird. Ehrlich. Mir ist das einmal passiert. Ich habe gesagt, dass ich die SPD wähle, und Gustav hat die Augen verdreht, dass mir die Knie weich wurden. Dieses Weiß in den Augen ohne Pupillen, das war ekelhaft.

Ich liebe Gustav nicht. Das wissen alle. Er liebt mich, aber ich kann ihm nicht helfen. Ich wünsche es mir, aber ich wünsche mir auch ein Haus mit Garten. Was soll ich machen? Ich lebe in einer ziemlich beknackten Zweizimmerwohnung in einer Gegend, in der man sein Feierabendbier lieber zu Hause trinkt, in der niemand ein Kind großziehen mag und in der man sich wie ein Ausländer fühlt. So was zum Beispiel darf ich Gustav nicht sagen. Wenn ich sage, dass ich mich in meiner Gegend wie eine Ausländerin fühle, dann nennt er mich rassistisch. Aber das bin ich nicht. Ehrlich nicht. Ich lebe in einer großen Stadt, in einer Gegend, in der ich mich fühle wie eine Ausländerin – das ist alles, was ich sage. Ich persönlich sehe daran nichts Verwerfliches.

Ich liebe Gustav nicht. Wenn ich zurückdenke, dann habe ich das wohl nie getan. Das ist verwerflich, und Mats findet das auch wahnsinnig gemein, aber ich meine, für mich ist diese Einsicht nun wahrlich am schlimmsten. Ich war fünf Jahre mit jemandem zusammen, den ich nicht geliebt habe. Man wundert sich, warum ich hier mit Gustav im Oslofjord Makrelen angle. Alle wundern sich. Kristian, Runa, Mats, meine Mutter sowieso und auch mein Bruder, den ich übrigens schon sehr lange nicht mehr gesehen habe, weil er nach Irland ausgewandert ist. Mein Bruder ist im Ausland sehr freundlich empfangen worden. Warum sollte ich ein Problem mit Ausländern haben? Das habe ich nicht, und ich hasse es, dass ich so lange mit Gustav zusammen war, dass ich mich aus Gewohnheit ständig für Dinge rechtfertige, die überhaupt nicht rechtfertigungswürdig sind, Dinge wie: Entschuldige, ich mag keine Grapefruit, weil Bläschen auf der Zunge, Dünnschiss und blablabla. Ich bin nicht rassistisch, ich sage nur, dass in meiner Gegend die Araber so laut sind, dass ich nicht einschlafen kann oder so früh aufwache, dass ich den ganzen Tag unausgeschlafen und schlecht gelaunt bin. Ich rechtfertige mich für meinen Fahrstil. Ja, ich bremse etwas spät und zu ruppig, das liegt daran, dass ich zum Autofahren die falschen Schuhe trage. Ich rechtfertige mich dafür, dass ich die Sozialdemokraten wähle. Was soll ich wählen? Die Grünen, deren Ideologie irgendwann irgendwo ins Meer geplumpst sein muss? Warum soll ich die wählen? Die Liberalen? Warum soll ich die wählen – ich verdiene zu wenig, um liberal zu sein. Die Christdemokraten? Die Christdemokraten! Gott bewahre! An deren Widerhaken will ich sicher nicht hängen. Die Grauen, die Feministinnen – das ist absurd. Eine verschenkte Stimme. Ich verschenke keine Stimme. Ich verschenke Lebenszeit, aber keine Stimme. Ich wähle die Sozialdemokraten, und ich möchte mich im Vorfeld dafür entschuldigen, denn für die werde ich auch in der nächsten Wahlperiode ein Kreuz machen. Und in der nächsten Wahlperiode kann mich Gustav mal. Dieses starke innerliche Gefühl, sich rechtfertigen zu wollen, kommt, wenn man mit jemandem zusammen ist, der einen nicht versteht. Entschuldige bitte, dass ich so laut schnaufe, wenn ich vor der Tür stehe, dass ich so albern kichere nach dem ersten Glas Wein, und bitte bitte entschuldige meinen beschissenen Musikgeschmack, aber ich lebe mit jemandem zusammen, der mir vorwirft, jemand zu sein, der ich nicht bin. Ja, die Frage ist nicht, warum angle ich hier mit Gustav Makrelen, sondern die Frage lautet, warum war ich mit ihm fünf Jahre lang zusammen? Der Gedanke an die verschwendete Lebenszeit ist laut Gustav ein dummer Gedanke. Nichts, findet er, ist verschenkt. Alles hat Sinn, und nur weil wir ihn nicht sehen, heißt das nicht, dass er nicht da ist. Und einen Sinn können wir beide derzeit wirklich nicht sehen – davon reden wir jetzt seit dreieinhalb Tagen, seit der Hochzeit von Gustavs Halbbruder und seiner bengalischen Frau.

Ich unterstelle Kris nichts, sagt er. *Das ist hier halt so. Das weiß ich auch.*

Er weiß immer alles. Er wusste auch, dass wir hier 5000 Makrelen angeln. Es sind bisher ziemlich genau zwölf. Wir sind noch ganz am Anfang – was das betrifft.

Kristian hat gesagt, dass sie wohl Geld braucht.

Ja.

Wenn Gustav jetzt noch ein einziges Mal rassistisch sagt, ich schwöre, dann springe ich kopfüber ins Meer. Und dann treff' ich auf dem Meeresboden vielleicht die untergegangene Ideologie der Grünen. Wenn ich wieder auftauche, sage ich: Multikulti, meine Damen und Herren, ohne Rücksicht auf Verluste!

Was meinst du?

Ich?

Wegen Runa.

Füreinander bestimmt, meine ich.

Pff, macht mein Exfreund.

Ich hätte dich wahrscheinlich auch geheiratet, wenn du Afrikaner oder so was wärst.

Wie du das sagst.

Was?

Afrikaner oder so was...

Ich sage das ganz normal, wenn du ein Afrikaner wärst oder so was, hätte ich dich auch geheiratet, damit du bleiben kannst.

Du hättest mich geheiratet?

Klar.

Das wäre ein Fehler.

Warum?

Weil du mich nicht liebst.

Der Himmel wird dunkler und blauer und kommt näher. Das Wasser scheint sich in Öl verwandelt zu haben. Was soll ich sagen? Er hat recht, und ich schäme mich gerade ein bisschen dafür. Ich möchte mich rechtfertigen, aber ich weiß nicht wie. Wenn ich ihm sage, warum ich ihn nicht liebe, dann wird er sich wünschen, an einem Makrelenhaken zu hängen, damit ihm jemand die Eingeweide rausschneidet. Alles was ich sagen würde, klänge, als wäre er ein schlechter Mensch, ein hoffnungsloser Fall, ein Ekel, ein Idiot, Egoist, und alles andere Schlechte.

Mir kommt das komisch vor, sagt er.

Und du glaubst doch nicht, nachdem sie hier war, dass die zurück nach Bangladesch geht, freiwillig. Versteht man doch. Nimmt ihr ja keiner übel. Mensch Gustav, wir sagen doch nur, dass es so ist. Wahrscheinlich.

Und wenn nicht?

Egal. Na und? Dann ist es eben nicht so. Umso besser.

Das ist eben nicht egal.

Gustav hört auf, den Arm hin und her zu bewegen. Er schaut einen Moment, als hätten Makrelen angebissen, beziehungsweise, als wäre er an ihnen aus Versehen hängen geblieben. Ich nehme Gas weg.

Du bist derjenige, der allen was unterstellt, sage ich.

Ihr unterstellt Runa was. Jetzt wird Gustav streng. *Nicht jeder, der aus einem armen Land kommt, will um jeden Preis in Norwegen bleiben.*

Doch, sage ich. Ich weiß wohl, das ist eine kühne Behauptung.

Ich glaub's nicht! Gustav schüttelt fassungslos den Kopf. *Ich sollte froh sein, dass mich diese Rassistin hier nicht liebt. Ich sollte wirklich froh sein.*

Du hast sie nicht mehr alle. Ich ärgere mich gerade wirklich darüber, dass er sich eine Meinung über ein Land und über eine Liebe bildet, ohne eine Ahnung von seiner eigenen Liebe in seinem eigenen Land zu haben. Ich werde mich hüten, etwas zu sagen. Und außerdem mache ich mir Sorgen. Kristian hat gesagt, wenn Regen oder Nebel kommt, dann von jetzt auf gleich. Sie kommen so schnell wie ein Schwarm Makrelen. Keine Chance. Man darf keinen Moment den Himmel außer Acht lassen. Im Nebel ist man hier als Unwissender verloren. Und auch wenn es romantisch klingt, es ist gefährlich, hat Kristian gesagt. Von dieser Romantik darf man sich nicht ins Boxhorn jagen lassen. Der Himmel ist dunkler geworden.

Ist da ein Unwetter drinnen?, frage ich und schaue nach oben.

Das ist Abenddämmerung, meint Gustav.

Sollen wir heimwärts?

Er zuckt mit den Schultern. Er ist eingeschnappt. Er bewegt den Arm wieder hin und her und hebt das Kinn, dass ich schneller fahren soll.

Aber ich fahre nicht schneller. Ich hasse es, wenn er ungeduldig ist.

In diesem Klobürstenland ist es normal, Vorbehalte gegen Ausländer zu haben. Gehört doch hier zum guten Ton. Kristian glaubt, dass Runa Mats nur geheiratet hat, damit sie nicht zurück muss in ihr verschissenes Land. Du glaubst, dass sie ihn liebt. Ich sage dir, da bist du die Einzige weit und breit, die das glaubt. Außer dir glaubt hier kaum jemand an Liebe.

An was glaubst du?

Ich glaube, Runa wollte nicht in ihr Land zurück. Aber, und das ist der Unterschied, ich bin nicht rassistisch. Das ist nicht meine Einstellung. Ich gehe nicht von vornherein davon aus. Aber ich sage dir, dass jeder hier denkt, diese Frau heiratet den Norweger, damit sie nicht zurückmuss. Herzlichen Glückwunsch wird man ihr zurufen. Gute Partie gemacht. Gut ausgetrickst. Mats du armer Trottel, hast du's nicht kapiert? Oder bist du ein Samariter? Hast dich lumpen lassen? Wieso hast du's nicht gecheckt, dass sie dich nicht liebt? Wieso hast du das denn nicht begriffen?

Reg dich doch nicht so auf, sage ich. *Schau, wir hätten im Grunde die gleiche Einstellung. Ist das nicht schön? Und sieh dir mal an, wie schön es hier im Oslofjord ist. Es ist wahnsinnig schön.*

Wir sollten zurück, sagt Gustav. *Es sieht aus wie ein Unwetter.*

Abenddämmerung, sagtest du.

Jetzt sieht es aus wie ein Unwetter. Du weißt doch, Dinge ändern sich. Ich frage mich wirklich, warum wir hier zusammen Makrelen angeln.

Du angelst ja kaum welche, sage ich, und endlich lachen wir, während die ersten dicken Tropfen ins Boot klatschen und der Nebel rasch dichter wird.

DIE AUTOREN

SIBYLLE BERG

geboren in Weimar, lebt heute in Zürich. Sie hat bislang zehn Bücher veröffentlicht: *Ein paar Leute suchen das Glück und lachen sich tot* 1997, *Sex II* 1998, *Amerika* 1999, *Gold* 2000, *Das Unerfreuliche zuerst – Herrengeschichten* 2001, *Ende gut*, 2004, *Und ich dachte, es sei Liebe – Abschiedsbriefe von Frauen, Habe ich dir eigentlich schon erzählt ... Ein Märchen für alle* 2006, *Die Fahrt*, 2007 und *Das war's dann wohl – Abschiedsbriefe von Männern* 2008. Ihre Theaterstücke (u.a. *Helges Leben* und *Wünsch dir was!*) werden an zahlreichen Bühnen im In- und Ausland gespielt. *www.sibylleberg.de*

ALEX CAPUS

ist 1961 in Frankreich geboren und hat es noch nie geschafft, den Fuß auf skandinavischen Boden zu setzen. 2007 ist immerhin sein Roman *Glaubst du, dass es Liebe war?* auf Norwegisch bei Ganesa, Oslo, erschienen, und 2009 soll *Eine Frage der Zeit* folgen. Capus lebt mit seiner Frau und seinen vier Söhnen in Olten, einer Kleinstadt im Nordwesten der Schweiz.

HERBERT FEUERSTEIN

»Ich bin jetzt über 70, mache alles Mögliche, kann aber nichts richtig und bin trotzdem weiterhin neugierig. Mein Skandinavienbezug besteht aus einer missglückten Liebesnacht in Kopenhagen (1977), einer Grönland-Reise (1997) und diesem Protokollauszug einer Eismeer-Kreuzfahrt (2001). Außerdem habe ich öfter vom Sylter Ellbogen aus die dänische Küste gesehen.« H. F.

Der Beitrag von Herbert Feuerstein erschien in veränderter Form erstmals 2004 im Heyne Verlag unter dem Titel »Feuersteins Drittes. Reisen nach Thailand, Birma, New York und ins Eismeer«.

ARIANE GRUNDIES

wurde 1979 im sogenannten südschwedischen Stralsund geboren. Von ihr erschienen neben Anthologie- und Zeitungstexten bisher *Schön sind immer die andern; Am Ende ich; Anderes Ufer, andere Sitten – Eine Gebrauchsanleitung* und *Muschi, Puschi, Schnurrdiburr – Lexikon der prominenten Kosenamen*. 2002 zählte sie zu den Gewinnern des »Open Mike«. Sie erhielt mehrere Stipendien. Heute lebt Ariane Grundies als freie Autorin in Berlin, von wo aus es sie hin und wieder in den hohen skandinavischen Norden zum Angeln treibt.

JAKOB HEIN

geboren 1971 in Leipzig, lebt seit 1972 mit kurzen Unterbrechungen in Berlin. Medizinstudium in Berlin, Wien, Boston und Stockholm. Wegen eines Versehens erlernte er dort die schwedische Sprache und das Backen von Zimtwecken.

MAREIKE KRÜGEL
wurde 1977 in Kiel geboren, wo die großen Dampfer nach Norwegen und Schweden abfahren. Sie studierte in Leipzig und wohnt jetzt mit ihrer Familie in der Nähe von Schleswig, noch näher an der dänischen Grenze als früher. Sie veröffentlichte bislang zwei Romane, *Die Witwe, der Lehrer, das Meer* im Steidl-Verlag und *Die Tochter meines Vaters* bei Schöffling & Co. Sie erhielt zahlreiche Auszeichnungen und Stipendien, unter anderem den Friedrich-Hebbel-Preis 2006.

KATJA LANGE-MÜLLER
geboren 1951 in Ost-Berlin (DDR). 10 Jahre Schule, Ausbildung zum Schriftsetzer, acht Jahre Hilfspflegerin in der Psychiatrie. 1979–1981 Studium am Literaturinstitut in Leipzig. 1982–1983 Arbeit in einer Teppichfabrik in Ulan-Bator, Mongolei. 1984 per Ausreiseantrag Übersiedlung nach Westberlin. 1986 erstes Buch, *Wehleid Wie im Leben*, Prosa (S. Fischer Verlag) und im gleichen Jahr Erhalt des Ingeborg-Bachmann-Preises. Weitere Bücher u.a. 1995 *Verfrühte Tierliebe* Erzählung, 2002 *Die Enten, die Frauen und die Wahrheit*, Erzählungen, sowie 2005 *Böse Schafe*, Roman (alle Kiepenheuer & Witsch). 1995 erhielt sie den Alfred-Döblin-Preis. 2003 Studienaufenthalt in Reykjavík, Island und Lesereise durch Skandinavien. 2005 wird sie mit dem Gerty-Spiess-Preis und dem Wilhelm-Raabe-Preis ausgezeichnet.

JO LENDLE
geboren 1968, lebt in Köln, wo er als Lektor arbeitet. Ausgiebige Reisen in den Norden, bis ihn bei einer mittsommerlichen Islanddurchquerung ein plötzlicher

Wintereinbruch daran erinnerte, dass es im Süden auch ganz schön sein kann. 1999 erschien im Suhrkamp Verlag *Unter Mardern*, 2008 bei der Deutschen Verlags-Anstalt der Roman *Die Kosmonautin*.

ROBERT LÖHR

Jahrgang 1973, pirscht sich Jahr für Jahr näher an den Polarkreis heran und besitzt zehn Billys, die Hälfte davon sogar mit dem praktischen Aufsatz zu € 15,–. Er war Journalist, Dramatiker und Drehbuchautor, bevor er sich dem Schreiben von Büchern widmete. Sein erster Roman *Der Schachautomat* (Piper 2005) wurde in sämtliche skandinavische Sprachen übersetzt. Sein zweiter Roman *Das Erlkönig-Manöver* erschien 2007 im Piper Verlag.

KRISTOF MAGNUSSON

1976 in Hamburg als Sohn deutsch-isländischer Eltern geboren. Ausbildung zum Kirchenmusiker. Studium am Deutschen Literaturinstitut Leipzig und der Universität Reykjavík. Autor und Übersetzer aus dem Isländischen. Seine Komödie *Männerhort* lief an mehr als dreißig Bühnen im In- und Ausland. In der Produktion des Theaters am Kurfürstendamm mit Christoph Maria Herbst und Bastian Pastewka fällt ein dänischer Satz. In seinem in Island spielenden Romandebüt *Zuhause* (Verlag Antje Kunstmann, 2005) wird ein schwedischer Wodka-Promoter lächerlich gemacht. Ein norwegischer Finnenwitz wurde noch kurz vor der Drucklegung vom Autor gestrichen.

KLAUS NÜCHTERN

1961 in Linz a. d. Donau geboren. Studium der Anglistik und Germanistik. Seit 1989 Kulturredakteur der Wiener Wochenzeitung Falter, seit 1998 auch stellvertretender Chefredakteur. In den Siebzigerjahren verbrachte er einen Familienurlaub in Göteborg, auf zahlreichen Interrailreisen lernte er die Algarve hassen und den Norden lieben. Während seines Studiums belegte er einmal sehr kurzzeitig einen Schwedisch-Kurs (einziger schwedischer Satz: »Men det här maskingeväret är äkta!«: »Aber dieses Maschinengewehr ist echt!«). Sein nicht näher zu begründender Finnlandfimmel bescherte ihm die ein oder andere Journalistenreise nach Helsinki und Savonlinna. Die wöchentlichen Kolumnen, die Klaus Nüchtern unter dem Titel »Nüchtern betrachtet« für den Falter schreibt, erscheinen regelmäßig in Buchform – zuletzt: *Hier kommt der Antipastidepp* (Falter Verlag 2007).

ANNETTE PEHNT

geboren 1967 in Köln, studierte und arbeitete in Irland, Schottland, Australien und den USA. Verbrachte als Kind zahlreiche verregnete Sommer in Dänemark und Schweden. Heute lebt sie mit ihrem Mann und drei Kindern in Freiburg. 2001 veröffentlichte sie ihren ersten Roman *Ich muß los*, für den sie unter anderem mit dem Mara-Cassens-Preis ausgezeichnet wurde. 2002 erhielt sie in Klagenfurt den Preis der Jury für einen Auszug aus dem Roman *Insel 34* und 2008 den Thaddäus-Troll-Preis sowie die Poetikdozentur der Fachhochschule Wiesbaden. Nach *Haus der Schildkröten* erschien zuletzt von ihr der Roman *Mobbing*.

THOMAS PLETZINGER

wurde 1975 in Münster geboren, wuchs in Hagen auf und absolvierte ein Studium der Amerikanistik in Hamburg, dann ein zweites am Deutschen Literaturinstitut Leipzig. Von 1979 bis 1990 Sommerfrische am Skagerrak. Er lebt nun als freier Autor und Übersetzer in Berlin. Sein Romandebüt *Bestattung eines Hundes* erschien 2008 im Verlag Kiepenheuer & Witsch. *www.thomaspletzinger.de*

INGO SCHULZE

geboren 1962 in Dresden, studierte Klassische Philologie und Germanistik in Jena. Er arbeitete als Schauspieldramaturg am Landestheater Altenburg und lebt seit 1993 als freier Autor mit Frau und zwei Töchtern in Berlin. Ingo Schulze erhielt u.a. den Förderpreis des Alfred-Döblin-Preises, den Ernst-Willner-Preis, den aspekte-Literaturpreis und 2007 den Preis der Leipziger Buchmesse. Im gleichen Jahr war er außerdem Stipendiat der Villa Massimo in Rom.

Der Beitrag von Ingo Schulze stammt aus seinem Buch »33 Augenblicke des Glücks. Aus den Aufzeichnungen der Deutschen in Piter«, erschienen 1995 im Berlin Verlag.

SAŠA STANIŠIĆ

Mit *Wie der Soldat das Grammofon repariert* präsentierte der auf Deutsch schreibende Bosnier 2006 sein Romandebüt. Von Skandinavien war darin keine Rede. Es folgten drei Theaterstücke, in denen Dinge wie »Ohrenschützer« vorkamen, Norwegen jedoch nicht. Dann aber reiste der dreißigjährige Autor (»Ich reise gern«)

nach Island und begegnete dort gemeinsam mit dem zu Recht vielgelobten Autor J. M. Coetzee der gesamten isländischen Fauna innerhalb von wenigen Stunden. Diese Erfahrung prägte den Chamisso-Preisträger enorm (»Mich prägte diese Erfahrung sehr«). Isländisch ist eine der siebenundzwanzig Sprachen, in die der oben erwähnte Roman übersetzt wird, das nur nebenbei. Inzwischen sind des Autors beste Freundinnen eine Bayerin und eine Schwedin, er jubelt bei seltenen Toren der schwedischen Nationalmannschaft laut mit und reist (»Ich reise gern«) nach Stockholm und Kopenhagen in einer Weise, wie es nur Liebhaber tun: ohne Sonnencreme und Reiseführer. Der Autor glaubt seit Januar 2008 an Ibsen.

»Mo und ich für die Dauer der Reise« ist eine Reisedekonstruktion in der Manier des Großmeisters Kurt Tucholsky. Eine Erzählung, die sozialkritisch sein möchte, es aber angesichts der Unlust seiner Protagonisten, in die Tiefe zu tauchen, wo der Druck einem die Ohren zum Pfeifen bringt, nicht kann. Aus dem Ganzen trieft fettige Pragmatismusbejahung. »Wo ich bin, da ist Herr Heimat nie«, könnte der Untertitel lauten, es gibt aber keinen Untertitel.

ANTJE RÁVIC STRUBEL

lebt als Schriftstellerin in Potsdam. Sie veröffentlichte u.a. die Romane *Fremd Gehen*, *Tupolew 134* und *Kältere Schichten der Luft*, wofür sie zahlreiche Preise erhielt, u.a. den Marburger Literaturpreis und den Hermann Hesse Preis. Längere Zeit besaß sie ein Haus im schwedischen Värmland. Sie unternahm ausgedehnte Reisen durch Schweden und Norwegen und schrieb ihrem

»Sehnsuchtsland« Schweden eine *Gebrauchsanweisung*, die im Frühjahr 2008 erschien.

ROBIN THIESMEYER

geboren 1979 in Bonn. Studierte in Bonn und in Hildesheim. Er nahm 2006 am open mike und 2008 am Klagenfurter Literaturkurs teil. Für diese Anthologie reiste er zum ersten Mal nach Skandinavien. Er lebt in Berlin.

HANS-ULRICH TREICHEL

geboren 1952 in Versmold/Westfalen. Er studierte Germanistik, Philosophie und Politologie an der Freien Universität Berlin. Seit 1995 ist er Professor für Deutsche Literatur am Deutschen Literaturinstitut der Universität Leipzig. Gelegentliche Reisen nach Dänemark, Schweden, Norwegen – und einmal auch nach Finnland, das im geografischen Sinn gar nicht zu Skandinavien gehört. Beständigste Erinnerung: das Winterlicht irgendwo zwischen Helsinki und Vaasa. Zuletzt erschienen im Suhrkamp Verlag: *Südraum Leipzig*. Gedichte (2007); *Der Papst, den ich gekannt habe*. Erzählung (2007); *Anatolin*. Roman (2008).

MAIKE WETZEL

Jahrgang 1974, lebt als Schriftstellerin (*Lange Tage* und *Hochzeiten*, S. Fischer Verlag), Filmemacherin und Drehbuchautorin in Berlin. Für ihr Schreiben wurde sie mehrfach ausgezeichnet. 2007 erhielt sie ein Aufenthaltsstipendium des Danish Centers for Writers and Translators in der Nähe von Viborg. Als Kind verbrachte sie den Sommer in Schweden. *www.maikewetzel.de*

ROGER WILLEMSEN
Autor, beschäftigte sich als wissenschaftlicher Assistent in München und als Gastprofessor für Literatur in Bochum verschiedentlich mit skandinavischer Literatur, las und erläuterte auf öffentlichen Veranstaltungen immer wieder Werke von Knut Hamsun und hat in Skandinavien auch dokumentarfilmisch gearbeitet. Eine Einladung des Goethe Instituts brachte ihn auf Lesereise unter anderem nach Kopenhagen und Århus.

Jakob Hein

Antrag auf ständige Ausreise

Mythen der DDR. 160 Seiten mit 30 Illustrationen von Atak. Piper Taschenbuch

Erich Honecker wollte seine sozialistische Heimat in Richtung Westen verlassen und soll dazu einen förmlichen Ausreiseantrag gestellt haben? Im legendären Transitabkommen hat es eine teuflische Geheimklausel gegeben, nach der die DDR westdeutsche Kinder bei Verlassen der Transitautobahn automatisch zur Adoption freigeben durfte? Die Geschichte der Deutsche Demokratischen Republik steckt voller unglaublicher Geschichten – die unerhörtesten davon versammelt der Schriftsteller und gebürtige Leipziger Jakob Hein in diesem Buch!

»Das ist ein Schreiben, das auf der Achse Robert Gernhardt, Eckhard Henscheid, Max Goldt liegt.«
Tagesanzeiger

05/2153/02/L

Mark Twain

Bummel durch Deutschland

Aus dem Amerikanischen von Gustav Adolf Himmel. 272 Seiten mit 20 farbigen Bildern von Hans Traxler. Piper Taschenbuch

In seinem überaus vergnüglichen Reisebericht erzählt Mark Twain von Hamburg und Frankfurt, von Heidelberg und dem Schwarzwald und eröffnet dem Leser ungeahnte Einsichten über das Land der Dichter und Denker: Wagners »Lohengrin« empfindet er als »Katzenmusik« und die »schreckliche deutsche Sprache« als unlogisch: Warum hat ein Fräulein kein Geschlecht, ein Kürbis aber sehr wohl? Die allerschönsten Szenen hat Hans Traxler in seinem kongenialen Stil illustriert.

»Twain erweist sich einmal mehr als ein brillanter Satiriker, der in den Deutschen einen dankbaren Gegenstand für seine spitzigen und ungemein komischen Auslassungen gefunden hat.«
Neue Zürcher Zeitung

05/2149/02/R